バンダル・アード＝ケナード

けぶる砦の向こうに

駒崎　優

朝日文庫

本書は書き下ろしです。

- STORY -

国王スラードの施策によりエンレイズは国土を東へ拡大させていき、20年の歳月をかけ、王位を継いだ同名の息子がついに大陸の東端までを掌中に収める。

そして戦いの矛先は、同じく勢力を拡大させていた西の隣国ガルヴォへ向けられた。南の隣国モウダーを巻き込みながら、両国は10年にわたり泥沼の戦争を続けている。

長期化する戦いの最中、正規軍とは一線を画す傭兵隊が頭角を現すようになる。アード＝ケナード隊《バンダル・アード＝ケナード》は、中でも最も名高く恐れられるバンダルの1つだった。

◆キャラクターデザイン・装画
高山しのぶ
◆地図作成
平面惑星（大口映子）

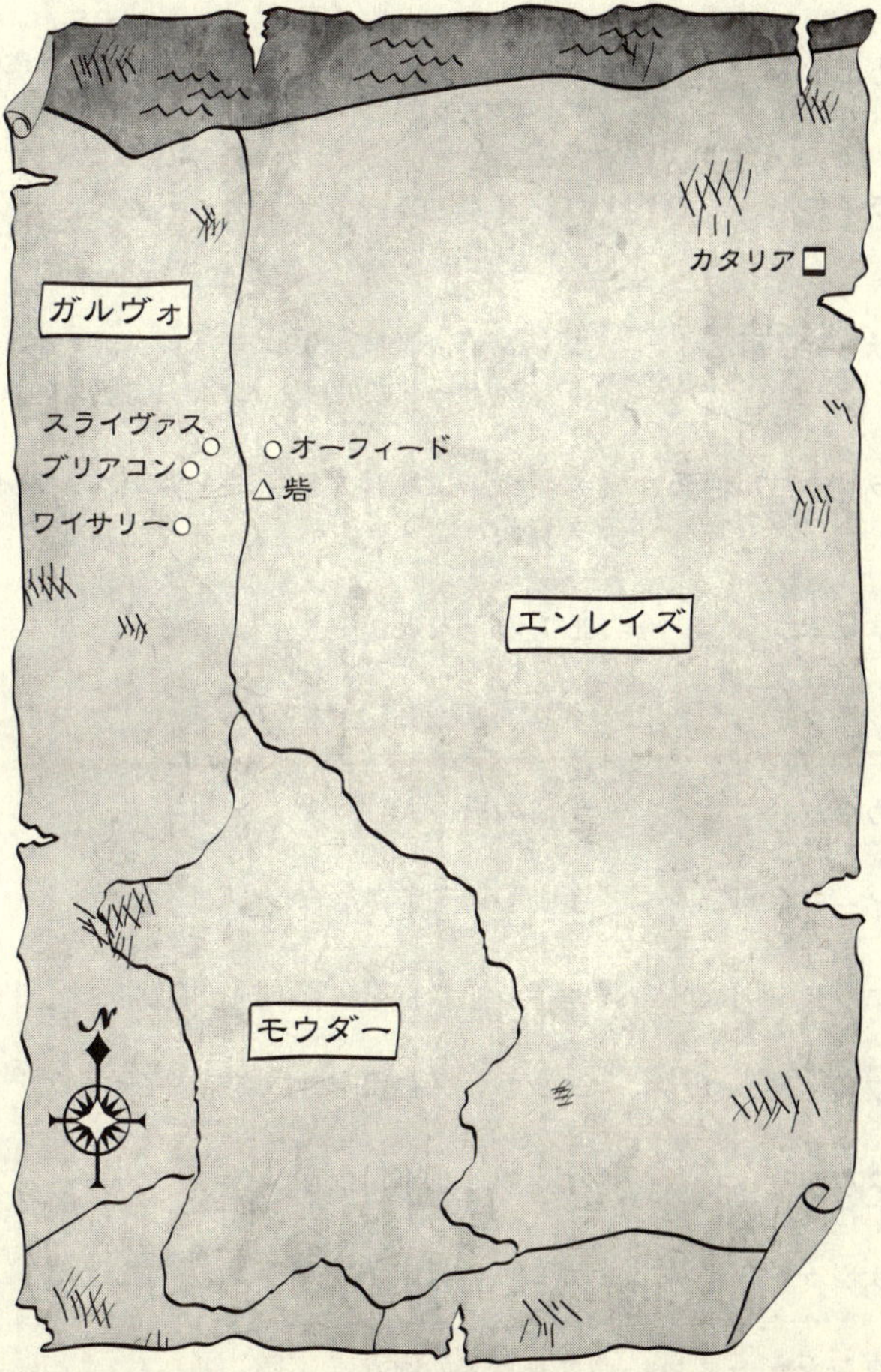
カタリア
ガルヴォ
スライヴァス
ブリアコン
ワイサリー
オーフィード
砦
エンレイズ
モウダー
N

チェイス	バンダル・アード＝ケナード隊員。バンダル最年少。
ライル	バンダル・アード＝ケナード隊員。モウダーの浮浪児上がり。
サリア子爵	エンレイズ貴族。かつてバンダル・アード＝ケナードに助けられた、10代の少女。
ラドゥエル伯爵	ガルヴォに隣接する領地を持つエンレイズ貴族。
ネリエラ	伯爵の一人娘。
セルク	ネリエラの夫。
カランド	伯爵の雇い人。
イージャル	エンレイズ軍司令官。
ニグルス	エンレイズ軍司令官。国王の姻戚。
フレイビング	エンレイズ軍司令官。豪商の子弟。
スタナー	エンレイズ軍司令官。
ナシュール子爵	ガルヴォ貴族。
ダンジュー	ガルヴォの商人。

《登場人物紹介》

ジア・シャリース	バンダル・アード＝ケナード隊長。30代半ばで傭兵隊長としてはまだ若いが、その手腕は広く知られている。
ダルウィン	バンダル・アード＝ケナード隊員。小柄で人当たりが良く、料理が得意。シャリースの幼馴染。
マドゥ＝アリ	バンダル・アード＝ケナード隊員。遠い異国出身で、浅黒い肌に緑色の瞳、そして顔の半分を覆う黒い刺青が人目を惹く。戦士としてその右に出る者はいない。
エルディル	バンダル・アード＝ケナード隊員。紅一点の白い狼。マドゥ＝アリを母親代わりに育ち、現在では最強の戦力と言われている。
メイスレイ	バンダル・アード＝ケナード隊員。穏やかで経験豊かな傭兵。
タッド	バンダル・アード＝ケナード隊員。見かけはいかついが、面倒見はいい。
アランデイル	バンダル・アード＝ケナード隊員。金髪碧眼、自他共に認めるバンダル1の色男。
ノール	バンダル・アード＝ケナード隊員。心優しき巨漢。

バンダル・アード＝ケナード　けぶる砦の向こうに

一

エンレイズの首都カタリアに、夕暮れのさわやかな風が吹き始めた。

都市部は人々の作り出す匂いに満ちている。食べ物の匂いや人や獣の体臭、その他あらゆる要素が空気の中に入り交じっている。その中で最も強いのは、古い下水から立ち上る汚水の悪臭だ。

そこに住む人々にとっては馴染みの匂いだが、余所《よそ》から来た者は辟易《へきえき》させられる。だからこそ、夕方の風は貴重だ。すべての匂いが洗い流される、胸の空《す》くような一瞬を楽しむことができる。

カタリアの中心には、巨大な広場がある。

昔はここに各地からやって来た馬車が集まり、荷の積み下ろしをしていたという。しかし現在、荷馬車の出入りは禁止されている。都市が発展するにつれ交通量が増え、この広場ですら対応できなくなったのだ。大量の荷物は都市の外れに定められた数か所の市場で捌《さば》かれ、この広場に乗り入れられるのは、貴族や大商人の乗る小型の馬車だけとなっている。

その結果、広場に面した酒場は、店の中だけではなく、外にもテーブルとベンチを並べるようになった。余所から来た人間たちにとっては格好の休憩所で、昼夜を問わず混み合っている。商人たちが情報交換をする傍らでは旅芸人が愚痴をこぼし、賭け事に興じる使用人たちの声が時折それを遮る。

武装した兵士たちが広場にたむろしていても、カタリアの人々は気にも留めない。兵士の姿など、ここでは珍しくもないのだ。紺色の軍服を身に纏《まと》った正規軍の兵士はもちろん、不吉な黒い軍服を着た傭兵《ようへい》も、酒場のベンチに座ればただの客にすぎない。軍の最高司令部のあるカタリアには、多くの兵士が集まるのである。

ここに至るまでの移動に疲れ、しかし支払われた給料で財布を膨らませた兵士は、カタリアで商売をする者たちにとっては素晴らしい客だ。傭兵たちは寝床と酒と食べ物を求め、一晩か二晩ののちには別のことにも金を使い始める。住民のようにしつこく値切ったり些細なことで文句を言ったりもしない。商店主はせっせと彼らに尽くし、兵士たちは首都を満喫する。

広場に面したある酒場の前は、傭兵の一団に占拠されている。

軍服の左胸に白い模様の刺繍が施され、あまり暑くない時間帯には、濃緑色《のうりょくしょく》のマントを羽織っている。その目印で住民たちは彼らがアード＝ケナード隊《バンダル・アード＝ケナード》だと知った。エンレイズ軍に属する傭兵隊の中でも、最も高名な隊《バンダル》の一つだ。首都に来ることは滅多になかったが、彼らの功績については様々な噂が伝えられている。もっとも今の彼らは勇猛果敢な手練《てだ》れの傭兵ではなく、休暇を楽しむただの男たちに過ぎない。

彼らがカタリアに姿を現したのは一週間ほど前である。

その場で解散し、全員が平服に着替えたため、一時は消えてしまったかのように見えたが、昨日からこの酒場に再び集まり始めた。酒場で働く人々は、その理由を知っていた。ここカタリアでは軍の動きの殆《ほとん》どが、住人の耳に入ってくる。

バンダル・アード＝ケナードは、エンレイズ軍に雇われたのである。

十年にわたって戦闘状態が続く隣国ガルヴォの軍が、新しい砦を築き始めているという一報が、数日前、カタリアにもたらされた。あろうことか、国境を越えたエンレイズ側にだ。敵の所業に腹を立てたエンレイズの国王スラードは、これを直ちに叩き潰すべしとの命令を下した。そこで軍が編成され、計画立案に携わった上層部の判断で、バンダル・アード＝ケナードもそこに組み込まれたのである。

酒場の二階と三階にある宿には、バンダル・アード＝ケナードの傭兵数人が泊まっている。そのためこの酒場が傭兵たちの集合場所となり、酒場は利益を享受していた。店内の暑さを嫌った傭兵たちが店の前のベンチを占拠し、他の客の入り込む余地もなくなっていたが、彼らの杯が空《から》になっていない限り、酒場の店主は満足だった。二日後に、彼らはこの町を出ていくという。それまでは彼らを引き止め、できるだけ金を落としていってもらわなければならない。

いかにも不吉で粗野な黒い軍服の傭兵たちの元へ、一人の若い娘が広場を横切り、果敢にも近付いてきた。十五になるかならぬかという年頃で、こざっぱりとしたドレスに身を包み、好奇心に輝く瞳を傭兵たちに向けている。

娘の登場に、傭兵たちも興味を引かれた。会話は途絶え、酒を飲む手も止まる。まっすぐこちらへやって来る娘を、全員が不躾《ぶしつけ》に見つめた。

彼らの注目に、娘は気おくれしたようだった。しかし逃げ出したりはせず、全員の顔が見渡せる位置に立ち止まった。おずおずと笑みを作る。

「あなた方が、バンダル・アード＝ケナードでしょう？」

男たちからは肯定の声が返った。娘はそれに勇気づけられたようだった。

「私、隊長さんを捜しているの」

手近にいる数人に視線を落とし、小首を傾《かし》げる。

「……とっても優しくて、いい人なんですって？」

無邪気な問い掛けに、傭兵たちの間から、小さく噴き出す音が幾つか漏れ出た。娘が困惑して目を丸くする。だが、名乗り出る者はいない。

「ようし、我こそはバンダル・アード＝ケナードの隊長だという奴は、手を挙げろ」

傭兵たちの中心近くに座っていた、一人の男がそう言い出した。人懐こそうな青い目が笑っている。

即座に、五、六本の手が挙がった。驚いている娘へ、青い目の男が親しげにうなずきかける。

「お嬢さん、あの中からどれでも好きなのを選んでいいぜ」

その隣にいた年配の男もうなずいた。

「一番優しくて、いい人そうなのを選ぶといい」

「そもそもうちの隊長、優しくていい人だったか？」

別の場所から、混ぜ返す声が上がる。

「俺の知る限り、そんな奴が隊長だったことはねえな」

「きっと別のバンダルの隊長と間違えてるんだろ」

げらげら笑い出した傭兵たちに、娘はたじろいだ。反射的に後ろへ一歩下がる。

その華奢な肩に、背後から一本の手が添えられた。

「どうしました、お嬢さん？」

娘は振り返った。バンダル・アード＝ケナードの軍服を身に纏ったその若者は、その場にいた誰よりも美男子だった。気遣わしげに彼女を見下ろす目は明るい空色で、金色の巻き毛がその顔を取り巻いている。彼女の肩を支える手は、あくまでもさりげなく、温かい。

娘は目を瞬《しばた》いた。

「……あなたが隊長さん？」

「いや――」

若者の返事は、傭兵たちの爆笑によって掻き消された。

「決まりだな。今日からおまえが、バンダル・アード＝ケナードの隊長だ、アランデイル。

面倒事は任せたぜ！」

陽気な青い目の男にそう告げられ、アランデイルと呼ばれた若者が眉を寄せる。

「一体何の……」

「名前を呼んでしまったら台無しだろう、ダルウィン」

隣にいる男が、穏やかに注意する。ダルウィンは呻《うめ》き、思案げに片目を眇《すが》めた。

「そうだな、あんたの言う通りだ、メイスレイ。こうなったらいっそ、アランデイルとシヤリースの名前を取り替えるってのはどうだ」

メイスレイは値踏みするようにアランデイルを眺め回している。

「名前はともかく、アランデイルを彼女と二人にするのはどうかと思うがね。若い女の名誉に傷をつけるような羽目になったら……」

「俺は、礼儀知らずのむくつけき野郎どもに絡まれてる、気の毒な娘さんを助けようとしてるだけですからね」

アランデイルがきっぱりと遮る。そして彼は、酒場の二階に向かって顔を仰向けた。広場に面した窓が、外に大きく開いている。

「隊長、可愛い娘さんが御用だってのに、何してるんですか！　いるんでしょ⁉」

「隊長はおまえなんだろ」

二階の窓から、一人の男が頭を覗かせた。窓枠に両手をついて身を乗り出し、にやにやしている傭兵たちへ渋面を作ってみせる。

「てめえら、言っとくが、全部聞こえてたからな」

「だったら早く下りてくりゃ良かったのによ」

傭兵の一人が言い返す。ダルウィンが、その言葉を空中で掻き消すように片手を振った。

「いやいや、察してやれよ。優しくていい人だなんて言われたら、恥ずかしくて出るに出られないだろう」

「いいや、喜んで出ていくぜ」

すかさず声が降ってくる。

「俺ほどの善人が他にいるとでも？　アランデイルの魔の手から、お嬢さんを救い出さなきゃな」

頭が室内へ引っ込み、待つまでもなく、二階から降りてきた男が娘の前に立った。

腰に大きな剣を佩《は》いた、背の高い男だ。枯れ草色の髪に粗削りだが整った顔立ちで、少なくとも見かけは、いかにも優しそうとは言えない。青灰色《せいかいしょく》の目は娘を一瞥し、それからアランデイルへと向けられた。娘の肩に掛けていた手をアランデイルがさっと下ろす。

「二階から見えてたが」

娘の頭越しに、傭兵隊長は金髪の若者へ顎をしゃくった。

「さっき広場の向こうでいちゃついてた赤いドレスの女は、もういいのか？」

「彼女はただの友人です」

アランデイルは肩をすくめた。仲間たちからは、嘘だ、という非難の声が即座に、複数投げつけられたが、彼は主張を変えない。

「俺は子供時代の殆どをここで過ごしたんですよ」

漠然と、カタリアの街並みを片手で指す。

「故郷なんだから、知り合いが多くて当然じゃないですか」

「まったくだな。おまえが出かけてる間、おまえを捜しにここへ来た女が何人いたか覚えきれないくらいだ」

ダルウィンが鼻で笑う。ようやくアランデイルが口を閉ざしたところで、シャリースは娘を見下ろした。

「俺を捜してるって？」

娘はぽかんとしてシャリースを見上げている。

「……あなたが、ジア・シャリース隊長ですか？」

改めて確認され、シャリースは苦笑した。

「こいつらの悪ふざけに巻き込まれちまったな」

横目で部下たちを睨む。

「退屈してると、ろくなことをしねえ奴らでね。俺がシャリースだ」

「私……主人の遣いで参りました。あの……よろしければ皆様を夕食にご招待したいと――」

まごまごしながら言いかけた娘に、シャリースはにやりと笑いかける。

「あんたの主人か、俺を優しくていい人だと言ったのは？　誰だ、俺の知り合いか？」

娘はうなずいた。

「そうです。そう仰ってました。サリア子爵です」

この名前に、傭兵たちは揃って口を噤《つぐ》み、顔を見合わせた。


バンダル・アード＝ケナードの面々がサリアという名の少女に出会ったとき、彼女は身分も財産もない、哀れな孤児に過ぎなかった。

死んだ母親に与えられた教養と、近所に住んでいた産婆から仕入れた知識、そしてその身一つで、彼女は世の中に立ち向かおうとしていた。まだ十六、七だっただろう。自分が貴族の私生児であることは知っていたが、父親には何も期待していなかった。将来は助産師になるのだと思い定めており、その意志の固さを見た者は皆、どんな困難があろうとも、彼女はその夢を叶えるだろうと信じて疑わなかったものだ。

だが、その後事情が変わった。

彼女は父の遺志により、子爵の称号をはじめ、父が持っていた全てのものを受け継いだのだ。彼女は裕福な女子爵として宮廷に上がった。傭兵たちの知る限り、以来ずっと、平和に暮らしているはずだ。

父親の遺産を滞りなく相続し、子爵として宮廷に加われるように計らったのは、シャリースだった。行き掛かり上、仕方なく取り組んだことだが、彼女はそれに恩義を感じていたようだ。だからこそシャリースのことを、優しくていい人だと評したのだろう。

となれば、サリアからの招待を断る理由もなかった。彼らの身なりが薄汚れていようと、振る舞いが粗野であろうと、彼女は気にしないだろう。何しろ彼女は傭兵たちと共に旅をし、大地の上で眠ったこともあるのだ。

外出していた十人ほどを除いて、そこにいた傭兵たち全員が遣いの娘についてぞろぞろと出かけた。一行の中には人間だけでなく、獣もいる。バンダル・アード＝ケナードに白い狼が混じっていることは、今や誰もが知る事実だ。そしてその狼が、顔に刺青のある異国の男を母親だと思っていることも。

出発の段になって酒場の裏手から姿を現した一人と一匹は、バンダル・アード＝ケナードの中でも、最強の一対として知られている。この娘も、事前に話は聞いていたに違いない。彼女は刺青の男と狼の組み合わせを見ても驚かなかった。彼らへ好奇心に満ちた視線を向ける。異国の男は顔を上げなかったが、狼はその金色の目で挑むように娘を見返し、娘は慌てて目を逸《そ》らした。

彼らは貴族の邸宅が並ぶ大通りを進んだ。子爵の邸宅は、大通りから小道を少し入ったところにある。

巨大ではないが、手入れの行き届いていることが一目で判る、壮麗な建造物だ。傭兵たちが近付くと、お仕着せを着た男の召使いが二人掛かりで、門を大きく開け放った。恭《うやうや》しい態度で、黒衣の荒くれ者たちを中へ招じ入れる。

次の瞬間、淡い紫色のドレスを纏った若い女が、弾むような足取りで玄関から飛び出してきた。恐らく家の窓から門を見張っていたのだろう。

「来てくださったのね！　嬉しいわ！」

彼女は黒い巻き毛を結い上げ、透き通るように白い肌に大きなサファイアの首飾りを着けていた。ほっそりとして背が高く、黒い瞳は喜びに輝いている。よくやったと言うように娘へうなずきかけ、そして傭兵たちに笑顔を向ける。

一方傭兵たちは、その場に棒立ちになって若い女子爵を見つめていた。

確かに彼らは、サリアを知っていた。一緒に辛い数日間を過ごした、貧しく、疲れてはいたが、勇敢な娘だ。だが目の前にいるあでやかな貴族の女は、あの少女とはまるで違って見えた。彼らとは接点のない世界に大事に匿《かくま》われ、甘やかされてきた優雅な貴族の令嬢としか思えない。

「サリア」

シャリースは辛うじて、隊長としての威厳を取り戻すことに成功した。

「綺麗になったたな」

陳腐な台詞しか出てこなかったが、それが何より正直な感想だった。部下たちの間から、同意を示す呻き声が湧き上がる。

サリアは明るい笑い声を立てた。片手で背後の邸宅を指す。

「毎晩、大きくてふかふかのベッドで寝られるようになったからね、きっと」

そして彼女は、寄ってきた白い雌狼に歓声を上げた。

「まあ、エルディル！」

差し伸べられた手を、エルディルは不審そうに嗅いだ。サリアがそっと指を伸ばし、その喉に触れる。

「会いたかったわ」

ようやく少女を思い出したらしいエルディルが、やおら彼女の肩に前脚を掛けようとした。思う存分顔を舐めて再会の喜びを表そうとしたに違いないが、一本の手が狼の首を容赦なく摑む。ドレスに大きな足跡を付ける寸前で、狼は地面へ引き戻された。

エルディルは傭兵隊の一員として認められているが、彼女のほうでは、仲間たちを完全に対等な存在だとは考えていない節がある。その彼女をこんなやり方で大人しくさせられるのは、バンダルでも一人だけだ。

「マドゥ＝アリ」

サリアに呼ばれて、顔に刺青のある男が目を上げる。右手はまだ、狼の毛皮に埋もれている。鮮やかな緑色の瞳に、サリアは大きな笑みを浮かべた。

「あなたとエルディルが私たちを護衛してくれたことは、私のお気に入りの自慢話よ」

「……」

マドゥ＝アリの返事がなくとも、彼女は気にしなかった。この浅黒い肌の男が滅多に口を開かぬことは、良く知っていたのだ。

「さあ皆さん、こちらへどうぞ」

軽やかにドレスの裾《すそ》を翻《ひるがえ》し、彼女は傭兵たちの先に立って歩き出した。玄関ではなく、建物に沿って裏へ回り込む。

「この家には、あまり広い部屋がないの」

歩きながら、彼女は説明を始めた。バンダル・アード＝ケナードの面々を一度にもてなすために、狭い食堂ではなく、庭に夕食の席を設けることにしたという。

「私、貴族のお屋敷って、だだっ広い部屋が一杯あるのかと思ってたのに、その点では少し拍子抜けしたわ。一番広い食堂も、十五人かそこらを詰め込むのがやっと。でも庭は広いし、今の季節は気持ちよく過ごしてもらえると思うの。今使用人たちが、ワインの樽を外に運び出してると思うわ。あなたたちに来てもらえるかどうか判らなかったから、きちんと支度をしてなかったの、ごめんなさい。料理が出来上がるまで少し時間が掛かるけど、もしお腹が空いているようなら――」

「心配ご無用です、子爵様。我々はついさっきまで、酒場でぐうたらしてたんですよ」

口を挟んだのはメイスレイだ。彼はまるで自分の娘を見るかのような眼差《まなざ》しで、少女の背中を見ていた。サリアが振り返る。

「子爵様はやめて、メイスレイ。私、赤ん坊みたいにあなたの世話になったのに」

「ああ、よく覚えているとも」

優しくうなずかれて、サリアははにかんだ笑みを浮かべた。

彼らの前に、広々とした庭が現れる。点在する灯籠《とうろう》には既に火が入れられており、刈り込まれた芝や、レンガの通路、よく手入れされた花壇の様子が見えた。使用人たちが芝にせっせと敷物を敷いている。美しい庭には不似合いなワイン樽が置かれ、人数分の杯をとにかく掻き集めたのだろう、様々なグラスやゴブレット、カップが運び出されていた。

傭兵たちは勧められるがままに杯を満たして庭の好きな場所に座り、料理人たちが大急ぎで準備したのであろう料理に舌鼓を打った。サリアはその間を回って一人一人と挨拶を交わし、思い出話をしては笑った。見事なドレスを身に纏い、高価な宝石を着けていても、中身は彼らが知っていた少女のままのようだ。

最後に彼女は、灯籠の側にいたシャリースのところへやってきた。

その表情に差した少しばかり深刻そうな陰に気付き、シャリースは周りにいた何人かを追い払った。敷物を手で払ってごみを除いてから、サリアが座るのに手を貸す。

「ワインの味はどう?」

問われて、シャリースは地面に置いていたゴブレットを持ち上げた。

「美味いよ。あんたは飲まないのか?」

「私はあまり……酒蔵にあるのはみんな、父が残したお酒なんだけど、私とは趣味が合わなかったみたい」

使用人たちは料理が出来上がるたびにそれを庭へ運び出していたが、多くが、傭兵たちの存在を快く思っていないようだ。突然大勢で押し掛ける客はもちろん迷惑だろうが、傭兵たちが全員武器を携えているのが、最も大きな問題だろう。傭兵隊はごろつきの集まりだと、首都で平和に暮らす人々は信じている。ここにいる傭兵が酒に酔い、武器を振りかざして略奪を始めたら、この屋敷の人間は皆殺しにされるかもしれないのだ。

　使用人たちは、若い女主人が傭兵隊長の隣に、それも肩が触れ合わんばかりの位置に座るのを見るや、一様にぎょっとした顔になった。だが誰も、彼女に近付いて窘《たしな》めることはできなかった。白い狼が二人のすぐ前に陣取り、長く鋭い歯で牛の脛《すね》を齧っていたためである。

　ともあれ、傭兵たちはサリアが招いた客であり、その一人と並んで座っていることも彼女自身の意思である。使用人たちはそれで納得するしかなかった。二人は灯りの下に座っており、何かあればすぐに判る。

　先刻バンダル・アード＝ケナードを迎えに来た娘が、サリアの元へ夕食の盆を運んできた。骨にしゃぶりついたまま、エルディルが唸り声を立てる。娘が立ち竦《すく》んでしまったため、シャリースが立ち上がって盆を受け取った。

「今日はもういいから、あなたは家へお帰りなさい」

　サリアの言葉に、娘はお辞儀をして小走りに離れて行った。受け取った盆を、シャリースは二人の間に置いた。皿に載っているのは傭兵たちに振る舞われた料理と同じものだが、水差しの中身は香草を浮かべたただの水のようだ。

「あの娘は近所に住んでいるの」

シャリースが座り直すと、サリアはにっこりと笑った。

「帰ったらきっと、家族に喋りまくるでしょうね。バンダル・アード＝ケナードをこの屋敷に案内して、白い狼に食べられそうになったって」

「そうやって俺たちの評判を落とすために、ここに呼んだわけじゃないだろ？」

「あなたたちの評判を落とさないために、あの娘を帰したのは認めるわ」

サリアがいたずらっぽく眉を上げてみせる。

「前にあなたは言ったでしょ、男は馬鹿な生き物だから、若い娘を近付けないほうがいいって」

「そうだな、覚えててくれて何よりだ。だがあんたの評判のほうはいいのか？」

「私は使用人たちに見張られてるもの。みんな心配してくれてるのよ。私が、田舎育ちの何も知らない純朴な女の子だと信じているから」

「なるほど。もし俺があんたに不埒《ふらち》な真似をしようとしたら、彼らは俺に石をぶつけるわけだな」

シャリースはうなずいた。

屋敷のほうへ片手を振る。シャリースが目を向けると、実際、裏口や階上の窓から、幾つもの顔がこちらを覗いているのが見えた。

「子爵たるもの、当然それくらいの用心はするべきだ。もっとも俺があんたに悲鳴を上げさせたら、誰かが石を拾う前に、エルディルが俺の足首に噛みつくだろうがな。それで？　俺たちを呼んだのは、旧交を温めるためなのか？　だったら嬉しいが──」

シャリースは言葉を切って、相手の反応を待った。ただそれだけが目的だったなら、サリアが酒場へ来れば済んだ話だったのだ。あの酒場ならば治安もよく、人目も多い。わざわざ使用人たちに、上を下への大騒ぎをさせる必要はない。サリアが傭兵たちをここに呼んだのには、別の理由がある。

傭兵隊長に目顔で問われ、サリアは一瞬唇を噛んだ。

「もちろん、あなたたちに会いたかったわ。本当よ。バンダル・アード＝ケナードがカタリアに来たって話を聞いたときには、寝巻のまま、靴も履かずに屋敷から飛び出しそうになったくらい。でもあなたたちは、すぐに軍服を脱いで散っていってしまったでしょう？　休暇が終わりに近付かない限り、あなたたちは集まらないと判って、少し冷静になったの。それで──考えたのよ……」

黒い瞳が、真っ直ぐにシャリースを見つめた。

「私はあなたたちに頼みごとができるって」

シャリースはその目を見返した。

「生憎だが、俺たちはもう雇われてる身でね。正規軍が──」

「知ってるわ、みんな知ってる。国境へ行くんでしょう？　ガルヴォの砦を突き崩すために」

「まあ、そんなところだ」

「それを聞いて、あのときのことを思い出したの。状況は同じだって。あなたたちは他の仕事を受けてたけど、ついでに私たちを連れて行ってくれた。同じことをお願いできないかと思ったの」

サリアが目を落とし、ゴブレットに水を注ぐ。

「図々しい話だと思うでしょうけど、バンダル・アード＝ケナード以上に信頼できる人たちはいないと、知ってるから」

シャリースは自分のワインを口に運びながら、水を飲む女子爵を見下ろした。

「まさか、俺たちと一緒に国境へ行きたいっていうんじゃないよな？」

サリアが小さな笑みを浮かべる。

「いいえ。手紙を一通届けて欲しいの。あなたたちの通り道よ」

シャリースはにやりと笑い返した。

「馬を雇う金くらいはあるだろう？」

「これは、完全に信用できる人に託さなければならない手紙なの」

サリアの眼差しは真剣だ。

「一人の男の子の人生が懸かってるの。ある女性の名誉も。それから多分、ある男性の全てが」

シャリースは目を眇めて、彼女の言葉に誇張がないかを見極めようとした。

「一体どんな手紙だか、教えてもらえるんだろうな」

「ええ。でも――」

　言葉を切って、サリアは素早く周囲を見回した。傭兵たちは二人を気にしていたが、話が聞こえるほどに近くにはいない。それでも、彼女は声を低めた。

「たとえあなたが断ったとしても、今からする話は誰にも言わないって、約束して」

「判った」

　シャリースはうなずいた。

「なるべく詳しく頼む。知ってることを全て話してくれ」

　サリアは自分のゴブレットに水を注ぎ足した。

「……私が全てを話したと知ったら、きっとあの人は死ぬほど嘆くでしょうけど――いいわ。あなたに隠し事をするより、あの人に、何も言ってないと嘘を吐《つ》くほうがずっと簡単ですもの」

　彼女は水を飲み、意を決したように話し始めた。

「二週間前、私は宮廷の舞踏会に行ったの。舞踏会が好きだというわけじゃないけど、これも義務だと思って。でも、あの日はとにかく暑くて、人が大勢ひしめいている部屋に我慢できなかったの。それで、裏庭に出たのよ。料理人が使う香草を育ててる畑や、厩《うまや》があるけど、昼過ぎは殆ど人がいないの。木陰のある場所を知ってたからそこで休憩しようとしたら、先客がいたの。ウィローナ様。男爵夫人の」

そのとき、ウィローナは一人だった。

四十代半ばの小柄な女性で、美しく、そして派手好きだ。最近は少しばかり太りすぎ、歩くのが億劫《おっくう》そうになっているのを、サリアは何度か見かけていた。

ウィローナは粗末な木のベンチに座り、身を屈めていた。歯を食いしばり、呻き声を上げている。真っ赤に染まった顔と大量の汗を認め、サリアは急いで彼女に走り寄った。

「大丈夫ですか？　どうなさったんです？」

ウィローナは喘ぎながら少女を見た。

「お腹が痛いの……」

「人を呼びます」

去りかけたサリアは、しかしウィローナの淡い黄色のドレスに血が付いているのに気付いたのだ。

「……宮廷で誰かが刺されたなんて話は聞いてないな。死んだのか？」

シャリースが口を挟むと、サリアは微笑した。

「いいえ、その反対よ。私にはすぐに判ったわ」

それは子宮から流れ出た血だと、サリアは即座に見抜いた。

サリアは礼儀を忘れた。その場に膝をつき、ウィローナのスカートの中を覗き込んだ。

そして、予期していたものを見たのだ。

彼女は男爵夫人を見上げた。

「奥様、赤ちゃんが生まれます」

ウィローナは息を呑んだ。

「何ですって⁉」

「頭が見えてます。今、誰かを呼んで……」

サリアはかつて、産婆の元で妊婦の扱いと出産について学んだ。自身の手で赤ん坊を取り上げた経験も何度かある。だが貴族の赤ん坊は、慎重に扱わなければならぬことも心得ていた。出産は、経験豊かな助産師か医者の監督の下、あらゆる事態に備えて臨まなければならない。何故なら生まれてくる赤ん坊は将来、莫大《ばくだい》な富や強大な権力の相続人になるかもしれないからだ。

立ち上がろうとしたサリアを、しかしウィローナが止めた。

「待って」

喘ぎながら、サリアの手首を摑む。

「待って——誰も呼ばないで。人目の無いところに行かなくちゃ……」

正気とは思えぬ言葉に、サリアは啞然とした。

「でも奥様、危険です。第一あなたは歩ける状態じゃないでしょう」

「助けて、手を貸して……」

涙に濡れた目には、必死の哀願が浮かんでいる。ただ事ではないと、サリアは悟った。

周囲を素早く見回し、手近な場所に物置らしき小屋を発見する。ウィローナに肩を貸し、立ち上がらせると、ウィローナは陣痛に呻《うめ》きながら、何とか小屋まで歩きついた。

幸いなことに、小屋は無人だった。畑仕事の道具が雑然と置かれ、入り口の脇には空の麻袋が積み重ねられている。

その麻袋の上で、男爵夫人は男の子を産み落とした。

出産自体には、何の問題もなかった。ウィローナには既に三人の子供がおり、サリアにも介助の知識がある。赤ん坊はこの世にするりと押し出され、すぐに元気な産声を上げた。

サリアは、その小屋でできる限りの処置を施したが、ドレスを血で汚し、水や薬どころか赤ん坊を包《くる》む布すらないという事実に焦りを感じた。明らかに、彼女一人で対処できる事態ではない。

男爵夫人は仰向けに横たわり、赤ん坊を胸に乗せたまま呆然としていた。

「妊娠してたなんて……」

「まさか、ご存知なかったんですか？」

「もう、そんな年じゃなくなったんだとばかり……」

息子の誕生を喜んでいるという表情ではない。ただただ驚いているのだろう。サリアは彼女を力《ちから》づけようとした。

「でも、元気な男の子ですよ。ご家族にお知らせしましょう。きっと――」

「絶対に駄目よ！」

サリアを遮って、ウィローナは叫んだ。

その瞬間に、サリアは理解した——この赤ん坊は、夫である男爵の子ではないのだ。ウィローナは月のものが止まったのを妊娠ではなく閉経と勘違いしていたが、そうでなければ、この赤ん坊は早々に堕胎される運命だっただろう。

だが、子供は産まれてしまった。もう、無かったことにはできない。

「判りました」

サリアは必死に思案を巡らせた。

「私の侍女を呼びます。必要なものを用意させます。奥様はそこに隠れていらしてください。たとえ私の侍女が好奇心を持ったとしても……持つに決まっているでしょうが、奥様の姿さえ見られなければ大丈夫です。この子は、私が拾ったことにいたします。乳母を見つけて、しばらくの間お預かりします。まずはお身体を休めて、どうなさるかお決めください」

そしてサリアはその仕事をやってのけた。

ウィローナは粗末な服に着替え、身分を偽って町医者の手当を受けた。赤ん坊は乳母の手に委ねられた。カタリアには、乳母を生業《なりわい》にしている女性が大勢いるのだ。男爵夫人はサリアに言われるがまま動き、急病と称してサリアの屋敷に数日滞在した。

サリアは自らウィローナの看護に当たった。使用人たちは、庶民の中で育ったサリアの突飛な振る舞いに、いちいち驚くのをやめていた。この屋敷の主人には好きに暮らす自由があり、それを尊重しなければならないと理解していたのだ。

その数日の間に、彼女はウィローナから事の次第を聞いた。

ウィローナとその夫はもう何年も寝室を別にしており、彼女が夫の子供を身ごもるはずはないという。そして彼女には、子供の父親に心当たりがあった。一度だけの過ちだと彼女は主張した。その一夜以来、子供の父親とは顔を合わせるどころか、手紙の一通も交わしたことがないという。

だが、子供が産まれたからには、父親に知らせなければならないと、ウィローナとサリアは話し合った。ウィローナの手元で育てるのは不可能だとしても、あの赤ん坊には親の保護を受ける権利がある。サリア自身、私生児として生を受けた。父の子爵は、彼女と母の生活を経済的に支えてくれた。そのお陰で彼女は衣食住に不自由しなかっただけではなく、十分な教育を受けることもできたのだ。ウィローナには夫に気付かれず使える金はないが、赤ん坊の父親にはあるかもしれない。

「ウィローナ様は死ぬほど怯《おび》えてるの」

サリアはシャリースに説明した。

「男爵は自尊心の強い方で、自分の妻が私生児を産んだことを知れば、ただではおかないだろうって泣いてたわ。殺されるかもしれないって――自分も、赤ん坊も。彼女はもう家に戻っているけど、私がお見舞いに行ったら、夫に疑われてるって言ってたわ」

「そりゃそうだろうな」

思わず、シャリースは片頬で笑った。

「幾ら寝室が別だったとしても、丸々と太ってた妻がいきなりげっそり痩せたりしたら、誰でもおかしいと思うだろう」

「ええ、だから彼女は、具合が悪いということにして、寝室に立てこもってるの。私が行ったときも、一生懸命口に食べ物を詰め込んでたわ」

サリアは顔をしかめた。その手は無意識のようにエルディルの背中を撫でている。

「いずれ不自然でない程度に太れるでしょう——その前に、本当に具合を悪くしなければ。でも私が心配しているのは、彼女の胃腸のことじゃないの。彼女は子供の父親に手紙を書いたけど、もし相手が手紙の内容を認めなかったり、男爵に抗議したりするようなことがあればおしまいだと思ってる。私は、あの方はそんなことをなさる人じゃないと思いたいけど……」

「ちょっと待て」

シャリースは口を入れた。

「つまり、あんたは赤ん坊の父親と知り合いなのか？」

「あなたも彼を知ってるわ」

サリアはうなずいた。

「だからこそ、手紙をあなたに託したいの。あなたが手紙を手渡して事情を説明してくれたら、彼も信じざるを得ないと思うから」

傭兵隊長は少女の黒い瞳を覗き込んだ。

「……誰だ？」

「セルク様よ――オーフィードの」

「……」

シャリースは啞然として女子爵を見下ろした。

「セルクが？　本当に？　あいつが男爵夫人と？」

セルクは正規軍の司令官の一人だ。そして、もちろん貴族として宮廷にも出入りしている。彼はガルヴォ国境に隣接するオーフィードに領地を持つ、ラドゥエル伯爵の娘婿だった。

シャリースはじめ傭兵たちは、戦場でセルクと共に過ごしたことがある。軍人にしては優しく繊細な、礼儀正しい男で、始終妻に宛てた手紙を書いていた。そして妻から届いた手紙を、懐《ふところ》へ大切にしまっていることでも有名だった。確かに彼は伯爵家の一人娘と結婚することによって自らの地位を引き上げたが、愛のない結婚だと言う者は誰もいない。

そして彼は、誰に対しても親切な男だった。

シャリースはしばしば、セルクから宮廷用の服を借りている。宮廷で長期間を過ごす気のないシャリースは、ふさわしい服を幾通りも買い揃えるのを馬鹿馬鹿しいと考えたのだ。それを聞いたセルクは、自分の服を快く貸してくれた。戦場でセルクと親しくなっていたのは幸いだった。それ以上に運が良かったのは、セルクの体格がシャリースとほぼ同じで、どの服も楽に着られたことだ。

セルクは宮廷でも、愛妻家として名が通っていた。セルクの妻である伯爵家の後継者は宮廷にあまり姿を見せなかったが、シャリースは何度か、彼女と会ったことがある。彼女はシャリースが、夫の服を着ているのを面白がった。

「この先、夫が太ってしまったら」

彼女は笑いながら言ったものだ。

「今ある服は、全部あなたのものですわ」

伯爵令嬢は美しかった。いつも地味な装いであまり目立たなかったが、側で見ると、類《たぐい》稀《まれ》な美貌の持ち主であることは明白だ。もし彼女がその華奢でしなやかな身体に豪華なドレスを纏い、もう少し化粧を濃くしていたなら、誰もが彼女を宮廷でも指折りの美女だと褒めそやしたことだろう。

しかし彼女はそれを望まなかった。彼ら夫婦は社交があまり得意ではなかったのだ。だが宮廷の片隅に二人でいるその姿を見れば、彼らが仲睦まじい夫婦であることは疑いようもなかった。

そのセルクが、十も年上の人妻と不貞を働いたとは、俄《にわ》かには信じがたい。しかしたとえ事実だったとしても、それが単なる間違い以上の何物でもないことは、当の男爵夫人の話から明らかだ。

「ウィローナ様は命がけで危険な手紙を書いたわ。私は彼女が嘘を言ったとは思わないけど——きっとセルク様はお困りになるでしょうね、この一件が奥様や、そのお父様に知れたら」

「……どうやら本当に面倒な仕事を、俺に押し付けようとしてるようだな」

シャリースは溜息を吐いた。

「だが断れないようだ。セルクには、個人的な恩もあるしな。確かにその手紙は危険だ。セルクの手に直接渡すか、それができなければ火の中に放り込むしかない。それに、セルクが本当にその子の父親だとしても、俺としてはあの奥さんに辛い思いをさせたくはないな」

「そうね」

エルディルの首をそっと揉みながら、サリアは唇を引き結んだ。

「もしこんなことが奥様のお耳に入ったら……あのご夫婦には、子供がいないというから」

「……ああ」

それが彼らの唯一の悩みだろうと、シャリースにも察しはついていた。この一件は確実に、家族の中に亀裂を生むだろう。

「セルク様に伝えて」

サリアは目を上げてシャリースを見つめる。

「とっても元気で可愛い男の子だって。セルク様に似ていると、私は思うわ。お手元で育てられないなら、私が面倒を見る。私の遠縁の子だということにすればいい。ウィローナ様とそういう約束をしたの」

「何でそこまで？」

シャリースは目を眇めた。

「自分の手で取り上げた赤ん坊ってのは、そんなにも愛着の湧くものか？」

「もちろん愛着は湧いてるわ。あの子は本当に可愛いんですもの」

サリアは微笑した。

「でも、実を言えばそれだけじゃないわ。ウィローナ様は私なんか及びもつかないほどのお金持ちよ。もし私があの子に安楽な未来を用意したら、お返しに助産師を教育するための学校を作ってくれるというの。そういうことを専門に教える学校は、少なくともカタリアには一校も無いから。子供を一人育てるよりずっとお金の掛かることだけど、学校を作るのは素晴らしい慈善活動だし、それなら男爵も文句は言わないだろうって。私も、その学校に入れてもらう約束なの」

黒い瞳は輝いている。シャリースは納得した。母親の死で断念せざるを得なかった勉強を、彼女は今、再び始めるつもりなのだ。

「あんたは野望を果たしつつあるわけだ」

にやりと笑う。

「ただ綺麗に着飾って遊び回るだけで毎日を過ごすような、つまらない貴族の女にはならなかったんだな」

「そういう女になろうと頑張ってはみたのよ、最初のひと月くらいはね」

サリアは肩をすくめた。

「宮廷のお招きはもちろん、色んなお宅の舞踏会や夕食会に行って――でも、本当に、気が狂いそうなほどつまらなかったの。私には全然向いてなかったのね。だから頑張るのはやめて、家の中を徹底的に整理したり、書斎にこもったりしてたのよ。あなたたちと一緒にいたときは、何度も死にそうな目に遭ったけど、あの旅が懐かしかったわ」

「もう、連れては行かないがな」

「ええ、もうついてはいかないわ」

笑い声を立てる。エルディルが立ち上がり、大きな伸びをして歩み去った。バンダルの仲間たちから、残り物をもらい歩くつもりなのだろう。

サリアがドレスの胴着の下に手を入れ、一通の薄い封筒を引っ張り出した。口は糊付《のりづ》けされているが、宛名はない。

「持って行ってくれる？　それとも、ここで燃やしたほうがいい？」

シャリースは封筒を受け取り、三つに折り畳んだ。首に掛けていた財布の中へ押し込む。

「久々に、戦友に会いに行くのも悪くないよな。国境のごたごたはもう知れ渡ってるんだから、そこに行く途中、俺がちょっと伯爵家に寄ったところで、誰も変に思ったりはしないだろう。セルクも俺と話をしたがってるはずだ」

「ありがとう」

サリアは立ち上がった。

「あなたなら行ってくれると信じてたわ」

差し出された手を、シャリースは礼儀正しく取った。細い指が彼の手を握り締める。

「……本当にありがとう」

そして彼女は、エルディルの後を追って傭兵たちの間を歩き出した。彼女の行く先々で笑い声が上がり、酔っ払いがだみ声で乾杯を叫ぶのを聞きながら、シャリースは胸の上にある財布を指で探っていた。その中にある秘密の重さをひしひしと感じながら。

二

国王の命によって編成された正規軍の遠征部隊と、彼らに雇われたバンダル・アード＝ケナードは、ガルヴォとの国境に向けて進軍を開始した。

傭兵たちにとっては楽な道程だった。正規軍は足が遅い。身分の高い司令官は身の回りの物を大仰な馬車で運ばせるのが当然だと考えている上、兵士たちの食料や装備を積んだ荷車もぞろぞろと連なり、長距離を歩き慣れぬ新兵もいる。傭兵たちとしても、この後砦攻めが待っているとなれば、急き立てられて体力を失うより、のんびり進むほうがいい。行軍《こうぐん》の間、正規軍の荷車から食料が分配されるとなれば、なおさら文句を言う筋合いはない。

「もしかしたら、今回の行き先がモウダーじゃなかったのは、ついてたかもな」

ダルウィンはシャリースにそう話しかける。

「あっちは今、ごたついてるらしいから」

「そうだな」

シャリースはうなずいた。カタリアで広まっている噂は、もちろん彼も耳にしている。

モウダーはエンレイズとガルヴァ両国に境を接する小国である。

二つの大国に挟まれた格好のこの国は、否応なく両国の長い戦争に巻き込まれているが、双方と経済的な取引を続けることでしたたかに生き延びていた。エンレイズ軍はモウダー人の生命や財産を脅《おびや》かす行為を厳しく禁じており、その結果モウダー人はエンレイズ兵に、言い値でものを買わせることができる。エンレイズ人とガルヴァ人が国内で殺し合いを演じる傍らで、モウダー国民はそれをうまく利用していたのだ。

ところが最近事件が起きた。モウダー南部で、裕福な商家が立て続けに襲撃を受けたというのである。

どの家も、強盗への備えは万全だった。夜ともなれば出入り口には頑丈な錠が下ろされ、武装した男たちが夜通し守りを固めていたのだ。にもかかわらず、襲撃者たちは中へ押し入り、人を殺し、金品を奪ったという。整然として手際の良い仕事だったらしい。犯人は一人も捕まっていない。

その手際の良さから、エンレイズかガルヴァの軍人が関わっているのではないかという疑惑が囁かれている。これは素人ではなく、訓練された軍隊の仕業だというのだ。

真相は不明だが、モウダーで任に就いているエンレイズ軍兵士は、住人から疎《うと》まれることが多くなったとこぼしている。物資の調達が、これまでよりも困難になったというのだ。金さえ払えば喜んで泊めてくれた宿でも、あれこれと難癖を付けられ、追い出されることすらあるらしい。犯人が捕らえられるか、あるいは少なくともエンレイズ軍兵士の仕業ではないと判明するまで、軍に所属する者にとって、モウダーは居心地のいい場所ではなくなったのだ。

身に覚えのない事件のためにモウダー人とぎくしゃくするより、国境でガルヴォ軍と直《じか》に相対するほうが楽だと、兵士たちの多くがそう考えている。シャリースたちも同意見だ。

行軍に費やされた数日の間に、彼らはガルヴォの砦を攻略する策を練った。

バンダルが砦攻略の先陣を切ることは、正規軍に雇われた時点で決まっている。数日前に偵察に行った別動隊が作った地図や砦の見取り図も、傭兵たちの手に渡されていた。彼らは歩きながらそれらの資料を手から手へと回し、休憩の際には頭を寄せ合って、砦の門をこじ開ける策を練った。必要になると思われる物を数え上げ、正規軍の兵士とも話し合う。正面の扉を仲間のために開放するのが傭兵の仕事で、その方法については一任されている。

地図や砦の見取り図とともに、シャリースの懐にある極秘の手紙についても、バンダルの面々に情報が伝達された。細かい部分については伏せられたが、それが、以前彼らが知り合ったセルクという司令官にとって、不都合な内容であることは明かされている。シャリースが昼の休憩時に隊列を抜け出し、セルクのいるオーフィードの村に寄ることも了解済みだ。

「ま、隊長はあの方のお陰で、宮廷で毎日違う服を着られるわけですしね」

アランデイルが理解を示す。宮廷で子供時代を過ごした彼は、貴族の男たちがいかにして見栄を張り合うのかをよく心得ていた。見栄を張るだけの財力の無い者が、いかに見下されるのかも。

「そしてそのお陰で、実入りのいい仕事を取ってきてるわけだからな。シャリースが普段の格好で宮廷をうろついたら、仕事を取るどころか、物乞いと間違われて追い出されるのが落ちだろうよ」

ダルウィンが鼻で笑う。

「俺たちは全員、セルクに恩がある。手紙の一通くらい届けてやらねえとな」

その点については、皆同意見だ。もちろんバンダル・アード＝ケナードは有能な傭兵隊だが、より良い仕事を選り好み《え》できるのは、シャリースが宮廷で顔を売り、裕福な知己《ちき》を得ているからだ。

オーフィードに向かうにあたり、シャリースは護衛としてマドゥ＝アリとエルディルを連れていくことにした。彼らは砦までそれほど遠くないところにまで来ている。ガルヴォ人がどこに潜んでいてもおかしくはない。さらにダルウィンも、一緒にオーフィードの村へ行くと宣言した。

「村ってからには、食料品屋の一軒くらいあるだろ」

自分の雑嚢《ざつのう》の中身を調べながら、彼は少しばかりうんざりした顔になっている。

「香草を仕入れに行かなくちゃならないんだよ。正規軍の食い物は、そのまんまじゃ食えたもんじゃねえだろ？　思ってた以上にのろのろ動いてるから、買い置きが心許なくなってきた」

彼がバンダル・アード＝ケナードで最も優れた料理人だということは、誰もが認めるところである。そして、正規軍から支給される食料が、味気ないことも事実だ。ダルウィンはその改善に力を注いでいた。他の面々も、ダルウィンが常備している香草や、その使い方に関する知識の恩恵を受けている。

隊列がオーフィードの目と鼻の先で休憩を取ると決めたとき、三人と一匹はその場からさりげなく離れた。正規軍の休憩は長い。隊列が動き始めるまでに手紙の配達や買い物を済ませ、何食わぬ顔で戻ってこられるだろう。

正規軍の兵士は誰も注意を払わなかった。彼らは自分たちのことで手一杯だったのだ。

オーフィードの村を訪ねるのは初めてだったが、その場所は小高い丘の上から容易に確認できた。家々が肩を寄せ合うように立ち並び、街道はその周囲を迂回している。村の周囲に広がる農地の広さを見るに、豊かな領地であることは間違いない。丘の上からでも、村人たちが畑仕事に勤《いそ》しんでいるのが見える。

丘を下って村に入ると、石造りの古い家並みが彼らを迎えた。人通りは多くない。この時期、農民の多くが畑で時間を過ごすのだ。

軍服姿の男たちと狼の姿を目にして、通りで遊んでいた子供たちが騒ぎ出す。一方洗濯物を干している女たちや、農作物を運んでいる男たちはそれほど驚かなかった。ごく近い場所でまもなく戦いが始まることを、彼らは聞き知っているのだろう。

店内はもちろん道にまで野菜を並べ立てている食料品店に、ダルウィンが吸い込まれていく。店の主人としゃべり始めた幼馴染を置いて、シャリースは数軒先の酒場に足を向けた。店の奥の暗がりでは不健康そうな若い男が二人食事中で、不審そうな目でシャリースを見やる。道に置かれたベンチには数人の老人が座っていた。酒を舐めながらも、顔に刺青のある異国の男と白い狼の組み合わせに目を奪われている。しかしシャリースが道を尋ねると、彼らは親切に応じてくれた。セルクの軍歴は、老人たちもよく知っているのだろう。黒衣の傭兵が友人だと名乗ると、彼らは心得顔にうなずいた。

「ああ、セルク様ならお屋敷にいるだろうよ」

一人の老人が教えてくれる。

「今朝散歩されているところを見かけたが、もう戻っておられるはずだ。昼飯どきだからな」

伯爵家の屋敷へどう行けばいいのかを、老人たちはシャリースに説明した。複雑な道順は、老人たちが数人同時に口を開くためますます難解に聞こえた。彼の後ろで、エルディルが退屈そうに大欠伸《おおあくび》をする。マドゥ＝アリは黙ったまま、老人たちの言葉に耳を傾けている。

何度か辛抱強く訊《き》き返し、シャリースはようやく道順を理解した。ダルウィンはまだ、店の主人と交渉中だ。シャリースと目が合ったが、ダルウィンは素っ気なく片手を振った。手紙の配達に付き合う気はないのだ。

老人たちに礼を言って、シャリースは教えられた道を辿り始めた。マドゥ＝アリとエルディルがその後に続く。

この村の道は、どこも複雑に入り組んでいる。この迷路が領主の館を守っているのだと、シャリースは以前セルクから聞いたことがあった。ガルヴォとの国境が近く、昔はしばしば、ガルヴォ人の襲撃を受けたのだという。代々の領主は屋敷と財産を守るために、村を幾度となく作り変えたのだ。跡取り娘と結婚して初めてこの村にやって来たセルクは、それから数か月もの間、殆ど毎日のように道に迷っていたらしい。

右に一回、左に二回曲がったところで、道幅が極端に狭くなった。もし誰かとすれ違おうとすれば、シャリースは石積みの塀に背中を貼り付けなければならなかっただろう。視界は家と塀に遮られ、道の先がどうなっているのかは全く判らない。

「三軒先を右……」

シャリースは口の中で呟いた。

「それから――」

「赤茶の扉の家を通り過ぎて左に曲がる」

マドゥ＝アリが後ろから補足する。シャリースはうなずいた。

「まったく、ややこしいよな」

ともあれ、マドゥ＝アリが道順を覚えているのは心強い。マドゥ＝アリは寡黙な男で、ときに、言葉が通じないのではないかという誤解を受けるが、実際のところはエンレイズ語を完璧に理解している。そして素晴らしい記憶力の持ち主でもある。マドゥ＝アリはそれをひけらかしはしないが、シャリースは知っていた。シャリースが道に迷ったとしても、マドゥ＝アリに任せておけば目的地に辿り着けるだろう。

しかし、彼らが道を曲がった瞬間、正面から三人の男が姿を現した。

明らかに、通りすがりではない。傭兵たちの行く手を塞ぐ意図で、狭い道に広がっている。そのうちの一人、一番後ろに隠れているのが先刻酒場にいた若い男であることに、シャリースは気付いた。

「セルク様に用があるって？」

茶色い髭を蓄えた中年の男が、シャリースに一歩近付く。

「一体何の用なのか、是非聞かせてもらいたいね」

シャリースは内心で歯嚙みした。頭を巡らせて確かめこそしなかったが、背後から別の複数の足音が迫っているのが聞こえる。エルディルの低い唸り声が、微《かす》かに耳に届いた。

勝手の判らぬ路地に、彼らは閉じ込められたのだ。

そこはあまりにも狭く、剣を抜く余地すらなかった。たとえ剣が抜けたとしても、それを振るうわけにはいかない。ここはエンレイズの伯爵領で、対峙している相手はここの住民だ。傭兵たちが殺すことを許されているのは敵国の兵士だけであり、もしさしたる理由なくエンレイズ人を殺せば、捕らえられ、殺人罪で裁かれることになる。

「ただ、セルクの顔を見に寄っただけだ」

シャリースは殊更にのんびりとした口調を作った。

「あいつとは戦場で、一緒にまずい飯を食った仲でね。仕事で近くに来たんで、挨拶でもしようと思ったんだ。ほら、ガルヴォ人が図々しくも、国境のこっち側に砦を作ってるって話は、あんたたちだって聞いてるだろ？」

張りつめた空気は緩まない。シャリースも、相手が自分の言葉を信じるなどと期待したわけではない。

男がもう一歩こちらに近付こうとした瞬間、シャリースは首から素早く財布を外した。振り向きざま放り投げたそれを、マドゥ＝アリが片手で掴む。

「それを持って逃げろ！」

躊躇も、反論もなく、マドゥ＝アリは直ちに命令に従った。

背後には四人の男が迫っていたが、全員が、エルディルの突進に怯《ひる》んで道を空けた。ぶつかり合って二人が倒れたが、エルディルは邪魔な人間たちを軽々と飛び越し、マドゥ＝アリもその後に続いた。路地に響く罵り声を後に、一人と一匹はあっという間に姿を消した。

残ったのはシャリースと、七人の村の男だ。

シャリースは息をついて、最初に話しかけてきた髭の男へと向き直った。とにかく、手紙は無事だ。マドゥ＝アリなら何があってもあの手紙を守り抜いてくれるだろう。自分の身の安全については、それほど心配していなかった。彼が相手を殺せないのと同様、相手もまた、傭兵隊長の命を簡単に奪えはしない。それは間違いなく犯罪になるし、もし彼らが犯罪を厭わず、法の執行者から免れる手段を知っていたとしても、傭兵たちの報復からは逃《のが》れられない。マドゥ＝アリは彼らの顔を見た。もし彼らがシャリースを傷つけるようなことがあれば、傭兵たちが彼らを血祭りにあげることくらい承知しているはずだ。

相手は当然ながら、機嫌がいいとは言えぬ顔つきだった。

「俺たちが強盗か何かで、あんたの財布を狙ってると思ったのかよ？」

「そうでないと、どうして俺に判る？　あんたらとは、今日初めて会ったんだぜ？」

問い返すと、相手は鼻を鳴らした。

「筋違いもいいところだ。来い、伯爵様のお屋敷に行きたかったんだろ？　俺たちが案内してやろうじゃねえか」

「いや、一人で行ける。さっきちゃんと道を教えてもらったからな――そいつから聞いて知ってるだろうが」

酒場にいた若い男を横目で睨むと、相手は身を縮めて仲間の陰に隠れようとした。髭の男がにやりと笑う。

「ここでは余所者は目立つ。特にあんたみたいな軍服の男は。もっと周りに注意するべきだったな。それに、セルク様の名前なんか出すべきじゃなかった」

男爵夫人は、セルクとの過ちについては他の誰にも知られていないとサリアに確約したという。しかしもしかしたら、彼女は間違っていたかもしれないと、シャリースはその可能性を考えた。あり得る話だ。特権階級の人間の多くは、周囲にいる使用人たちの存在を忘れがちだ。彼女の小間使いか誰かがこの一件を目撃し、それから男爵夫人の妊娠に気付いたかもしれない。そしてもし、その人物が悪知恵を働かせたら、男爵夫人を脅迫することを思いつくだろう。彼女がセルク宛に手紙を書いたことをも知っていたなら、何としてもそれを入手したいはずだ。

シャリースは素早く、己の置かれた状況を検討した。この男たちの目的が何にせよ、自分をこの狭い路地から連れ出そうとしていることは確かだ。彼としても、騒ぎを起こさずこの狭い路地から出たかった。セルクの居所を尋ねていた傭兵隊長が路地で刺し殺されでもしたら、セルクもあらぬ追及を受けるだろう。

マドゥ＝アリとエルディルは、恐らくもう、ダルウィンと合流しているだろう。姿は見えないが、彼らはこちらの様子を探っていると、シャリースは信じた。万一流血沙汰になれば、ダルウィンたちが割り込んでくるに違いない。そうでない場合も、彼らは何か手を講じてくれるはずだ。

「――判った。案内してもらおう」

シャリースの答えに、髭の男は満足げな唸り声を立てた。

「それじゃまずは、その物騒なものを預かろうか」

片手で、シャリースの佩いている剣を指す。

「四の五の言わねえでくれよ。武装した傭兵をお屋敷に入れるわけにはいかねえだろうが」

シャリースは小さな溜息を吐いた。言い争ったところで無駄だろう。剣帯を外すと、背後から伸びた手がそれを取り上げた。シャリースは肩越しに振り返った。

「おもちゃにするんじゃねえぞ。そいつを鞘から抜こうとして、頭に落っことして死んだ奴もいるんだからな」

大剣を抱えた若者が、度肝を抜かれたような顔でシャリースを見返した。うなずくべきか、それとも虚勢を張るべきか迷ったらしいが、彼らの頭領らしい髭の男が割り込んだ。

「いいからついてこい」

そしてシャリースに背を向ける。男たちに前後を囲まれたまま、シャリースは狭い路地を歩き始めた。

意外なことに、彼らは道を逸れなかった。

老人たちが語った道順を、彼らはそのまま辿っていた。道は狭いままだが、頑丈な塀に囲まれた壮麗な屋敷が、家々の向こうにかいま見える。

もしかしたらセルク自身が、この男たちを自分の元へ送り込んだのだろうかと、ふとそんな考えがシャリースの頭に浮かぶ。何か別の経路で、セルクはシャリースがここへやって来た理由を知ったのかもしれない。そして、妻と義理の父親から、シャリースが来たこと自体を隠そうとしているのかもしれない。

その思い付きは楽観的過ぎるようにも思えたが、少なくとも現在の状況と矛盾はなかった。男たちはシャリースを攻撃する素振りすら見せず、伯爵の邸宅へ五体満足で連れて行こうとしている。セルクと二人きりで話せるのならば、シャリースとしても都合がいい。預かってきた手紙は手放したが、少なくとも内容を伝えることはできる。

最後の角を曲がると、伯爵邸の石塀《いしべい》が目の前に聳《そび》え立った。

シャリースは男たちに促され、使用人や出入りの商人が使うと思《おぼ》しき通用門へ向かった。小さな扉を潜《くぐ》り抜けると、石造りの古く美しい邸宅が彼らを迎える。裏口から中へ入り、薄暗い石段を下りた。目の前に伸びる廊下には幾つかの扉が並んでおり、手前の一つは開けっ放しになっている。中をちらりと覗くと、食品貯蔵庫のようだ。

先頭に立っていた男が、その二つ先の扉を開けた。

「入れ」

髭の男が命じる。言われた通り、シャリースは中に入った。大鍋や掃除のための道具などが雑然と押し込められた物置部屋だ。天井近くに明り取りのための小さな窓があり、昼の光が室内に舞う埃をきらめかせている。

背後で扉が閉まった。

「そこで待ってな」

髭の男のせせら笑うような声が、扉の向こうから聞こえる。

「伯爵がお出ましになるまで」

シャリースは思わず片眉を吊り上げた。

「伯爵？」

セルクの間違いではないかという一言を、シャリースは辛うじて飲み込んだ。今まで見当違いの想像ばかりしていたらしい。

鍵が外から掛けられる。足音が遠ざかっていく。

シャリースは窓を見上げたが、通り抜けるのが不可能なのは明らかだった。頑丈そうな桶を見つけてひっくり返し、その上に腰を下ろす。何が起こっているのかは判らない。そしてそれを知るために、彼はただ待つしかなかった。

昼食を摂る間に、正規軍の古参兵士が、モウダーの最新情報を傭兵たちにも教えてくれた。

彼はバンダル・アード＝ケナードと何度も一緒に戦ったことのある男で、親戚がモウダーに住んでいる。その親戚によれば、最近巷《ちまた》を騒がせている強盗団の中には、外国の言葉を話す者がいるのだという。

「外国人がいるったって」

傭兵の一人が鼻を鳴らす。

「モウダーは元々外国人だらけじゃねえか」

エンレイズやガルヴォだけではない。モウダーには南方の国々から人間が流れ込んでくる。そのほとんどは商人だ。モウダーは様々な国との商取引で潤っている。日常では、モウダー人はエンレイズ語を話すが、ガルヴォ語や、南方の言葉を操る者も大勢いる。

「とにかく」

正規軍兵士は言う。

「大きく稼ぎたいと思ってたモウダー人の悪党が、よそから助っ人を調達してきたんじゃねえかってよ」

「信じられないな」

笑い声を立てたのは、モウダーで生まれ育ったライルだ。首都の裏通りで厳しい人生を歩んできたこの若者は、モウダー人の欠点を知り抜いている。

「モウダー人は、隣人と協力することが嫌いですよ。徒党を組んで整然と強盗を働いて、手に入れた金を奪い合ったりもしないなんて、そんなのモウダー人のやることとは思えない。金が入ってから、それを奪い合って墓穴を掘るのがモウダー人ですよ」

聞いていた全員が笑った。もちろんライルの意見は偏《かたよ》っているが、鋭いところを突いているのは確かだったのだ。

正規軍兵士は自分の仲間の元へと戻っていった。出発の命令が下ったときには、隊列に加わっていなければならない。

食事の後片付けをし、出発の準備を整える頃になって、バンダル・アード゠ケナードの傭兵たちは、漠然と不安を募らせ始めた。

シャリースたちが戻ってこないのだ。村は目と鼻の先で、手紙を渡すにせよ、買い物をするにせよ、とうに済ませて仲間と合流していなければおかしい。急がなければならないことは、シャリースたちが一番よく知っているはずだ。

長い昼休憩が終わりに近付いているのか、正規軍の兵士たちが動き出しつつある。司令官の天幕に何人かが呼びつけられ、慌ただしい出入りがある。

「……もしかしたら、出発に間に合わないかも」

最年少のチェイスが、干し肉を嚙みながら言う。休憩時間一杯、物を食べることに費やしてなお、彼の食欲は健在だ。

「道にでも迷ってるのかな。あの村は迷路みたいだって有名だし」

ノールは心から心配している。このバンダル一の巨漢は、先刻から何度も立ち上がり、オーフィードの村の方角を眺めやっていた。

「道に迷ったとしても、あいつらなら家の屋根伝いにでも帰ってくるだろうが――」

年長のメイスレイが、思案げに顎を撫でる。

「このままだと、置いていくしかないな」

傭兵隊の人数が減っているなどということを、雇い主に知られるわけにはいかない。彼らは全員で、正規軍の側にいなければならないのだ。出発の命令が下れば、素知らぬ顔で歩き出すしかない。

「それでいいだろう。すぐに追いつく」

鼻を鳴らして応じたのはタッドだ。顔を黒い髭に覆われたいかつい傭兵である。

「正規軍の行軍ののろさを見るに、半日の遅れがあったって簡単だ」

突き放すような口調だったが、内心ではやきもきしているのがその目から読み取れた。見かけからは想像しがたいが、タッドは面倒見のいい男だ。シャリースたちが追いつく時間を稼ぐために、ゆっくりとした行軍をさらに遅らせるくらいのことは迷わずにやってのける。

司令官の天幕が片付けられ、正規軍の兵士たちがそれぞれの荷物をまとめ始めた。傭兵たちはすぐさま移動ができる態勢を整えていたが、全員が座り込んで待った。出立《しゅったつ》の命令が下るまでは粘るのだ。

オーフィードの村に行った三人と一匹が、戻ってくる気配はない。事情を知らせる遣いの子供一人すらやってこない。

とうとうバンダル・アード＝ケナードにも、隊列の殿《しんがり》について進めという指示が届いた。

仕方なく、彼らは従った。シャリースたちが残していった荷物も拾い集める。もちろん何も置いていくわけにはいかない。傭兵隊が契約違反をしているという事実は隠さなければならないのだ。もっとも、正規軍の司令官がシャリースに出頭命令を出さぬ限り、問題は起こらないだろう。そして契約を結んだ日以来、司令官が傭兵と直接話したがったことは一度もない。

傭兵たちは口数少なく歩き続けた。正規軍の兵士に、この小さな異変を悟られてはならない。話をすることはもちろん、オーフィードの村を振り返ることも控えた。誰もが、白い狼が背後から突然列の中へ飛び込んで来るのを期待していた。エルディルはそんなふうに人間を驚かせるのが好きなのだ。そしてその後には、三人の人間が息を切らせて続くだろう。

しかしその期待は、徐々に焦燥へと変わった。そして正規軍から司令官の命令を携《たずさ》えた兵士が派遣されたとき、彼らは覚悟を決めなければならなくなった。

バンダル・アード＝ケナードは、隊長であるシャリースを除き、全員が平等な立場だということになっている。このバンダルは設立以来、常に五十人前後の傭兵で構成されてきた。バンダルとしては小規模で、命令系統を細分化する必要がなかったのだ。最終決定権はシャリースが持っているが、大抵のことは全員の話し合いで決まる。

しかし隊長不在の今、彼らは自然に、経験豊かな仲間の指示を仰いだ。この場合はメイスレイだった。このバンダルに加わってまだ日は浅いが、彼の傭兵としての人生は長い。チェイスが泣き喚《わめ》く赤ん坊だった頃から、彼は剣で生計を立てていたのだ。年齢も、彼らの隊長より十は上だ。

正規軍からの命令は、メイスレイが受け取った。遣いの兵士は、落ち着いた壮年の傭兵に命令書を委ねることに、何の懸念も抱かなかったようだ。さっさと自分の仲間の元へと戻っていく。

だがその中身を読んだメイスレイは唇の端を下げた。

「どうした?」

横合いから尋ねたタッドに、黙ったまま命令書を渡す。タッドがそれを一読し、低い呻き声をあげた。命令書は傭兵たちに回覧され、あちこちで悪態や、ぼやきの声を引き起こした。

命令により、バンダル・アード゠ケナードは直ちに、砦への攻撃準備にかからなければならなくなったのだ。

当初の予定では、攻撃は明日の早朝に開始されるはずだった。傭兵たちもそのつもりでいた。シャリースたちの合流が多少遅れたとしても、翌朝までには全員が揃っているだろうと高《たか》を括《くく》っていたのだ。

だがこのままでは、彼らはシャリースたち抜きで、砦攻略に突き進まなければならない。攻撃は、日が落ちる前に行わなければならないというのだ。

「隊長が別件で不在だから攻撃は無理だ、などと、正直に報告することはできない」

メイスレイの言葉に、苦い笑いが幾つか漏れる。

「そうだな——次の仕事にありつきたけりゃ、こんなことで評判を落とすわけにはいかねえ」

タッドが唸る。メイスレイはうなずいた。足を止めて、仲間を振り返る。バンダル全体が行軍を中断したが、正規軍は気付いていない。

「隊長たちはいないが、幸い、やるべきことはもう俺たちの頭に入ってる」

傭兵たちは真剣な眼差しでメイスレイを見つめている。彼の言う通り、シャリースらが隊列を離れる前に、全員が砦の見取り図を覚え、作戦も一緒に練った。正規軍の工兵隊とも話し合い、既に準備を頼んでいる。工兵たちは掻き集めた材木を加工し、砦から射かけられる矢を避けるための盾を用意してくれていた。

「このまま行くぞ。あの三人がいなくても、作戦自体に支障はない」

全員がうなずいた。心許ない気分であったとしても、尻込みするわけにはいかない。いかなる状況でも剣を取って戦うのが彼らの仕事であり、今回は事前にじっくり考える時間があった。慌てふためくには及ばない。

「あいつらが帰ってきたら、遅刻したことを笑ってやろう——我々全員でな」

老練な仲間の言葉に、傭兵たちは一様に表情を引き締めた。もしかしたらこの戦いで、何人かは命を落とすかもしれない。敵陣へ真っ先に突入する彼らは、死の淵に最も近いところへ立たされるのだ。

彼らは再び歩き始めた。速足で正規軍の脇を抜け、隊列の先頭に立つ。

行く手には、敵の砦がその姿を現していた。

急拵《きゅうごしら》えと思しきガルヴォ軍の砦は、高い板塀で囲まれていた。

当然のことながら、偵察隊は真っ先に、火を掛けられるか否かを検討したが、矢が届くほど近くには身を隠せる場所がなく、火矢を射ようとすればその射手が敵の矢の犠牲になる。実際、不用意に近付きすぎた偵察隊の一人は、板塀に開けられた矢狭間《やざま》から、容赦なく矢を浴びせられた。かすり傷だけで済んだのは幸運だった。

偵察隊が離れた高台から何とか中を覗き見た際には、塀の中には石材と木材を組み合わせた、簡素だが頑丈そうな建造物があり、その周囲には、ざっと数えただけでも二百人近いガルヴォ兵が確認できたという。砦の中にあと何人いたのかは類推するしかないが、ガルヴォの国境側にある門からは、大きな荷車が幾つも運び込まれていたらしい。つまり砦の中には物資が行き渡り、健康な二百人超の兵士が十分な武器を備えて立て籠もっている可能性が高い。

砦の中心にある櫓《やぐら》は丸太を組んだだけの代物だったが、見張り台としての役割は十分に果たしていた。当然、敵軍の接近も大分前から知っていただろう。エンレイズ軍は待ち構えている敵に、真正面から突っ込んでいくしかない。

バンダル・アード＝ケナードは、正規軍の工兵たちが作った盾に隠れながら、砦に近付いた。

一枚の盾に、三人から四人が隠れられる。敵の射程に入ってすぐに砦から矢が放たれ、数本が盾に突き立ったが、それ以後、攻撃はひとまず落ち着いた。ガルヴォ兵も、頑丈な盾を狙うのは矢の無駄だと考えたらしい。矢狭間にいる兵士が再び弓を引くのは、盾の陰から人間が姿を現すとき、すなわち傭兵たちが正面の扉に近付き、それを破ろうとする機会だろう。

正面扉は落とし戸だ。傭兵たちは盾の陰から、その構造を観察した。塀の上に、開閉のための滑車が見える。そして予想していた通り、塀も落とし戸も、砦として使うにはお粗末な仕上がりであることが判明した。確かにこの土地は人の往来が少ない場所だが、建設に数か月も掛かっていたのなら、完成前に必ず誰かが目撃していたはずだ。誰にも知られぬまま出来上がったというのであれば、それは軽い材料で、大雑把に作られているに違いない。

果たして、その通りだった。

バンダル・アード=ケナードは用心深く盾を構えたまま前進し、遂に正面扉に辿り着いた。物見櫓から数本の矢が飛んできたが、いずれも掲げられた盾に突き刺さる。先頭にいた数人が息を合わせ、扉を足で蹴りつけてみると、不格好に継ぎ合わされた板は内側へたわんだ。運搬や加工は容易いが、砦を守るという用途には適さぬ、あまりにも薄い木材が使われている。

傭兵たちはうなずき合い、陣形を組み直した。

敵の射手の位置を確認し、飛んでくる矢を遮る形に盾を配置して、扉の前に空間を作る。工兵から斧を借りてきた五人が、その重い刃を扉に叩き付ける。板が裂け、木っ端が飛び散った。砦の中を覗き込めるだけの穴は、あっという間に開いた。

「……この向こうには敵がいない」

一番大きな穴を開けたノールが、ちらりと中を見やってから仲間へ告げる。後ろにいたタッドが不機嫌に眉を寄せる。

「気を付けろ。隠れてるかもしれねえからな」

傭兵たちは斧を振るい続けた。盾にはさらに数本の矢が突き立つ。

ふと、攻撃が途絶えた。

砦からは兵士の声も、武器がぶつかり合う音の一つすら聞こえてこない。不気味な状況だ。盾を密着させながら、手の空いている傭兵たちは全員が武器を握り締めた。

間もなく、人が潜り抜けられる大きさの穴が扉に穿《うが》たれた。

打ち合わせ通り、彼らはさっと二手に分かれて両脇へよけた。扉を破られたと見れば、ガルヴァ兵が雪崩を打って彼らに襲い掛かるものと想定されたからだ。

しかし、何も起きなかった。

怖いもの知らずのチェイスが、年長者が止める間もなく扉の穴から中を覗き込む。左右に目を走らせ、仲間を振り返る。

「本当に誰もいないっす」

傭兵たちは顔を見合わせた。

チェイスと、やはり若くて身軽なライルが穴から砦の内側へと滑り込んだ。二人がロープを引いて落とし戸を引き上げる。傭兵たちは盾を構えたまま砦の中に入った。素早く散開して敵の不意打ちに備えたが、そこに敵の気配はなかった。

二百人を超えていたはずのガルヴァ軍が、忽然《こつぜん》と姿を消してしまっている。

「一体どこ行きやがった……」

忌々しげにタッドが呟く。金髪のアランデイルが、盾の陰から物見櫓の上を透かし見る。

「さっきまであそこに射手がいたのは確かなのに」

櫓にも、塀の矢狭間にも、人影はない。傭兵たちは塀の内側に沿って素早く奥へと進んだ。何者かが身を潜めているとすれば建物の中しかないが、しかし、人影もなければ物音も聞こえない。

「いた！」

突然、チェイスがそう叫んで走り出す。仲間たちも続いた。真っ直ぐに砦の裏まで駆け抜ける。

砦の裏側に当たる位置にある扉が開け放たれていた。一目散に逃げていく、十人ほどのガルヴァ兵の後ろ姿が見える。

弓矢を持っていた傭兵もいたが、誰も敵兵の背中を狙わなかった。ぽかんとしたまま、あっという間に遠のいていく臙脂《えんじ》色の軍服を見送る。彼らはこの場所で、数百人のガルヴァ兵と対峙するつもりだったのだ。エンレイズ正規軍が来るまでに、いかにして敵射手を排除するかについても打ち合わせていた。それが全て、泡のように弾け飛んだのだ。

そのとき、背後から悲鳴と怒号の交じり合った声が響き、傭兵たちは振り返った。一斉に、打ち破ったばかりの正面扉へと取って返す。

砦の扉が開くのを待っていたはずの正規軍が、恐慌《きょうこう》状態に陥っている。紺色の軍服の塊に、臙脂色の軍服が群がっているのが見えた。

傭兵たちは全速力で走り出した。同胞を救うために。

そしてもちろん、自分たちへの後金の支払いを確保するために。


夕日が辺りを赤く染め始めた頃、ダルウィンは仲間たちに追いついた。

隊長誘拐という、すこぶるつきの由々しき知らせを運んできたつもりだったが、目の前の惨憺《さんたん》たる有様には到底及ばないように思われた。エンレイズ、ガルヴァ両軍の死体が地面を覆い、流れ出た大量の血で泥がぬかるんでいる。死体の数では、圧倒的にエンレイズの紺色の軍服が勝っていた。全死者数は、ざっと見ただけでも二百人を優に超えるだろう。黒い軍服を着た死体が見えなかったことが救いだったが、それを喜べる状況ではない。数人のエンレイズ兵士が、死体の中に生者が紛れていないかを確かめているが、彼ら自身も半分死人のような様子だ。どこからともなく、幾つもの呻き声が聞こえる。子供のように泣きじゃくっている者もいた。

その傍らには負傷者たちが集められている。こちらは死者ほどの数ではない。力なく座り込んでいる者もいれば、ぐったりと横たわったままの者もいた。全員が手当を受けているが、動けるほど力の戻った者はいないようだ。

荷物を運んでいた荷車はひっくり返され、打ち壊されて、残骸が散らばっている。だが、それを守っていたはずの兵士はいない。現在まともに動いている兵士の数は、出発したときの半分にも満たないようだ。

困惑して立ち尽くしていたダルウィンは、そのとき、横合いから走ってくる人影に気付いた。チェイスだ。そばかすの散った若い顔には不吉な血飛沫《ちしぶき》が固まっていたが、当人は至って元気そうだった。

「ダルウィン！」

若者に手招きされ、ダルウィンはそちらへ向かった。乾いた草地に、二十人ほどの仲間が休んでいるのが見える。

「何があったんだ？」

ダルウィンは若者に尋ねた。そこにいる傭兵たちは全員負傷しているようだった。互いに傷の手当をし合っている。姿の見えない残りの面々がどうなったのかを考えると、背筋が冷たくなった。

「そっちこそどうしたんすか？」

だがチェイスの表情は、それほど暗くない。

「隊長と、マドゥ＝アリは？」

「あいつらは大丈夫だ——多分な。それよりこっちはどうなってるんだ。砦を攻めるのは明日のはずだろう？　ガルヴォの奴らに奇襲を食らったのか？」

チェイスが口を開く前に、負傷者の中にいたメイスレイが、ダルウィンに気付いて片手を挙げた。ダルウィンは急いで彼の元へ向かった。仲間たちが彼の到着を歓迎してくれる。怪我はしていても、深刻な状態の者はいないらしい。

「やっと来たな」

メイスレイは左腕の包帯を直しながら、ダルウィンを隣に座らせた。

「いいところを全部見逃したぞ」

草の上に胡坐《あぐら》を掻き、ダルウィンは仲間たちの顔を見渡した。

「いいかどうかはともかく、色々と見逃したのは確からしいな。他の奴らは無事なのか？　正規軍の連中は？　ガルヴォの奴らと一戦交えるのは、明日の予定じゃなかったか？」

「今日中に片付けてしまおうと、上の連中は考えたようだ。攻撃命令が出た」

顔をしかめながら、メイスレイが説明する。

「彼らが何故予定変更を思いついたのかは、我々には伝わっていない。だが命令されたからには行くしかなかった、おまえたち抜きでもな」

そして彼は、バンダル・アード＝ケナードが砦を破ったこと、しかし中には誰も残っていなかったことを話した。

「俺たちはまんまとしてやられたんだよ」

側にいた仲間が口を挟む。

「ガルヴォの奴ら、塹壕《ざんごう》を掘ってたんだ。俺たちを砦に引き付けておいて、本隊を後ろから攻撃できるようにな。俺たちが砦の扉をこじ開けるのをのんびりと眺めてた正規軍の奴らは、あっという間に総崩れだ。俺たちが助けに行かなきゃ、それこそ皆殺しにされてただろう」

「もっとも」

メイスレイが付け加える。

「我々が駆け付けたときには、ガルヴォの兵はあらかた仕事を終えていたが」

背中と横腹を同時に突かれたエンレイズ正規軍の兵士たちは、大恐慌《だいきょうこう》に陥って潰走《かいそう》したのだ。ガルヴォ軍は、獲物を追い立てる猟犬のようにエンレイズ軍を走らせた。何人かの指揮官が兵士たちを止めようと怒鳴り散らしたが、誰も、陣形を立て直すことはできなかった。ガルヴォ軍は思うさま、逃げ惑うエンレイズ兵士を突き転がし、切り裂き、追い払ってしまったのだ。

だがガルヴォ人の狙いは、エンレイズ兵の虐殺ではなかった。逃げ惑うエンレイズ兵たちを蹴散らして、彼らは、エンレイズ軍を率いていた数人の司令官へ殺到したのだ。

「ガルヴォの奴らは、最初からそれを狙ってたんだろうよ」

メイスレイはそう分析した。

「多分、ずいぶん前から見張られてたんだろう。奴ら真っ直ぐに司令官たちを目指して突っ込んだからな」

そして抵抗空しく、司令官たちは捕らえられたのだった。遠目でも、傭兵たちには、ガルヴァ軍が司令官たちを生け捕りにしたのが判った。三人か——あるいは、もっと大勢だったかもしれない。そのうちの一人は、エンレイズ国王の姻戚《いんせき》の若者だった。地位が高く、財産もある彼らは、ガルヴァ軍にとって貴重な捕虜だ。エンレイズ軍の足を止めるだけでなく、身代金を取ることもでき、あるいは見せしめとしてゆっくりと嬲《なぶ》り殺しにすることもできる。

傭兵たちが飛び込んできたのを機に、ガルヴァ軍は隊列をまとめ、悠々と引き上げたのである。

バンダルは彼らを追撃しなかった。そもそも兵の数が違い過ぎ、形勢を逆転できる見込みもない。それに地面に倒れたエンレイズの兵士が、助けを求めて叫んでいた。傭兵たちは負傷者の救助を優先したのだ。

ダルウィンは改めて周囲を見回した。

「……じゃあ、バンダルの他の連中は？」

「ああ、さっき皆でガルヴァ軍が隠れてた塹壕を見に行ったんだ」

隣に座ったチェイスが答える。

「凄かった。砦はちゃちだったけど、塹壕は大きくて、長かったよ。まだ見物してるんじゃないかな。それからノールたちは、正規軍の怪我人を運んだりするのを手伝いに行くって」

急ぎ過ぎた戦闘の結果は手痛い敗北だった。攻撃の前に、もう一度しっかりと砦の様子を確かめるべきだったのだ。もしそうしていれば、これがガルヴォの罠だということも見抜けただろう。近い将来、上層部ではこの件について責任の所在が厳しく追及されるだろう。

ダルウィンは長い息を吐いた。死んだ兵士たちに同情しないわけではないが、とにかくバンダルの仲間たちが無事であったことに心の底から安堵したのだ。シャリースもさぞ安心することだろう。自分がいない間に部下が死んだなどという事態になれば、シャリースがどんな気分になるかは容易に想像がつく。

だがこの状態では、ダルウィンが画策していたように、シャリースを救出に出かけるのは難しい。司令官が不在な上、正規軍の兵士は散り散りになってしまっている。

シャリースがオーフィードの村で謎の男たちに連れ去られた話を、ダルウィンは仲間に伝えた。話している最中にも、塹壕を見物してきた仲間が三々五々合流してくる。

「マドゥ＝アリと俺とで、そいつらの後をつけたんだ。豚の屠畜場にでも行くのかと思ってたんだよ。もしシャリースを殺して死体を始末するのなら、それが一番簡単だからな。だがそいつらは、シャリースを伯爵の邸宅へと連れ込んだんだ。しばらく見張ってたが、それっきり、何の動きもない。セルクか、あるいはその奥方がシャリースを招待したのかもしれないが、普通のやり方じゃないのは確かだ」

「礼儀正しいやり方でもないな」

メイスレイがうなずく。ダルウィンは続けた。

「マドゥ＝アリたちをそこへ置いてきた。伯爵様のお膝元でシャリースが殺される心配はないと思うが、もしそんな成り行きになったら、あいつらが何とか邪魔をするか――それが駄目なら、俺たちに知らせに来るだろう」

周囲をぐるりと見回し、肩をすくめる。

「……本当は、オーフィードに何人か連れて戻って、シャリースの野郎を取り戻そうと思ってたんだよ――砦を攻めるのは明日の朝だと信じてたから。だがこれじゃ動けないな」

「確かに、晩餐会に招くには奇妙な方法だけど」

アランデイルが思案げに言う。

「セルク様も奥方も隊長の知り合いなわけだし、俺の知る限り、二人とも親切な人たちだ。隊長を迎えに来た奴らの躾がなっていなかったとしても、それはセルク様たちの責任じゃないかもしれない」

「ガルヴォの奴らがいつまた戻ってくるか判らない」

タッドが砦の方角を睨む。

「俺たちがここを離れるのは考えものだ。ガルヴォ軍は引き揚げたが、残り物を漁ろうって輩が出ないとも限らん。負傷者をみすみす殺されちまったら、寝覚めが悪いからな」

「どっちにしろ、押しかけていって、伯爵邸の門をぶち破るわけにはいかないぞ」

メイスレイがかぶりを振る。

「エンレイズの名家なんだからな、敵ではなく」

「今、正規軍の責任者は誰なんだ？」

ダルウィンの問いに、一人が漠然と負傷兵たちのほうを指した。

「あそこにいる。下っ端の指揮官だ。最後まで踏み止まった中で一番階級が上だってことになってるが、実際はひよっこだよ。今にもべそを掻きそうだが――でもまあ、踏み止まっただけ、他の奴よりましだ」

「自分のやるべきことも知ってた」

別の一人が笑う。

「何とか動ける部下を集めて、逃げた上官を捜しに行かせたんだ。じきに、お偉いさんの何人かは戻ってくるだろう。次にどうするのか決めるのは、そいつらが来てからだな」

ダルウィンは肩をすくめた。

「それから、マドゥ＝アリが戻ってきてからだな。何があろうと、夜には戻れと言っておいた」

仲間たちはうなずいた。マドゥ＝アリとエルディルは戻ってくるだろう。シャリースも一緒に戻るかどうかは、まだ判らないが。

三

物置の中でうんざりするほど待たされながら、シャリースはなお、これは単なる間違いだろうと考えていた。

扉には外から鍵が掛けられ、見張りがつけられていたが、それ以上に不快なことは起こっていない。試しに水を要求してみたところ、間もなく、井戸から汲《く》んだばかりと思しき冷たい水が、小さな壺で届けられた。扉が開いた瞬間に見張りに襲い掛かることも検討したが、相手が複数いることや、セルクに伝えるべき情報について考えると、騒ぎを起こすのは得策《とくさく》とは思えなかった。彼は水を飲み、物置の中を歩き回って中にあるものを調べて時間を潰した。

どれほどの時間が経った頃か、外で話し声が聞こえた。

日の傾きからして、彼が感じていたほど長かったわけではないだろう。物置の鍵が外される音がした。シャリースは軍服についた埃を払い、扉が開くのを待った。セルクか、あるいはその妻のネリエラが、ようやくシャリースの顔を見る気になったのだ。

扉が開いた。開けたのは、シャリースをここまで連れてきた髭の男だ。彼は中に入って扉を押さえ、恭しい身振りで一人の男を招じ入れた。

シャリースは突っ立ったままその男を見つめた。予想は外れた。セルクではなかったのだ。中背ででっぷりと太った、見たことのない老人だ。だが、美しい刺繡の施された豪華な服と尊大な態度が、その男の正体を明かしていた。

この領地の主、ラドゥエル伯爵だ。

しかし何故、セルクの義父である伯爵が自分を捕らえたのか、シャリースには心当たりがなかった。伯爵についての話は幾つか聞いていたが、これまで本人に会ったことはなく、関心を抱いたことすらない。それは相手も同じことだと思っていた。

「貴様らの企《たくら》みは失敗したぞ」

開口一番、伯爵はそう吐き捨てた。シャリースは片眉を吊り上げた。

「へえ？」

伯爵の皮のたるんだ顔を見ながら、必死に頭を捻《ひね》る。シャリースがこの土地にやって来たのは、二つの企みに導かれたからだ。一つは、ガルヴォの砦を攻略すること。そしてもう一つは、セルクに手紙を届けること。だが伯爵がどちらについて言及しているのかは判らない。

「我々の企みとやらについて、一体何をご存知で？」

平静な口調で尋ねると、ラドゥエル伯爵は嘲《あざけ》るような笑みを薄い唇に浮かべた。

「よくもまあ、白々しいことを。しかしこの状態では、私を殺すことはできないだろう」

「できないかもしれないが」

シャリースは伯爵と、護衛のように付き従っている数人の男を見回した。

「あんたを殺そうと企んだことは一度もない。そんなこと、考えたことすらないね。どうやら何か誤解があるようだな」

「言い抜けられるとでも思っているのか⁉」

老人の突然の怒鳴り声に、シャリースは目を眇めた。

「セルクと共謀しているのは判っている。あのろくでなしめ！　貴様はセルクと会って、私を仕留める段取りを決めるつもりだったはずだ！　だが貴様はセルクには会えんぞ！　あいつが幾ら払うと約束したか知らんが、貴様の手には入らん！」

伯爵は激昂し、顔を真っ赤に染めて喚きたてている。老齢に脳を侵《おか》され、妄想を抱いているのではないかと、シャリースは訝《いぶか》った。時々耳にする話だ。だがそう言ったところで、相手が認めるはずもない。経緯は不明だが、伯爵は、自分を殺すために娘婿が傭兵を雇ったと信じ込んでいるらしい。

それでも、シャリースは説明を試みた。

「セルクとは何の約束もない。ガルヴォの砦を攻めるために、エンレイズの正規軍に雇われたんだ。あんたも知ってるはずだ、ほんの目と鼻の先に、ガルヴォの奴らが砦を作ったんだから。時間が空いたんでちょっとセルクを訪ねてみようと思っただけで、あんたを殺す計画なんて聞いたこともない」

「セルクの悪巧みの証拠を、仲間に渡して逃がしたという話だな」

伯爵はシャリースの言葉を無視してのけた。髭の男を顎で指す。

「このカランドがはっきり見たと言っている。だが証拠なぞ必要ない。私には判っているのだからな」

「いきなり見も知らねえ野郎どもに取り囲まれたら、誰でも強盗だと思うだろう。俺は金を渡したくなかっただけだ」

鼻を鳴らしたのはカランドと呼ばれた男だった。

「命よりも金を守ったってのか？　普通はそういうとき、財布を差し出して命乞いをするもんだがな」

「身体張って稼いだ金だぜ。おまえらに渡して、その挙句《あげく》殺されるくらいなら、仲間に分けたほうがいいに決まってるだろう」

老人が片手を振り回してシャリースの主張を払いのける。

「貴様がセルクとの陰謀を証言すれば、貴様の罪は見逃してやる」

「俺の罪？」

シャリースはラドゥエル伯爵を見下ろした。

「俺が何の罪を犯したって？　笑わせやがる。あんたに見逃してもらう必要はないね、俺は何の罪も犯してないからな。それより、自分のことを心配したらどうだ。国王陛下の正規軍に雇われて任務に就いてる傭兵を、あんたは無理矢理攫《さら》って監禁してるんだぜ？　それがどれだけの罪になるか、ちゃんと判ってんのか？」

伯爵の頭越しに、その手下たちに目を向ける。

「俺の仲間があの場にいて、おまえらの顔を覚えてるってことを、思い出したほうがいいぜ」

カランドとその仲間たちが揃って渋い顔になる。シャリースの言い分を認め、自分たちの立場の危うさに思い至ったのだ。

しかし怒れる伯爵には通用しなかった。

「おまえが何をしにここに来たか、娘に話すのだ」

ラドゥエルはそう命じた。

「あのろくでもない男が、私を殺すために傭兵を雇ったのだとな。そうすれば娘の目も覚めるだろう」

「ネリエラの目が曇ってたとは知らなかった」

伯爵の一人娘の姿を、シャリースは脳裏に思い描いた。

「何度か会ったことがあるが、いつだって彼女は素晴らしく冴えてたけどな。あんたがセルクを嫌ってるのは判ったが、俺とセルクがあんたを殺そうとしているなんて与太話を、彼女が信じるとは思えないね」

「ネリエラは私の娘だ。この私のな！　貴様なんぞよりよく知っている！」

ラドゥエルが喚き散らす。

「娘はあの男と別れねばならんのだ！　薄汚い恥知らずの、あの男とな！　ネリエラが何故あんな男と結婚したのか……」

「いい加減にしてくれ」

うんざりして、シャリースは遮った。

「俺はちょっとセルクに挨拶しようと思って寄っただけだ。確かにネリエラについては、俺よりあんたのほうがよく知ってるだろうよ。俺は彼女の父親じゃないからな。とにかく俺は、彼女にそんな益体《やくたい》もない嘘を吐く気はないね。たとえセルクがあんたを殺そうと考えてたとしても、俺は関わってないんだからな」

「敵の砦を前にして、ただセルクに挨拶するためにやって来ただと？　誰がそんな戯言を信じるものか」

太った伯爵は憎々しげに唸り、捕虜の胸に指を突き付けた。

「ネリエラが帰ってきたら、白状してもらうぞ。いいな？　私を殺そうとした廉《かど》で吊るし首になりたくなければ、セルクの正体を明かすのだ！」

シャリースが言葉を返す前に、ラドゥエル伯爵は身を翻して物置から出て行った。カランドが小さく肩をすくめてその後に続く。扉が閉められ、再び鍵が掛けられた。

溜息を吐いて、シャリースは桶の上に座り直した。伯爵は完全に、妄想に取り憑《つ》かれている。しかし論理的な思考まで失くしたわけではないようだ。彼の言う通り、戦いを目前に控えた傭兵は、近くまで来たからといって気軽に隊列を抜け出して、友人を訪ねたりはしない。だからといって、ラドゥエル伯爵に真実を告げるわけにはいかない。セルクを娘と離婚させたがっているという事実を知った今では、尚更だ。

「覚えておいてもらいたいんだが」

聞き知った声が、扉の向こうから聞こえた。カランドだ。

「俺たちはただ、伯爵に雇われてるだけだ。あんたやセルク様に恨みはねえよ」

シャリースを宥《なだ》めようとしている。もしかしたらこれも、シャリースの口を軽くするための伯爵の巧妙な罠かもしれない。シャリースは鼻で笑った。

「だが、俺をここから出してくれるほどの好意は抱いてないわけだ」

「伯爵は金をたんまり払ってくれるが、あんたは財布を仲間に投げちまったしな」

実にもっともな言い分だ。シャリースは自分の膝に頬杖をついて、閉ざされたままの扉を見た。

「教えてくれよ、セルクは本当に、伯爵を殺そうとしてるのか？」

「あの爺さんがそう確信しているのは確かだ」

カランドは答えた。

「耄碌《もうろく》してるんだよ。義理の息子が自分を殺そうとしていると信じ込んでるが、俺に言わせりゃ見当違いもいいところだ。あの娘婿は、そんな大それたことを考えるタマじゃない。何で伯爵がそんなおかしなことを思いついたのか、俺にはさっぱり判らんね。おまけに娘が婿の肩を持つもんで、爺さんは頭に来ちまったんだ。だが彼が俺たちに金を払うのを忘れない限り、俺たちは彼の命令に従う。仕事をしてるだけなんだよ。それで？　あんた本当は、誰に雇われてるんだ？」

「言ってるだろう、正規軍だ。セルクじゃない。それに誰からも伯爵を暗殺するなんて仕事は引き受けてない」

「あの爺さんを納得させるのは難しいな」

扉の向こうの声は、まるで同情しているかのように響いた。

「俺たちも実際、不安なんだ。彼がどこまで正気なのか、本当に判らなくてね」

そうなると、ここで大人しく待っているのは無駄かもしれないと、シャリースは考えた。ダルウィンとマドゥ＝アリが、既にこの場所を突き止めているということは確信している。だが事情も判らぬまま、傭兵隊が伯爵の邸宅に押し入るわけにはいかないこともまた明白だ。

「それに、この仕事はこの先ずっと続けられるわけじゃない」

カランドが続ける。

「伯爵はもう年だし、完全に健康ってわけじゃない——頭だけじゃなく、身体もな。彼が死んだら、俺たちはお払い箱だ」

「ネリエラに泣いてすがれば、糊口《ここう》をしのぐくらいの仕事はもらえるかもしれないぜ」

「そんなのはごめんだ。それにあの跡継ぎ娘は、俺たちのことを毛嫌いしてる」

吐き捨てて、カランドは一呼吸置いた。

「なあ、俺たちは話し合ってるんだよ――いっそ傭兵に商売替えしようかって」

思わず、シャリースは口元を皮肉に歪めた。

「早死にしたいらしいな」

「そいつは運次第だ。そうだろ？　金持ちになれるかもしれない。がっぽり儲けて気楽な引退生活を送ってる傭兵もいるらしいじゃねえか」

「……」

シャリースは口を噤んだ。確かに過去には、傭兵稼業で財を成した男もいたという。だがそれはあくまでも少数の例外であり、しかも一種の伝説だ。少なくともシャリースの知る傭兵の中に、遊んで暮らせるほどの金を稼いだ者はいない。傭兵の大半は戦場で命を落とし、生き延びて引退の日を迎えた幸運な者も、単に別の仕事を選んだに過ぎないのだ。

だがそれをわざわざ教えてやったところで、カランドが彼に感謝することはないだろう。

「なあ、どうやったら傭兵隊長になれるんだ？」

シャリースの沈黙の意味に気付いた様子もなく、カランドが扉越しに尋ねる。シャリースは片眉を吊り上げた。つまりこのカランドという男は、シャリースに教えを請いたいがために、親切にも声を掛けてくれたというわけだ。ならばこちらも、利用しない手はない。

「まずは傭兵になるところからだな」

シャリースは教えてやった。

「どこかの傭兵隊に潜り込んで、兵士としての実力を認めさせ……」

「誰かの命令を聞くなんて真っ平だ」

カランドが遮る。シャリースは苦笑した。

「それならどこかに国を作って、そこの王様にでもなるんだな。傭兵は、エンレイズ軍の命令を聞くことになってる」

「でも正規軍とは違って、命令されたくないなんてわがままは通用しない」

「まあな。何を幾らでやるかは、単独行動だろ？　報酬も自分で決められる」

「まあな。何を幾らでやるかは、雇い主と相談して決める。もしあんたが新しく傭兵隊を立ち上げたいなら――」

シャリースは記憶を手繰った。彼自身は既に自分の属している隊を守るだけで手一杯だが、以前、傭兵隊の設立規定について読んだことはある。

「国王と正規軍の承認が必要だ。人員や資金も揃ってなくちゃならない。正確な数字は覚えてないな。正規軍の連中が持ってる資料を見ないと。こんなところに閉じ込められてたんじゃ、何の助言もできない」

「つまり、逃がしてほしいってことだな」

扉の向こうでカランドが肩をすくめたのが、見えたような気がした。

「だがさっきも言ったように、俺たちは伯爵のために働いてるんでね」

シャリースは彼の牢獄となっている物置を見渡した。物の輪郭がぼやけ始めている。もうすぐ日が落ちようとしているのだ。

伯爵に話すことはない。彼が求めているのは自分の思い込みを裏付ける証拠だけで、シャリースはそれを持ち合わせていない。セルクへの伝言は、飲み込んでおくしかない。セルクをここへ呼び出せたとしても、カランドやその手下たちが、シャリースとセルクを二人きりにするはずがない。シャリースがセルクを呼べばすぐさま伯爵の耳に入り、老人の抱く陰謀説に一層の輝きを与えるだけだ。

シャリースは立ち上がった。明り取りの窓に夕暮れの藍色が見える。

「さっき伯爵が、ネリエラは出掛けてるとか言ってたが、彼女はいつ帰ってくるんだ?」

「もうそろそろだろう」

あっさりとカランドは答えた。

「いつも日が暮れる前に帰って、着替えをする。伯爵令嬢は、自分の畑を持ってるのさ。何で農民の真似をしたがるのか、俺にはさっぱり判らないが」

その畑については、ネリエラがかつて話してくれたことがある。彼女は食卓を飾る花と、料理に使う香草を作っているのだ。

「ネリエラが帰ってきたら、ここにこっそり連れて来られないか?」

しばし、考える間が空いた。

「……どうかね。伯爵に知られずにってのは、難しいかもな。ここの主人は彼だ。使用人たちは何かおかしいとなれば、伯爵へご注進に及ぶ。それにネリエラ様が嫌がるかもしれないし」

「それくらい機転を利かしてやってのけられねえと、傭兵隊長にはなれないぜ。傭兵ってのは、腕っ節だけじゃどうにもならないことを解決するために雇われるんだからな。とにかく俺はネリエラに会いたい。父親の伯爵抜きで」

「まあ、やってはみよう」

渋々、カランドは要求を呑んだ。側にいたらしい手下と、何事か話し合う声が低く聞こえ始める。

シャリースはただ、窓を見上げて待つしかなかった。


エンレイズ軍遠征隊の最高司令官であるイージャルは、苦々しい顔で天幕の中に収まっていた。

泥の中に蹴倒され、踏みにじられたため、天幕自体もひどい有様だ。兵士たちが出入りするため、垂れ幕は開け放たれている。荷車から投げ出された椅子は一部が血に染まり、書き物台はぐらついたが、イージャルはそれで満足するしかなかった。いかめしい顔つきのがっしりとした司令官は、戦場で不快な思いをすることにも慣れている。中年になった今でも、彼には自ら剣を取って戦うだけの逞しさが残っていた。

ガルヴォ軍に背後から襲われたとき、イージャルは馬の背の上で、バンダル・アード＝ケナードが砦の入り口をこじ開けるのを眺めていたのだ。

離れた馬上からでも、敵の反撃が想像以上に遅いのには気付いた。だがガルヴォ軍が暴れ出すのも時間の問題だろうと考えていたのである。バンダル・アード＝ケナードはかなりうまく事を運んでいるが、一度砦の扉が開いたが最後、彼らのうち生き残れるのは半数にも満たないだろうと。

ガルヴォ軍による苛烈な攻撃という、他人事《ひとごと》だったはずの悪夢が突然我が身に降りかかったとき、イージャルはただ度肝を抜かれ、恐慌状態に陥り、馬を御《ぎょ》することさえ忘れた。もっとも、そこで無理矢理馬を留めていたら、彼は今頃ただの骸《むくろ》となっていただろう。ガルヴォ軍の雄叫びと味方の悲鳴に怯えた馬は、イージャルを乗せたまま逃げ出そうとした。エンレイズ兵の何人かが、その蹄《ひづめ》の下に巻き込まれたに違いない。大混乱の最中、イージャルに判っていたのは、馬から振り落とされたら命は無いということだけだった。彼は必死に馬にしがみつき、血飛沫の中を駆け抜けたのである。彼が生き延びたのはひとえに、馬が的確な判断力を備えていたお陰だった。

気付けば戦場から遠く離れ、戻る道さえ見失っていたが、部下のほうで彼を見つけ、元の場所まで連れ戻してくれた。司令官として決して見たくなかった光景が、そこには広がっていた。紺色の軍服をまとった死体の山は、彼がいかに無能な司令官であったかを嘲笑《あざわら》っているかのようだった。

既に部下たちは、負傷者の手当や生き残った者の確認作業を行っていた。古参の兵士は誰かに指示されなくとも、こうした事態に対応してくれる。天幕を設《しつら》えさせ、椅子と書き物台を拾わせた後、イージャルは自らの手で、地面にぶちまけられた筆記具を集めた。彼が何より優先すべき仕事は、最寄りの軍の駐屯地宛に、援軍を求める手紙を書くことだったのだ。

この軍で最も馬の扱いに長《た》けていた兵士は重傷を負っており、使者の役割は別の兵士に託された。道中何事もなければ、彼は一日で、味方の軍に知らせを届けられるだろう。だが援軍の用意が整い、出発するまでには、早くても数日掛かるはずだ。

彼同様ガルヴォ軍に蹴散らされたエンレイズの兵士たちが、三々五々集まり始めている。それに伴い、被害の報告がイージャルの元へ届き始めた。死者数は百五十名余、まだ増える可能性が高い。そして、イージャルの下についていた五人の司令官が拉致されたという。

攫《さら》われたとされた司令官のうちの二人は、暗くなる前に自力でよろよろと戻ってきた。本人たちによると、敵に連れ去られたのではなく、一人は道に迷い、一人は頭を打って気絶していたという。その証言は、イージャルの心を少しだけ軽くした。戦場での目撃情報は、必ずしも正しくないということが証明されたのだ。つまり、他の三人もじきに帰ってくるかもしれない。

その中の一人は、ガルヴォの砦を攻略する任に胸を躍らせていた、貴族の若者だ。侯爵の令息で、王妃の親戚でもあるニグルスは、金と権力によって司令官の地位に就いた青年だった。イージャルは、自分の同僚となったこの若者を受け入れた。大貴族の子息が殆ど何の経験も無く司令官に任ぜられるのはままあることで、いちいち目くじらを立ててはいられない。それにニグルスは、少なくとも軍務に熱心ではあった。そして、何かを命じる前に、イージャルに確認を取るくらいの分別は備えていた。イージャルが貴族の若者に求めるのはその程度のものだ。

イージャルに与えられた任務の一つは、若い司令官たちを指導し、余計な危険に身を晒さぬよう見張っていることだった。

だが日が落ちても、行方不明の三人の司令官たちは戻ってこない。

兵士たちが見たように、本当にガルヴォの捕虜となっているのかもしれない。あるいはまだ、どこかで迷子になっているのかもしれない。そうでなければ、ひっくり返った荷馬車の下に、打ち砕かれた屍となって横たわっているのかもしれない。

朝になれば、少しは状況が把握できるようになるだろう。兵士たちが食事の火を焚き始めている。イージャルは負傷兵たちの間を歩き、彼らを励ました。そんなことで、兵士たちの気が軽くなるとは思わなかったが。

そして天幕に戻った彼に、訪問者があった。バンダル・アード＝ケナードの傭兵が、彼に面会を求めているというのだ。

ガルヴォの砦を打ち破った後、傭兵隊は窮地に陥った味方を救うために取って返し、彼らの働きによって正規軍は壊滅を免れたという。イージャルはその話を、忌々しい思いで聞いた。今では、今日のうちに砦を攻撃するという自分の命令が、拙速《せっそく》だったことが判っている。だがそれをあの若く男ぶりのいい傭兵隊長に指摘されることを想像すると、腸《はらわた》の煮えくり返る思いがした。イージャルはこれまで戦場での経験を積み、堅実にこの地位まで上り詰めた。しかしバンダル・アード＝ケナードの隊長は彼より十以上も年下でありながら、はるかに場数を踏んでいる。出発前に行われた打ち合わせの際、彼の青灰色の目に時折きらめいた冷たい光は、イージャルの癇《かん》に障ったのだ。実際にシャリースが無礼な態度を取ったわけではなかったが、彼が腹の中で正規軍の計画を児戯《じぎ》に等しいと考えているのが窺《うかが》えたのである。

しかし、兵士に案内されてイージャルの前に姿を現したのは、ジア・シャリースではなかった。

イージャルと同年配の男で、穏やかな顔は日焼けし、戦場での長い年月を連想させる皺が刻まれている。戦闘で怪我をしたらしく、腕に包帯を巻いていた。そしてその態度は、若い隊長よりもはるかに慇懃《いんぎん》だった。

「司令官殿がご無事で何よりです」

メイスレイと名乗った傭兵はそう切り出した。

「このようなときにお手を煩《わずら》わせるのは心苦しいのですが、ご相談があります」

「何だ」

イージャルにとっては、生意気な若い傭兵隊長を相手にするよりも気楽な相手だった。この年嵩《としかさ》で有能そうな傭兵を差し置いて、何故シャリースのような若造が隊長になっているのか、不思議には思ったが。

メイスレイは、イージャルの度肝を抜いた。

「実は我々の隊長シャリースが、ラドゥエル伯爵の邸宅に監禁されているのです」

「……」

傭兵の言葉を理解するのに、イージャルは一呼吸分の時間を掛けなければならなかった。

「ラドゥエル伯爵が？　何故そんなことに？　それはいつの話だ？」

イージャルの動揺に理解を示したように、メイスレイはうなずいてみせた。淡々と続ける。

「事が起こったのは今日の昼過ぎです。シャリースは部下二名と共に、任務を果たすためにオーフィードの村へ行きました……その任務については、ある方のご意向によりお話しできません」

最後の一言は、もったいぶった口調で付け加えた。これについては、メイスレイはここに来る前に仲間たちと相談している。事実を偽るのは得策とは言えないが、秘密の薄衣《うすぎぬ》で覆うことはできる。イージャルは滅多に宮廷に上がらない。シャリースに任務を与えたのが、イージャルには会う機会もない貴人であると思い込ませることができれば、イージャルはそれ以上藪を突《つつ》きはしないだろう。

傭兵たちの思惑通り、イージャルは、宮廷に知り合いのいる傭兵隊長の交友関係については触れなかった。

「昼からいなかっただと？　馬鹿な、バンダルが砦を攻めるのは決まっていたというのに

「しかしその時点では、砦を攻めるのは明朝と通達されていました」

「……」

メイスレイがやんわりと遮る。案の定、イージャルは口を噤んだ。メイスレイはシャリースから、この司令官について聞いている。特別有能ではないかもしれないが、自分のやっていることは承知している、というのが、傭兵隊長の評価だった。ならばイージャルの弱みを刺激してやることで、彼を言いくるめることができる。

「それに我々は、ガルヴォの砦を打ち破りました——隊長抜きで。我々が請け負った仕事は果たしました」

むっつりと、イージャルはうなずいた。砦の扉を破るまでが、傭兵たちの仕事だった。たとえ中がどのような状態であろうとも。

「とにかく」

メイスレイは片手を振って、その話題を払いのけた。

「シャリースはオーフィードに行きました。もちろんすぐに戻ってくる予定でしたが、何者かが彼を拘束し、ラドゥエル伯爵の邸宅へと連れ込みました。我々の知る限り、今もそこにいます」

この情報は太陽が沈んで間もなく、マドゥ＝アリによってもたらされた。

マドゥ＝アリは他人に表情を読ませない男だが、彼がいつもより神経質になっているのは、エルディルを見れば明らかだった。エルディルは不機嫌に目を光らせ、迂闊に触ろうとした仲間の傭兵に対し牙を剝いて脅しを掛けたのだ。暗くなるまでに戻れというダルウィンの指示が無かったら、マドゥ＝アリはまだ、オーフィードの村に身を潜めていただろう。

「シャリースが拘束された理由は判りません。ですがイージャル殿の権限で、伯爵邸に身柄の返還を要請していただきたいのです」

イージャルは唇を引き結んで、相手の顔を見つめた。メイスレイの頼みを真剣に聞いてはいたが、彼はやがて難しい顔のままかぶりを振った。

「我々はここで、困難な状況に置かれている」

イージャルは重々しい口調で言った。

「この辺りは、ラドゥエル伯爵の領地だ。この苦境から脱するために、彼に助勢を求めることになるだろう。伯爵がおまえたちの一員を拘束したとしても、我々は、それをとやかく言える立場にはない。この際本音を言おう。ただでさえ、伯爵は横暴な男だと評判なのだ。下手に機嫌を損ねるような真似はしたくない」

そして探るようにメイスレイを見やる。

「シャリースが何故捕まったのか、本当に心当たりはないのか？　もし本当に、ラドゥエル伯爵の行為が不正だと証明できるのなら……」

「——何も証明はできないでしょう」

メイスレイは肩をすくめた。むしろ、何も証明されてはならないのだ。シャリースが運んでいた手紙がこの拉致の原因ならば、バンダルとしては、それについて暴きたてるわけにはいかない。

手紙はマドゥ＝アリが持っている。彼はそれを誰にも見せようとしない。シャリースが託したものを、マドゥ＝アリから無理矢理もぎ取るのは不可能だ。手紙の中身を知る以外、シャリースを救う手立てはないという事態になれば説得できるかもしれないが、今のところ、まだその段階ではない。

メイスレイは司令官の天幕を辞した。入れ替わりに、負傷者についての報告を持った兵士がイージャルの元へ向かう。イージャルは眠れない夜を過ごすことになるだろう。

それは、傭兵たちにしても同じことだ。

シャリースの元に届けられた夕食は、意外なことにかなり豪勢だった。

囚人に与える――あるいは与えない食事について、恐らく伯爵は何の指示も出さなかったのだろうと、シャリースは推測した。あの老人は、そんな些細なことに気を配るような人間には見えなかった。となれば、この柔らかく調理された牛肉や、上品に煮込まれた野菜、香ばしい焼き魚などから成る夕食は、誰か他の者の好意なのだろう。カランドか、あるいはネリエラか、でなければ、何も知らない料理人かもしれない。食事と共に差し入れられたランプの灯りの下で、シャリースは夕食を堪能した。まさかこの状況で毒を盛られることもないだろう。

皿があらかた空になった頃、物置の扉が静かに開いた。

誰かが食器を下げに来たのかと思ったが、シャリースの推測は外れた。無言のまま静かに物置へ滑り込んできたのは、伯爵の娘ネリエラだった。その後ろには相変わらず、見張りが立っている。

シャリースの姿を目にして、ネリエラは小さく息を呑んだ。

「……あなただったの」

息だけで囁く。どうやらここにいるのが顔見知りだとは知らなかったらしい。シャリースはうなずいた。

「ああ、俺だ」

ネリエラが片手で合図すると、見張りの男は扉を閉めた。狭い物置の中で、シャリースは扉を背に立つネリエラを見上げた。

「久しぶりだな」

傭兵隊長の挨拶に、ネリエラは固い表情でうなずいた。

彼女は簡素なドレスに身を包み、髪をうなじの辺りで飾り気のない髷《まげ》に結っている。にもかかわらず、彼女は宮廷で着飾っているよりもはるかに美しい女に見えた。彼女は野の花の可憐さと、女主人としての威厳を兼ね備えた稀有《けう》な存在だった。その灰色の瞳が悲しげに光っていなければ、シャリースにとっても心躍る再会となっただろう。

「ご婦人が来たときには椅子を譲るべきなんだろうが、生憎俺が座っているのは椅子じゃなくてね」

シャリースの軽口を、ネリエラは聞き流した。身体の前で、ほっそりとした手を握り合わせる。

「父を殺しに来たの？」

抑えた口調だ。シャリースが知る限り、ネリエラが取り乱して声を荒らげたことなど一度もない。シャリースは真っ向からその視線を受け止めた。

「いいや。親父さんがそう信じてるってことは知ってるが、それは間違いだ。俺たちは国境からはみ出してきたガルヴォ軍を蹴散らしに来たんだよ。砦のことは知ってるだろ？」

ネリエラは大きく息を吸い込んだ。

「――エンレイズ軍は負けたわ」

やがて静かに告げられた一言に、シャリースは唖然とした。

「何だって⁉」

ランプの薄暗い灯りの中でも、ネリエラが大真面目であることは判った。彼女は口調を和らげた。

「あなたは知らなかったのね。エンレイズ軍はガルヴォ軍に蹴散らされたわ。敗残兵が何人かこの村に逃げ込んできて、私たちもそれで知ったのよ。ガルヴォの砦は囮《おとり》で、エンレイズ軍は罠に掛けられたんですって」

「それはいつの話だ?」

シャリースの問いに、ネリエラは微かに眉をひそめた。

「ここに逃げてきた兵士によると、ほんの数時間前のことのはずよ」

「……攻撃を仕掛けるのは、明日のはずだった」

「予定を早めたらしいわね」

シャリースは膝の上に頬杖をついて頭を抱えた。そうと知っていたら、カランドやその手下の命を奪ってでも、彼らの手から逃げていた。いや、そもそも最初から、この村に来ることもなかっただろう。明朝の攻撃が何故繰り上げられることになったのか、シャリースには見当もつかなかった。

「大勢が死んだと聞いたわ」

痛ましげに、ネリエラは告げた。彼女自身、その知らせに打ちのめされているようだった。そして呟くように付け加える。

「あなたは父のお陰で命拾いしたみたいね」

シャリースは顔を上げた。じっと見下ろしているネリエラと視線を合わせる。

「そう聞いても、喜ぶ気にはなれないな。仲間が死んだかもしれないんだから」

ネリエラはうなずいた。

「ええ、判ってるわ。でも今判ってるのはそれだけなの。明日になれば、詳しい知らせが入ってくるはずよ」

「それまでここで待たなくちゃならないのか？」

思わず、シャリースは喉の奥で呻いた。

「頼むよ、ネリエラ。俺をここから出してくれ」

「この人たちは、私の命令は聞かないの」

ネリエラはちらりと扉を顧《かえり》みた。見張りはずっとそこにいる。

「父はあなたが陰謀を白状するまでここに閉じ込めておく気よ」

「仲間を弔《とむら》うのも許さないってのか」

「父はそういうことに重きを置く性質《たち》ではないの」

ネリエラは俯《うつむ》き、唇を引き結んだ。彼女が父親とは違う考えを抱いているのは明らかだ。

「……本当は、ここに何をしに来たの？」

「ダルウィンて野郎が、香辛料を切らしたとか言い出したんだ」

咄嗟に、シャリースは責任を幼馴染へなすりつけた。

「奴は料理が好きでね。正規軍の配給する食い物に満足できなかった。村に食料を売ってる店があるから買い物に行きたいって言うんで、それに付き合いがてら、あんたやセルクにちょっと挨拶して行こうと思ったんだよ」

実際に、ダルウィンは食料の店で主人と話をしている。村に黒い軍服の男が来たとなれば、店の主人が簡単に忘れるはずはない。

「当然俺たちは、攻撃開始までまだたっぷり時間があると思ってたし……」

「そうね」

呟いて、ネリエラはシャリースと目を合わせた。

「もしあなたが父を殺しに来たとしたら、こんな馬鹿な振る舞いはしないだろうと、私も思うわ。でも、正規軍に雇われている傭兵が本隊を離れてのんびり買い物に来ていただなんて――父はそんな話は信じないの」

「俺たちが本当に伯爵を殺すつもりだったら、平服でこの家に侵入するか、何か緊急の用事でも拵《こしら》えて伯爵をおびき出す。軍服で身元を明かすようなことはしない」

「父の頭の中は今、そういう可能性で一杯なのよ」

微かな苦笑が彼女の唇に浮かび、そして消えた。

「なあ、ネリエラ」

シャリースの呼びかけに、灰色の瞳が揺らぐ。シャリースは身を乗り出した。

「こんなことは言いたくないが、あんたの父親は、ご亭主のことを誤解してないか？　そりゃあ俺はセルクの一番の大親友ってわけじゃないが、彼から、義理の父親を殺したいと思ってるなんて聞いたことがない」

しかしネリエラは、傭兵隊長ほど確信を持てずにいるようだった。

「父の誤解だとしても――」

彼女は言い淀《よど》んだ。

「……どうやってそれを確かめればいいの？」

シャリースは驚いて眉を上げた。今まで、おかしな妄想に取り憑かれているのはラドゥエル伯爵一人だと思っていたのだ。しかしその妄想は、どうやら娘のネリエラにも伝染しているらしい。セルクとネリエラの夫婦仲の良さを知っているシャリースにとっては意外だった。

「セルクに直接訊いたらどうだ？」

「ええ、訊いたわ。もちろん彼は否定したけど――でも彼は、何かを隠していると思うの。何か月も前から様子がおかしいのよ」

危うく声を上げそうになって、シャリースは奥歯を噛みしめた。彼にはその理由に心当たりがある。セルクが不審な態度を取るようになったのは、もしかしたら、妻を裏切った後ろめたさによるものではないだろうか

だがその推測を、そのまま口にするわけにはいかないのだ。シャリースは手を変えた。

「なあ、セルクは俺がここにいることを知ってるのか？」

「いいえ。あなたのことを知っているのは、父と私、それから父が個人的に雇っている人たちだけよ。私も父に口止めされてるの」

ネリエラは一層強く、両手を握り合わせた。

「……ここでは、父に逆らえる人間はいないのよ」

その消え入りそうな声音に、シャリースは言葉を失った。これほど気弱な様子の彼女を目にしたのは初めてだ。宮廷での出しゃばらないが堂々とした振る舞いとはかけ離れてい

る。生まれ育った家の中だというのに、父親の圧政の下で、彼女は今にも押し潰されそうに見えた。

シャリースは手を伸ばし、相手の冷たい手を取った。ネリエラの指から力が抜けた。シャリースの手をそっと握り返す。

「本当にごめんなさい、シャリース」

「セルクに会わせてくれないか。伯爵に何か含むところがあるのか、俺に確認させてくれ。君に言わないことも、俺になら言うかもしれない」

十分説得力のある提案だと思ったが、これもまた撥《は》ねつけられた。

「それは父が許さないわ」

そして彼女は思案げにシャリースを見やる。

「でも、あなたをここに置いておくべきではないと、私から父に言ってみる。あなたは軍服を着て、軍務に就いているのだから」

「――頼むよ」

シャリースの手を離し、ネリエラは部屋から出て行った。扉が閉まり、再び鍵が掛けられる。

シャリースは暗い天井を見上げて溜息を吐いた。

その頃、ダルウィンとアランデイルは平服に着替えてオーフィードの村にいた。

農作業から戻ってきた男たちで、村の酒場は混み合っている。二人はそこへ、親戚を訪ねる途中だという触れ込みで入って行ったのだ。ダルウィンは昼に一度この村に来ていたが、正体を見破られる心配はあまりしていなかった。彼がまともに顔を合わせたのは店の店主だけで、ざっと見たところ店主はこの酒場に姿を見せていない。それに、傭兵を見かけた人々が覚えているのは大抵、黒い軍服だけだ。それを脱いでしまえば、ダルウィンは村人の中にすんなり溶け込むことができる。

ダルウィンと連れ立って酒場に入ったアランデイルは、いかにも不機嫌そうな顔つきだった。ダルウィンはそれを、長旅の疲れによるものだと村人たちに説明した。

「参るよ、まったく」

他の客たちと同じテーブルに着き、エールを飲みながら、アランデイルはそうぼやいてみせた。

「もっとのんびり歩くつもりだったんだ。それをこいつが」

手にしたゴブレットで、隣のダルウィンを指す。

「せかせか進みやがって。その挙句に何があったと思う？　通り道でエンレイズ軍とガルヴォ軍が一戦おっ始めやがったんだぜ。お陰で遠回りしなくちゃならなくなった。ゆっくり進んでりゃ、巻き込まれずに済んだのに。くたくただよ」

彼が疲れ切っているのは嘘ではなかった。当の戦闘に、彼自身参戦していたのだ。幸い大した怪我はなかったが、顔を洗う余裕もないままこの村に来ている。汗と埃にまみれ、普段の色男ぶりは見る影もなくなっているが、それが却って、村人たちには親しみを抱かせたようだ。

ダルウィンとアランデイルは、バンダルの仲間に選ばれてここにいるのだ。

ダルウィンは多少なりと村の様子を知っている。アランデイルは貴族の邸宅がどのようなものかを心得ている。そして二人とも、人あしらいが巧い。バンダルの仲間たちは夜通し正規軍の護衛に当たると決めていたが、この二人がいなくても差支えは無いと判断したのである。

二人は村に入ってまず、ラドゥエル伯爵の屋敷を見に行った。闇に紛れ、高く巡らされた頑丈な塀の周りを歩きながら、その向こう側にいる人々の話し声や物音に耳を澄ませ、出入り口を調べる。伯爵家の守りは完璧だと、二人は結論を下した。過去に幾度となくガルヴォ軍の攻撃を受けた結果、この邸宅は侵入者を撥ね退けるべく改築が重ねられている。もちろん、バンダルの仲間を集めてしかるべき作戦を立てれば、力ずくで押し入り、シャリースを捜して奪還することはできるだろう。しかし、それを誰にも知られず、誰も傷つけることなく実行するのは不可能だ。

そこで彼らは酒場に入り、村人から話を聞くことにしたのだ。イージャル司令官は、正攻法でラドゥエル伯爵に交渉するのを拒絶した。ならば彼らは、裏口をこじ開ける手掛かりを見つけなければならない。

村人たちは疲れた様子の旅人に同情しつつ、数時間前に起こった戦いについて興味津々だった。

「エンレイズ軍は完全に叩きのめされた」

ダルウィンは聴衆に語った。

「ガルヴォの奴らは待ち伏せしてたんだ。エンレイズ軍をおびき寄せて、後ろから襲い掛かったんだよ」

「大勢が死んでた」

アランデイルも加わる。

「そりゃ俺たちだって初心《うぶ》な小娘じゃないが、あの光景にはぞっとしたね。風向きによっては、ここまで臭いが届くんじゃないかな」

二人は目撃者を装って、身の毛もよだつような戦場の模様を再現してみせた。その間にも酒が運ばれ、村人たちに酔いが回る。旅人たち同様に舌が滑らかになり、二人が水を向けると、彼らはラドゥエル伯爵についてあれこれと教えてくれるようになった。

「昔から暴君さ」

一人は、領民として軽々しく口にすべきではないことまで言った。

「あそこで働いてる召使いたちはびくびくしてるよ、いつ伯爵が怒鳴りだしたり、物を投げつけたりしてくるか判んねえって。伯爵を怒らせて、壁に叩きつけられて、顔に派手な痣《あざ》をこしらえた奴もいる。召使いだけでなく、奥さんまで殴ってたんだよ。奥さんは死んじまったが、ありゃあ、伯爵に殴り殺されたんだろうね」

「へえ」

アランデイルは片眉を上げた。

「それなのに伯爵はお咎《とが》めなし？」

実のところ、ラドゥエル伯爵の暴力の噂については、宮廷で囁かれたこともある。しかし彼が滅多に宮廷へ顔を見せぬこともあり、この噂はあまり人々の関心を惹かなかった。伯爵夫人の死についても、死んだという事実以外、アランデイルは何も聞いたことがない。

村人たちは一様に顔をしかめた。

「一体誰が、伯爵を殺人で訴えられる？」

別の場所から声が上がる。

「何の証拠も無しに？　伯爵夫人の棺《ひつぎ》は釘付けにされて、どうやって死んだか判らないようにされてたのに？」

同意する声がそこここから上がる。伯爵を擁護《ようご》する者はいない。領主はあまり愛されていないようだ。ダルウィンとアランデイルはちらりと視線を交わした。そんな凶悪な男の家でシャリースがどんな目に遭っているのか、改めて不安を覚えたのだ。

「でも、もういい年だろう？」

努めて平静に、ダルウィンは村人たちを見回した。

「そろそろ引退する頃合いじゃねえのか？　確か娘とその亭主がいるだろう？」

「引退なんて気は全くないようだ」

二人の正面に座っていた農夫がかぶりを振る。

「身体には多少ガタが来たかもしれないが、どこかのごろつきどもを使って威張り返ってるよ」

ダルウィンはその一言にはっとした。シャリースを連れ去ったのは、まさにそのごろつきたちなのだと思い当たったのだ。シャリースと知り合いなのは娘夫婦のほうだが、ごろつきを雇っているのは伯爵であり、従ってシャリースは、伯爵の命令によって拉致されたのだろう。

もっとも、その理由については見当もつかない。

同じ結論に達したアランデイルは、ゆっくりとエールを飲み干し、改めて正面の男を見やった。

「じゃあ伯爵は、そのごろつきどもを使って召使いをいじめさせてるのか？」

「俺たちだって迷惑を被《こうむ》ってる」

相手は唸るように言った。そして隣の男に顔を向ける。

「そうだろ？」

「その通りだ」

隣の男はかなり酔っている。

「あいつらは売り物をかっぱらったり、物を壊したりして平気な顔をしてやがる。伯爵様に守ってもらえるから、何をしてもいいと思ってるんだ」

またしても、そうだ、という声が上がる。

アランデイルは片手を挙げて、店の給仕を呼んだ。

「ここにいるみんなに、何でも好きな飲み物を一杯ずつ差し上げてくれ」

「実に面白い話だ。その価値はある」

ダルウィンがその横でうなずく。

「そのごろつきがどんな奴らなのか、詳しく教えてくれよ」

もちろん、彼らは喜んで教えてくれた。

四

古い麻袋を枕に、シャリースは石の床の上で一晩を過ごす羽目になった。熟睡するのは無理だとしても、可能な限り眠ろうと努めた。戸外で眠ることも多い彼にとっては、屋根があるだけましな寝床であったとも言える。だが胸に宿った不安は無視しようもなく、途切れ途切れの夢は不愉快な展開に満ちていた。

夜明けの最初の光が窓から差す頃、シャリースは目を覚ました。

横たわったまま、彼は次の動きを待っていた。ネリエラは昨夜、伯爵と話すと約束してくれた。彼女が父を恐れていたとしても、この件を先延ばしにはしなかったはずだ。伯爵は何らかの決断を下さなければならない。目と鼻の先にエンレイズ軍がいる以上、伯爵はそれを無視するわけにはいかないだろう。夜の間に何が進行したのかは判らないが、伯爵は何事も人に命令する男だ。動きがあるとすれば、命令する相手が起き出してからだろう。

案の定、話し声が聞こえた。言葉は聞き取れなくても、その脅しつけるような口調にははっきりと覚えがある。シャリースはゆっくりと起き上がり、身体を伸ばした。その間に、声はどんどん近付いてくる。

「……叩き起こせ！　朝寝させるために金を払っているわけじゃないぞ」

ラドゥエル伯爵は不機嫌そうだが、シャリースは驚かなかった。伯爵に機嫌のいいときがあるのかどうかさえ疑問だ。

鍵の回る音がして、物置の扉が開いた。

伯爵は、昨夜一睡もしていなかったようだった。その目は血走り、唇の両端は重く垂れ下がっている。その後ろに立っているカランドは、髭で顔の半分が覆われているにもかかわらず、雇い主に劣らず疲れ、腐った気分に陥っているように見えた。

「娘をうまく説得したようだな」

シャリースを睨み据えながら、伯爵は唸った。シャリースは肩をすくめた。

「説得なんかしてない、彼女にはちゃんと、自分の父親がまずいことをしでかしたと判ってた。俺をここに置いといてもどうしようもないってこともな」

「それについては認めよう」

意外にも、ラドゥエル伯爵は首肯した。

「痛めつけて薄汚い企みについて聞き出すのは時間が掛かるし、殺してしまうと面倒なことになる」

「死体をこっそり始末するってのは、結構大変だからな」

シャリースはにやりと笑ってみせた。

「俺にも何度か経験があるぜ」

「だが名案を思い付いたのだ」

傭兵の軽口を無視して、伯爵は続ける。

「貴様の身柄と、セルクの陰謀の証拠を交換する」

「そりゃ大変だ。俺はこの先何年もここから出られなくなっちまう。証拠なんかどこにもないんだからな」

「貴様の財布の中だ」

伯爵はぴしゃりと決めつけた。

心臓が跳ね上がるのを、シャリースは意志の力で抑えつけた。敵の前で平静を装うことには慣れている。

「俺の財布？　仲間に預けたやつのことか？　言っただろう、あれは——」

むっつりと黙り込んだままのカランドを顎で指す。

「汗水垂らして稼ぎ取った金を強盗に渡すのは、我慢ならないと思っただけだって」

伯爵は嘲るように鼻を鳴らした。

「エンレイズのどこに、武装した傭兵から、白昼堂々強盗を働こうなどという馬鹿がいる？　貴様には判っていたはずだ、強盗などではないとな。そこで私は考えた。財布をわざわざ仲間に投げたのは、その中に、見られるとまずいものが入っていたからに違いない。財布に入るものと言えば、おそらく手紙だろうな」

まさにその通りだった。ラドゥエル伯爵は被害妄想に囚われているようだが、その頭脳は明晰《めいせき》だ。

しかしシャリースとしては、彼の言葉を素直に認めるわけにはいかない。

「素晴らしい想像力だ。だが間違ってるね。セルクは俺に手紙なんか書いたことはないし、俺だって、野郎からの手紙を後生大事に財布へしまっておく趣味はねえ」

だが伯爵は聞く耳を持たなかった。カランドが小さく肩をすくめたが、雇い主に対して異議を唱える気はないらしい。

「貴様のバンダルの名は？」

ラドゥエル伯爵の問いに、シャリースは眉を上げた。

「何？」

「取引の申し出を、どこに届けてほしいかを訊《き》いてるんだ」

シャリースは少しばかり驚いた。では伯爵にとって傭兵は、ただ黒い軍服を着ている兵士でしかなく、個々のバンダルを見分ける術《すべ》があることも知らず、シャリースが何者であるかも判っていないのだ。伯爵にとってシャリースは、セルクの名を尋ね歩いていた不審な傭兵以上のものではない。カランドも同じく、それほど詳しくはないらしい。傭兵になりたがっている割には不勉強と言えるが、ここはエンレイズの外れだ。情報はそれほど入らないのだろう。

ネリエラがシャリースの正体を父に告げなかったのは、恐らく彼の身を案じてのことだろう。シャリースが高名なバンダルの隊長だと知れば、伯爵は手間を惜しまず彼の存在を抹殺し、誘拐そのものを無かったこととして押し通そうとするかもしれない。旧家の名誉を守るには、それが一番手っ取り早い。

シャリースは用心深く応じた。

「ガルヴォの砦を攻めるのに雇われたのは、俺たちだけだ。誰でも黒い服の奴に伝言すればいい」

果たして何人の仲間が生き残っているのか——その暗澹《あんたん》たる考えを、シャリースは無理矢理頭から追い払った。今ここで気を揉んでも仕方ない。

「だがな、あいつらに拒否されたらどうするんだ？　今それどころじゃないし、味方に捕まるような役立たずの傭兵はいらないと言われたら？　あいつら俺本人より、俺の財布の金を山分けするほうを選ぶかもしれないぜ」

喋りながら、伯爵とカランドとの距離を目で測る。伯爵を人質に取り、カランドから武器を奪えるか。恐らく可能だろう。だがそれからどうすればいいのか。扉の外にはカランドの仲間が控えている。廊下は狭く、伯爵の太った身体を引きずりながらでは、素早い移動はできない。挟み撃ちにされれば、それでおしまいだ。

「私がそんな戯言に乗って、貴様を黙って解放するとでも？」

伯爵はせせら笑った。

「まずは試してみよう。もし仲間たちが貴様を見捨てるようだったら、今度こそ、貴様をゆっくりと尋問できるというものだ」

伯爵はカランドを従えて出て行った。シャリースは座り込んだ。

伯爵にはああ言ったが、バンダルの仲間たちが自分を救うために手を尽くすであろうことは判っている。うまくやってくれることを願うしかない。伯爵やその手下どもと渡り合い、全員を殺して脱出することも考えないではないが、それは万策尽きたときの話だ。相手がいかな悪党であろうと、そしてどれほど正当な理由があろうと、エンレイズ人を殺すのはまずい。ましてや伯爵家の当主を手に掛けるわけにはいかない。役人から取り調べを受け、セルクに宛てた手紙のことまで追及されてしまう。セルクとネリエラを、単なる醜聞では済まぬ窮地に立たせることになる。

ここで大殺戮をやり遂げたうえで、手紙もろとも姿を晦《くら》ますという選択肢は論外だ。彼はバンダルに責任がある。死か引退以外の理由で、バンダルを離れるわけにはいかない。何代もの隊長によって引き継がれてきたバンダル・アード＝ケナードの名誉を汚すわけにはいかないのだ。

大きく息を吐きだして、シャリースは募りくる焦燥感を宥めようとした。

敗残のエンレイズ軍の野営地に、オーフィードの村から一人の男がやって来たのは、まだ朝の早い時間だった。

打ちのめされたエンレイズ軍の兵士たちは、虚《うつ》ろな目でその男を見ていた。男はガルヴォ兵士でも、味方の援軍でもない。救援物資を運んでいるわけでもない。わざわざ立ち上がって誰何《すいか》する気にはならなかったのだ。

男の行く手を遮ったのは、横合いから滑るように近付いてきた黒衣の傭兵だった。

野営地の警護に当たっていたのだろう。その威圧的な巨体に男は怯んだが、それほどの巨漢がどうやって音もなく彼の隣に立ったのか判らないという事実のほうが恐ろしかった。

「何の用だ」

そう問い掛けた傭兵の声に脅しつけるような響きは無かった。むしろ親切に尋ねたようにも聞こえる。しかし男は、この傭兵が彼の用事を知れば、確実に憎まれるであろうことを知っていた。彼はラドゥエル伯爵から預かってきた手紙を取り出し、巨漢の手に押し付けた。即座に身を翻してその場から逃げ出す。

手紙を渡したのがノールであったことは、この男にとって幸いだった。ノールは心の優しい男であるがゆえに、挙動不審だという理由だけで相手を捕まえたりはしない。これがチェイスやライルのように、町で生き馬の目を抜くような生活を経験してきた傭兵であれば、男が逃げ出そうとした瞬間反射的に飛びついて、地面に引き倒していただろう。

ノールはその場で手紙を読んだ。顔をしかめ、手紙を畳み直して懐へ入れる。ラドゥエル伯爵の手紙は穏やかならざる内容だったが、ここで騒ぎ立てるわけにはいかなかった。周囲には正規軍の兵士たちがたむろしており、何人かは興味を引かれた様子でノールを見ている。彼らはシャリースの不在に気付いていない。わざわざ知らせることはない。

朝食を終えた正規軍の兵士が歩哨《ほしよう》の交代に来た。ノールは兵士の肩を叩いて元気づけ、それからゆっくりと、しかし大股に、仲間たちの元へと戻った。

伯爵からの手紙は直ちに、傭兵たち全員に回し読みされた。

「まあとにかく」

顎髭を撫でながら、タッドが息を吐く。

「隊長は無事だったわけだ」

「俺たちよりもずっとな」

側にいた一人が、包帯を巻いた手を掲げてみせる。皆の手に擦られて少々薄汚れてしまった手紙に、ダルウィンは改めて目を落とした。

「手紙と引き換えにシャリースの身柄を引き渡すとあるが――シャリースは多分、その条件に満足してはいないだろうな」

ちらりとマドゥ＝アリを見やる。手紙はシャリースの財布ごと、まだ彼が持っているのだ。シャリース以外の誰にも、財布を渡すようマドゥ＝アリを説得することはできない。試してみようとする者もいない。

「だが伯爵のほうも、自分が法を犯しているという自覚はある」

メイスレイがダルウィンから手紙を受け取り、最後の部分を指で辿る。

「手紙と人質の交換場所には、村外れをご指定だ。正規軍の連中には見られたくないんだろう」

「人目がないのはいいことだ」

ダルウィンが鼻で笑う。

「こっちだって、隊長が素人に攫われたなんて不面目な話、人に知られたくはないからな」

「それで、問題の手紙はどうするんですか」

横目でマドゥ＝アリを窺いながら、ライルが尋ねる。

「伯爵に渡すわけにはいかないんでしょ？　それとも……」

「まあ、渡すわけにはいかないだろうな」

ダルウィンはうなずいた。

「シャリースも、そんなことは期待してないだろうよ」

「何か、それらしい手紙を偽造するか」

メイスレイが提案した。

「紙とペンは持っている」

「だけど、向こうが手紙の内容を知ってたら？」

少し離れたところに座っていた仲間が、手を挙げて発言する。

「偽物だってばれたら、却って危ねえんじゃねえか？」

「どうかな。自分で書いたか、以前に見たことのある手紙でなければ、本物かどうかなんて判らないんじゃないか？」

別の一人が言い出した。顎でマドゥ＝アリを指す。

「俺の知る限り、その手紙は女子爵様の頼みで預かってきたものだ。セルク様宛にな。伯爵はセルク様の義理の親父で、この辺りではたいそうなお偉いさんかもしれないが、手紙の中身を正確に知ってるなんてことはあり得ないと思うね」

「手紙を偽造するのは簡単かもしれないが」

ノールが思案げに口を挟む。

「セリア子爵を巻き込むわけにはいかない。他の誰も」

「賛成」

熱心な口調でチェイスが言った。

「彼女はその手紙のために、俺たちに美味い夕飯をご馳走してくれたんだし」

「それは重要なことだよな、特におまえにとっては」

タッドが重々しく認める。周囲もやはりうなずいた。チェイスほど食べ物に執着があるわけではないにせよ、あの夜の歓待を忘れた者はいない。

「手紙は渡さない」

突然、マドゥ＝アリが口を開いた。一同の目が彼に吸い寄せられる。マドゥ＝アリが自発的に話すのは、それほどに珍しいことなのだ。

「だが、隊長は取り返す。俺が交換場所に行く」

沈黙がその場を覆った。しばしの後、それを破ったのはアランデイルだ。

「……実際、それが一番、使える手なんじゃないかな」

彼はダルウィンへ目をやった。

「隊長の奪還はマドゥ＝アリに任せて、俺たちは補佐に回るってのが。伯爵とその子飼いの連中は、村の人たちに嫌われてる。協力を頼んでみたらどうです？」

ダルウィンが片眉を上げる。

「つまり？」

アランデイルが大まかな作戦を説明し、傭兵たちは頭を寄せ合って、それを検討しにかかった。


同じ頃、朝食を済ませたばかりのイージャル司令官の元へも、一通の手紙が届いていた。届けに来たのは野良着姿の少年で、畑仕事の最中、見知らぬ男から、小遣いと共に託されたのだという。司令官に直接渡さなければならないと言い張って、イージャルの元へ連れてこられたのだ。

何も知らぬ純朴な子供といった顔つきだったが、少年は、差出人が何者かを見抜いていた。

「エンレイズ語を話してたけど、あれはガルヴォ人だった」

イージャルの手に分厚い手紙を渡しながら、彼は言った。イージャルは封蠟《ふうろう》に捺《お》された見覚えのない印に顔をしかめた。

「何故ガルヴォ人だと？　軍服でも着ていたのか？」

「いや、服は普通だったけど、見れば判る」

少年は、自分の直感に自信を持っているようだった。国境近くに住む者にとっては、エンレイズ人とガルヴォ人の違いを見分けることなど簡単なことらしい。イージャルは何と返せばいいのか判らなかった。封蠟を剝がして手紙を開き、大袈裟なまでに流麗な筆跡へ目を落とす。

そして彼は思わず呻き声を上げた。少年の目は確かだった。ガルヴォからの手紙だ。

「……そのガルヴォ人は、どこへ行った？」

司令官の問いに、少年は肩をすくめた。

「国境の向こう側だろ？」

幾つか質問を重ねてみたが、判明したのは、少年の家族が代々国境近くで畑を作っており、今は忙しい時期であること、そして手紙を託したガルヴォ人は見覚えのない男で、どこから来たのか、そしてどこへ戻っていったのかも知らないということだけだった。

少年は畑仕事に戻され、イージャルはもう一度、手紙を読み返した。警護の兵士二人が不安そうに自分を盗み見ているのは承知していたが、取り繕《つくろ》う余裕もない。

ガルヴォ人からの手紙は実に丁重だった。エンレイズ軍の責任者宛で、イージャルの名前は無かったが、その代わり、捕虜三名分の名前が挙げられている。ニグルス、フレイビング、スタナーの身柄を預かっていると、そして身代金さえ払えば、無傷のまま彼らを返すと、手紙の差出人は約束していた。

曰《いわ》く、この三人の軍事的手腕はガルヴォの脅威にはなり得ないが故に、エンレイズ軍へ戻すのはやぶさかではない。しかし彼らの家族が所有している莫大な財産のことを考慮すると、ふさわしい身代金を払って頂かねばならない。直ちに彼らの家族へ窮状を訴えるべし。

身代金は合わせて六千万オウルとあった。わざわざニグルスが五千万、後の二人は五百万ずつと設定されている。目の眩むような額だ。拉致されたのがもしイージャル自身の息子であったとしても、それほどの金を用意することはできないと彼は思った。全財産を集め、あらゆるところから金を借りたとしても、二千オウルがせいぜいだろう。

だが、攫われた三人の家族なら、その金額を用意できるのだろう。

特にニグルスは、王族の一人だ。王妃とは血の繋がりもある。王位継承権は無くとも、卑しくも一族の者が捕らわれ、身代金を要求されていると知れば、国王は、国庫を開けるように命じるかもしれない。

そしてイージャルは、責任を取らなければならないだろう。

いつの間にか、手が冷たく強張っていたことに、司令官は気付いた。微《かす》かに震えながら、手紙をテーブルの上に置く。攻撃を早まるべきではなかった。今ならそれが判る。攻撃の前に十分周囲を調べさせ、伏兵がいないかを確かめるべきだった。初めての本格的な戦闘に胸躍らせた若者たちが逸《はや》ったとしても、それに同調すべきではなかったのだ。

進軍の命令を出したのはイージャルだ。その事実は変わらない。いっそ三人は戦死したと報告し、目の前の手紙を焼き捨ててしまいたくなったが、それもできない。三人が捕えられた光景は大勢の兵士に目撃されており、ガルヴォから手紙が届いた事実も、今頃は口伝えに兵士たちの間へ広がっているだろう。

誰かに相談したかった。しかし正規軍に、彼と同じ階級の者はいない。この状況で、部下を相手に弱気な態度を見せるわけにもいかない。

しばし悩んだのち、イージャルは立ち上がった。たまたま天幕の前を通りかかった兵士に命じる。

「バンダル・アード＝ケナードの責任者を連れてこい」

兵士は傭兵たちのたむろしている場所へ小走りに向かった。イージャルは大きく息を吐き、気を静めようとした。ジア・シャリースはラドウェル伯爵と揉め事を起こした。今不在なのは判っている。しかし昨夜話をした傭兵は経験と良識を持ち合わせ、態度も悪くなかった。彼なら何をすべきかについて、有益な助言をくれるに違いないと、イージャルは考えたのだ。

しかし、当ては外れた。やがて戻ってきた兵士が、少しばかり困惑した顔でこう言ったのである。

「あの……バンダル・アード＝ケナードはいません。荷物はあって――白い狼はいましたけど、人間は見当たりません」

イージャルは言葉を失った。


シャリースがようやく物置の外へ出られたのは、昼近くになってからのことだった。

武器は取り上げられたままだが、それだけでは警戒が足りないとばかりに、カランドは捕虜の両手首を背中で縛った。適切な処置だと、シャリースも認めた。この屋敷から出て自由に動ける場所に行ったら、機会があり次第逃走を図るつもりだったからだ。

カランドとその手下たちは総勢十二人で、この仕事に当たっていた。それを数えることができたのは、伯爵邸の外へ連れ出され、村の曲がりくねった細い路地を抜けて、村外れまで来た頃だ。道は広くなり、耕作地へと繋がっている。見渡す限り広がる畑では、人々がせっせと仕事に励んでいる。

十二人の男に連れて来られたのは、石造りの建築物の残骸だった。

それが何だったのかは推測するしかない。恐らくは大きな建物だったのだろうが、今は床と、巨大な柱が数本、そして壁の一部しか残っていなかった。風雨にさらされて摩耗し、表面は砂となって崩れ始めている。数百年前に打ち捨てられ、今は、傭兵との待ち合わせの目印としてしか役立っていない。

石畳で覆われた、かつては広場だったらしい場所で、彼らは止まった。ぐらぐらする石畳の間からは雑草が生い茂り、やがてはその草がこの遺跡を飲み込むものと思われた。

しかし、他の人間がいないわけではなかった。畑仕事の休憩中なのか、村人らしき影がそこここに見える。皆、怖々と、しかし興味ありげに彼らを窺っている。

「おまえの仲間は遅刻しているようだな」

カランドが言った。後ろ手に縛られたまま、シャリースは何とか肩をすくめた。

「きっと場所が判らないんだろう。あいつら、この辺りには詳しくない」

一拍置いて、付け加える。

「でなけりゃ、俺を見捨てることにしたのかもな」

とにかく、伯爵からの手紙を仲間の誰かが受け取ったことは判っている。つまり、バンダルは全滅を免れている。となれば誰かが来るはずだとは思うが、それを口にする気はなかった。カランドたちを焦らすのが部下たちの作戦だというのなら、シャリースもそれに乗らなければならない。

一体何人の村人が、遺跡の陰からこちらを見ているのかは判然としないが、低く交わされている声の様子から、全員が何かを期待しているのは確かだ。黒衣の傭兵が縛られ、伯爵飼いのごろつきたちに囲まれている光景は、さぞかし面白いことだろう。畑のほうからもさらに何人かが近付いてくる。カランドと仲間たちは村人たちに険しい視線を向けていたが、村人たちは逃げ出さなかった。これから何が起こるのか、特等席で見物するつもりなのだ。

柱の陰以外、身を隠す場所のないこの場所が選ばれたのは、もちろん傭兵隊による不意打ちを防ぐためだろう。だがそのために、カランドたち自身も周囲から丸見えだ。村人たちは彼らにとって脅威ではないが、これは他聞を憚《はばか》る会合である。

あまりにも近付きすぎた村人は、カランドの手下たちによって追い払われた。彼らは少し離れたものの、その場に留まり続けている。そのうちの幾人かと目を合わせたシャリースは、これから起こるであろう事態に対して心構えをすることができた。彼の仲間たちは、大人しく伯爵の要求に応じはしない。企《たくら》みは既に始まっている。

「俺たちはいい見世物になってるな」

ぐるりと周りを見渡して、シャリースは笑った。カランドと手下たちが、苛立ちを募らせているのが判る。剣を抜いて村人を追い払おうとした手下を、カランドは止めた。

「よせ。見物人がいれば、バンダルは俺たちを殺せない。これから会うのが手練れの人殺し集団だってことを思い出せ」

「その通りだ」

シャリースも言ってやった。

「ここにいる全員を皆殺しにしてガルヴォ軍のせいにするって手も、無いわけじゃないからな。伯爵やおまえらが汚い手を使うのなら、俺たちはもっと汚いやり口で返すぜ」

手下たちから嘲りや罵倒が吐きかけられたが、その声にはさほど力はこもっていない。村人に向けられた剣は、再び鞘へと戻された。

シャリースの斜め後ろにいるカランドの手下の一人が、傭兵隊長の剣を戦利品のように腰に下げている。それに気付いたシャリースは、小柄なその男の、不格好な立ち姿に苦笑した。彼の大剣を装備して真っ直ぐ立つには、それなりの身長と力、そして慣れが必要なのだ。この男には、そのどれもが欠けている。この男が交渉の後も自分に大剣を返さないつもりならば、そのことを指摘してやらなければならない。

「来たぞ！」

道に目を凝らしていた手下から声が上がった。指し示すほうへ目をやると、確かに、黒衣の傭兵たちがこちらへ向かってくるのが見える。ざっと五十人――恐らくバンダルの全員が頭数を揃えている。シャリースのすぐ後ろに立ち、彼のどんな動きにも目を配っていたカランドも、身を乗り出してそちらを見つめた。

「見捨てられたわけじゃなさそうだ。良かったな」

言いながら、彼はシャリースの肩を掴み、空いている手で短剣を抜いた。切っ先をシャリースの首に突きつける。

「いいか、下手に動いたら――」

「俺を殺すわけだ」

シャリースはちらりとカランドを振り返った。

「だが、そいつで俺を切り裂く前に、よく考えたほうがいいぜ。俺の仲間たちは同国人を殺したがらない。特に、こんな人目のあるところではな。だが仲間が目の前で殺されるようなことがあれば、喜んで法律を破るだろう。傭兵隊長になりたいんだったら、傭兵にどれほど残酷な真似ができるか知ってるだろ」

返事はなかった。もしかしたら答えを知らないのかもしれない。

傭兵たちの先頭を歩いてきたのは、チェイスだった。そばかすの散った少年のような顔に、嬉しげな笑みを浮かべている。

「あ、いたいた、隊長！」

呑気な声を上げて、手を振ってみせる。まるで遊び仲間と落ち合ったかのような気軽さだ。

ごろつきたちはどよめいた。カランドがぎょっとした様子でシャリースを見る。

「隊長？　てめえがジア・シャリースか？　嘘だろ⁉」

シャリースは唇の片端を上げた。

「俺も段々自信が無くなってきたね。俺を一晩閉じ込めた奴らからは、名前を訊く価値もないほど小物に見えたらしいからな」

チェイスの後ろにはダルウィンが続いている。皆に聞こえるよう、声を張り上げる。

「よう、ざまあないな！」

「まったくだ」

シャリースは認めた。

「一般人に捕まって戦闘に不参加とはね。どうだ、ダルウィン、この機におまえが隊長になるってのは」

「それで今度は、俺を誘拐させようって腹だな。お断りだね」

ダルウィンの答えはすげない。遺跡に続く道を歩きながら、チェイスがそのダルウィンを指差した。

「ダルウィンも、砦攻めに間に合わなかったんすよ。でも大丈夫。あんたらがいなくても、俺たちは立派に戦いましたから……」

「そこで止まれ！」

カランドが喚いた。黒衣の集団がぴたりと動きを止める。互いの距離は三十歩ほどだ。傭兵たちの中で、一人だけ歩みを止めない者がいる。マドゥ＝アリはゆっくりと傭兵たちの間を縫い、列の先頭までやって来た。ダルウィンの隣で、ようやく立ち止まる。緑色の目がシャリースを見た。

「あいつだ」

シャリースの後ろで、小さな声がする。

「財布を持って行ったのは……」

「ああ、俺も見た」

カランドが唸る。その手に握られた刃物が、シャリースの首に一層近付けられる。

「手紙を寄越せ」

「その前にそいつを解放しろ」

ダルウィンが言い返す。

「そんなわけにいくか！」

耳元で怒鳴られて、シャリースは顔をしかめた。ダルウィンが笑ったのは明らかに、幼馴染のその表情を面白がったからだ。シャリースには判る。だがダルウィンはあくまでも、カランドに向けて話し続ける。

「ああそうだろうさ。大事な人質だもんな。だがこっちにとっても、この財布に入ってる手紙は大事なものなんだ。なあ、対等な取引をしようぜ。手紙は財布ごと、この男が持ってる」

目で、マドゥ＝アリを差す。

「うちの隊長を解放するのと同時に、財布を手つかずのままあんたに渡すと言っている」

マドゥ＝アリは口をきかない。顔の半分を刺青に覆われた男の不気味な凝視に、カランドと手下たちの間に緊張が走る。

しかしカランドとしては、怯んでいることを認めるわけにはいかない。

「一人で来い」

それまで人質に突き付けていた刃物を振り回す。シャリースの肩を摑む指に力がこもる。

「他の奴らは下がれ」

渋々といった体《てい》で、傭兵たちは数歩下がった。マドゥ＝アリだけが、ゆっくりと前へ進み出てくる。

「武器を捨てろ」

カランドの指示に従って、マドゥ＝アリは歩きながら剣帯を外した。湾曲した刃を持つ異国の剣ごと地面に落とす。

「全部だ」

マドゥ＝アリはナイフを抜いて捨てた。首にかけていたシャリースの財布を外し、右手にそれを掲げて、シャリースたちのほうへ近付いてくる。

カランドの部下が一人、シャリースの前に立ちはだかった。剣を抜いている。他の者たちも、マドゥ＝アリの接近に神経を尖らせている。

「財布を寄越せ。そこから投げるんだ」

マドゥ＝アリに命じたカランドを、シャリースは首を捻じ曲げて見やった。

「待てよ、俺と交換だろ？」

シャリースの抗議はカランドに一蹴された。髭の男の目は、一歩一歩距離を縮めてくるマドゥ＝アリの姿に釘付けだ。

「まずは中身を確かめる。手紙が無けりゃ……」

「おいおい、待てよ。まさか手紙だけじゃなく、俺の金にまで手を付けようって腹じゃないだろうな？」

シャリースは無駄口で時間を稼ごうとした。マドゥ＝アリが何を考えているのかは判らないが、歩みを止めないということは、少しでも近くに来る必要があるのだ。財布を確実に届けるためかもしれない。あるいは、シャリースに何かを告げるためかもしれない。マドゥ゠アリの発する不穏な空気に耐えられなくなったのだろう。シャリースの前にいた男が、意を決したように刺青の男へ剣を向けた。

「聞こえただろう。止まれ。その財布を……」

脅し文句は、悲鳴に変わった。

剣を持つ手を、マドゥ゠アリが素早く、そして手際よく捻じり上げたのだ。男は痛みのあまり膝をついた。男の指から剣が離れる。

それが地面に落ちる前に、マドゥ゠アリは身を沈めた。何が起こったのか訝《いぶか》るより先に、鋭い蹴りがシャリースの足を払う。

完全に不意を衝《つ》かれて、シャリースは脆《もろ》い石の床に倒れた。後ろ手に縛られたままでは、顔から石畳に突っ込まぬよう、身体を捻るのが精一杯だ。

マドゥ゠アリが身を翻すのを、シャリースは視界の隅で捉えた。軟骨の折れる音は聞き間違いようがない。カランドが後ろへよろめく。顔から噴き出した血が、空中に弧を描いた。カランドはそのまま尻もちをつき、血まみれの顔を両手で覆って呻いた。

シャリースの財布を握り込んだ拳を、マドゥ゠アリがカランドの鼻にめり込ませたのである。無様に倒れた三人の男の中心で、マドゥ゠アリだけが端然《たんぜん》と立っていた。

全ては一瞬の出来事だった。

誰もが、傭兵たちでさえも、マドゥ゠アリの人間離れした早業をただ呆然と見つめていた。手首を挫《くじ》いて跪かされた男でさえ、剣を拾うことを忘れてぽかんと口を開けている。マドゥ＝アリは、左肩を下にして倒れたシャリースを見やった。カランドが落とした短剣を拾い上げる。

止《とど》めを刺されると考えたらしいカランドが声を立てた。血の泡が口から溢れる。

カランドの手下たちはようやく我に返った。

裏返った雄叫びを上げながら、彼らは不器用に剣を抜いた。カランドを救うべく、マドゥ＝アリに襲い掛かろうとする。

彼らを止めたのは、しかしマドゥ＝アリではなかった。

それまで見物に徹していた村人たちだ。どこに隠していたのか、全員が抜き身の剣を握り、それを易々と使いこなしている。

「剣を捨てろ」

簡潔な要求が、手下たちに突き付けられた。

今日この日まで、伯爵の個人的な雇われ者たちは、村人たちから遠巻きにされていた。農民たちは大人しく農作業に勤しみ、これ見よがしに武器をちらつかせる彼らに関わろうとしなかった。彼らは村人たちを、おどおどした犬程度にしか考えていなかったのだ。

それが今、農夫たちは憤《いきどお》りと嘲りの混じった目つきで彼らから武器を取り上げ、抵抗した者を難なく突き飛ばし、捩《ね》じ伏せている。何が起こったのか、理解できた者はいなかった。傭兵隊長の拉致が、村人の機嫌をそれほどまでに損ねたのだろうか。そしていつの間に、村人たちは熟練の戦士になったのだろうか。伯爵に雇われるために培《つちか》ってきたはずの剣技も、力も、農夫相手に全く通用しなかったのだ。

その間に、マドゥ＝アリがカランドの短剣でシャリースの手首の縄を切り落とした。シャリースはようやく立ち上がった。肩を回して身体をほぐし、軍服から砂を払い落す。血まみれの鼻と口から苦しげな音を立てて喘いでいるカランドと、手首を押さえて蹲《うずくま》っているその手下を見下ろし、それから改めてマドゥ＝アリに目を向ける。

「時々忘れそうになるが、そういえばおまえは怖い男だったよな」

マドゥ＝アリは目を伏せ、自分の血まみれの拳を見た。まるで叱られた子供のように沈黙している。

遠い南の国で、マドゥ＝アリは奴隷として生を受けた。

奴隷などという言葉自体、昔話でしか聞いたことのなかったシャリースたちには、想像もできないことだ。ぽつりぽつりとマドゥ＝アリが語ったところによると、彼の国には大勢の奴隷がいたという。奴隷たちの間に生まれた子供は幼いうちに親から引き離され、奴隷であることを示す刺青を顔に施される。そして男子は戦闘用の奴隷として訓練の日々を送り、弱い者は容赦なく切り捨てられたらしい。

奴隷には名前がなかった。名前は主人たちのもので、奴隷はただ、主人の目的を果たすための道具でしかなかったという。マドゥ＝アリはエンレイズ人の商人に拾われて、バンダル・アード＝ケナードに流れ着いた。名前を与えられ、バンダルの面々が主人ではなく、仲間であることを学んだ。

だがそれでも、彼の中に深く刻みつけられた劣等感が消えることはない。彼は敵を殺すこと、主人の命令に従うことだけを教えられて育った。バンダルの中でも飛び抜けて高い戦闘能力を持ち、仲間たちの畏怖と信頼を勝ち取りながら、シャリースに服従することで安心している節がある。

シャリースはその肩を優しく叩いた。いつかマドゥ＝アリにも、上官の反応をいちいち気にしなくなる日が来るだろう。だがそれまでは気を付けてやるのがシャリースの仕事でもある。

「お前が味方で助かった」

マドゥ＝アリからそっと差し出された財布を、シャリースは受け取った。中は、確かめるまでもない。マドゥ＝アリが持っていたのだから、預けたときのままに違いない。

シャリースはカランドの上に屈み込み、顔から手をどけさせた。

「鼻が折れてる」

言わずもがなの診断を下す。

「よかったな、手加減してもらって。まともにやられてたら、折れた骨が脳みそを突き破ってたんだぜ」

カランドは怒りの声を上げたが、言葉は不明瞭で聞き取れなかった。

その手下の一人が、武器を持った村人へ果敢に食って掛かる。

「てめえら、一体どういう了見《りょうけん》で……」

彼の知っている村の男ならば、目を怒らせて凄んだだけで震え上がったはずだ。しかし彼を拘束した若い農夫は、それを笑い飛ばした。

「一体どういう了見で？　俺もずっと同じことを訊きたいと思ってた。正規軍の仕事をしてるバンダルの隊長を攫って行くなんて、どういう了見なんだろうなって」

手際よく、相手のベルトからナイフを抜く。そして、その隣に括《くく》り付けられていた革袋に目を留めた。

「これはどうします？」

シャリースに尋ねる。物欲しげな顔つきだ。シャリースはかぶりを振った。

「武装解除は必要だが、財布は取るな、ライル。相手はエンレイズ人だ。俺たちが強盗したなんて言われたらまずいだろ」

そして彼は、ぞろぞろと近付いてきた黒衣の集団を見渡した。

「俺がいない間に、新しい奴らを大勢雇ったようだな」

「オーフィードにお住いの善良な村人にご協力いただきました」

まるで芝居の役者を紹介するかのように、アランデイルがにこやかに発表した。彼自身は、傭兵隊の軍服を着て彼らの中に混じっている。

「この人たちに頼んで、服を取り換えてもらったんですよ」

「伯爵様は、人望という点で、あまり評価されていないらしくてな」

そう言ったメイスレイは、平服を着て農夫に扮《ふん》している。

「こいつらにしても、村の住人に好かれていたとは言い難かった。村人の顔なんか覚えていないだろうという話だったので、俺たちが村人のふりをしてここで待っていたんだが、確かに、誰もおかしいとは思わなかったようだ」

農作業の休憩を装って遺跡にたむろしていた全員が、農民のふりをした傭兵だった。それに気付いたのはシャリースだけだ。

「もっと、地元の人たちと仲良くしとけばよかったのに」

小馬鹿にしたように、チェイスが笑った。その横で、ダルウィンは軍服の村人たちを振り返っている。

「うまくいった」

惨めな捕虜に近寄ってもいいと、片手で合図する。

「あんたたちのお陰だ。もう、暑苦しい軍服は脱いでいいぜ。こいつらは村から出ていく。お別れの挨拶をしたきゃ、今だ」

村人たちは不器用に軍服を脱ぎ始めたが、ダルウィンの誘いに乗って、ごろつきたちを挑発しに来るほど意地の悪い者はいなかった。あるいは報復を恐れていたのかもしれない。

傭兵たちのうち、最初から軍服姿だった者たちも、捕虜の武装解除を徹底するために集まってきた。隠されていた小さなナイフまで全てを取り上げ、石畳の上に積み上げる。捕虜たちのほうは、広場の一隅《いちぐう》へまとめられた。自暴自棄な逃亡を防ぐため、全員が座らされ、周囲を傭兵たちが取り囲む。

シャリースの剣は、無事に持ち主の元へと戻った。鞘から抜いて丹念に調べ、刃毀《はこぼ》れなどが無いかを確かめる。幸い、価値ある大剣に傷を付けるほどの馬鹿者はいなかったらしい。

タッドともう一人がカランドの両脇に膝をつき、二人掛かりで、折れた鼻を元の位置へと引っ張ってやっている。親切なのか嫌がらせなのかは、シャリースにも判然としない。カランドは喚き、暴れているが、二人はびくともしなかった。彼らは折れた鼻を再建する作業に慣れているのだ。その作業には、手足をばたつかせる人間を無理矢理押さえ込むことも含まれている。カランドは殴られたとき以上の痛みを感じているかもしれないが、腫れが引けば、鼻は以前と殆ど変わらぬ形に戻るだろう。手首を挫いた一人については、患部を冷やしていれば十分だ。

「うちのバンダルは無事だったんだろうな？　昨日ガルヴォの奴らにやられたって聞いたが」

シャリースは幼馴染に尋ねた。ダルウィンがうなずく。

「俺たちはせいぜいかすり傷程度だ。全員ここに揃ってる。こっぴどくやられたのは、正規軍の奴らでね」

彼の報告に、シャリースは安堵した。もっともここにいる部下たちの様子から、深刻な被害は出ていないだろうと想像はついていた。皆シャリースの救出劇を楽しんでいる様子だ。しばらくはからかわれるだろうが、仕方がない。

「それで、こいつらをどうするんだ？」

捕虜の群れをダルウィンが顎で指す。見返すごろつきたちは、騙し討ちに腹を立てている者もいれば、命運尽きたと諦めた顔の者、怯えきっている者と様々だ。

「俺たちが捕まえておく余裕はないぜ。正規軍のお守りだってしなくちゃならないんだからな」

「いっそ全員始末しちまいます？」

明るく尋ねたのはライルだった。ごろつきたちがぎょっとしたように顔を見合わせる。

勘のいい者は、ライルの一言が冗談ではないと悟ったのだ。

町を彷徨《さまよ》った過酷な子供時代に、彼は善良な民衆に威張り散らすような輩がどんなことをするのかを学んだのだ。彼らは子供たちのわずかな稼ぎを取り上げ、傷つけ、ときには命まで奪う。ライルはそんな連中を抹殺することに、何の躊躇いも感じていない。

「まあそれも一案だが」

シャリースは認めた。

「今は駄目だ、時間がない。おまえもさっさと着替えろ。急いで戦場に戻らないと、後金を取りはぐれちまう」

ライルは肩をすくめ、自分の軍服を取りに行った。シャリースは改めて、カランドの前に立った。腫れ上がった鼻を中心に顔全体が紅潮し、流れ出た血が髭をごわごわに固めている。シャリースを睨む目つきには憎しみがこもっていた。

「伯爵に任された仕事は、見事に失敗しちまったな」

「くたばれ」

カランドの言葉は不明瞭だった。まだ鼻血が止まっていない。シャリースは構わず続けた。

「傭兵隊がどんなものか判っただろ？　おまえらにはまだまだ無理だってことも思い知ったはずだ。ラドゥエル伯爵はさぞがっかりすることだろう。おまえらを寛大に許してくれるかね？　俺の受けた印象だと、伯爵はおまえらを無能だと決めつけて、首にしちまうだろう。そもそも、ありもしないセルクの手紙を手に入れるために、おまえらを送り込んだのは自分だったなんて思い出しもせずな。それどころか、別のごろつきを雇っておまえらの口を塞ぐかもしれない」

「……」

カランドとその手下たちは黙り込んだ。もちろんシャリースは、彼らほどラドゥエル伯爵をよく知っているわけではない。伯爵は間違いなく子飼いのごろつきたちの失敗に腹を立てるだろうが、怒りに任せて追い出すよりも、次の仕事を与えるほうを選ぶかもしれない。

しかし彼らは、シャリースの挙げた可能性を真剣に考えているようだった。ラドゥエルがどんな雇い主か、彼らの態度から知れようというものだ。

「俺だったら、伯爵のところへのこのこ戻ったりはしない」

シャリースは畳みかけた。

「武器は返してやるよ。俺たちはもっといいのを持ってるからな。そのまま姿を晦《くら》ませばいい。小狡《こずる》い傭兵どもに騙されて、勇敢に戦うも敗れたって話をでっち上げる手もあるが、そんな顔にされて、しかも伯爵ご所望の手紙を持ち帰れなかったんじゃ、伯爵が同情してくれるかどうかは怪しいね。ましてや村の連中は、おまえらが叩きのめされたのを見てたわけだしな」

ごろつきたちの間に、うろたえた囁き声が上がった。シャリースの脅しは効いているようだ。

シャリースは部下たちのほうを見回し、全員が黒い軍服に着替え終えたのを確認した。捕虜の見張りに立っていた仲間にうなずきかける。

「行くぞ」

バンダル・アード＝ケナードは、急いで雇い主である正規軍の元へと向かった。立ち上がる気力も失くしたようなカランドたちと、積み上げられた彼らの武器の山は振り返らずに。

五

午前の間に、イージャル司令官は神経を擦《す》り減らしていた。

援軍についての知らせは何も届かず、昨日重傷を負った兵士数人が相次いで息を引き取った。動ける兵士たちは周辺の警戒と仲間の看護、そして死者の名前を把握し、遺品を整理することで忙しくしている。黙々と務めを果たすことで、彼らは昨日の動揺から立ち直ろうとしていた。ガルヴォから脅迫状が届いたことは、瞬《また》く間に知れ渡っている。そして、ガルヴォの狙いが拉致された三人であったのなら、もう自分たちに危険はないと考えている。

イージャルは怪我人を見舞い、死者の埋葬を監督しながら、冷静な司令官を必死に演じていた。

確かに、今のところ安全だと兵士たちには伝えた。だが胸の内では不安が大きく渦を巻いている。こちらの力を削《そ》いでおくために、ガルヴォ軍が戻って来ないとどうして言えるだろう。捕らえられた三人が、まだ生きているという保証もない。

そして、バンダル・アード＝ケナードはどこで何をしているのだろうか。

イージャルが天幕の中で、食欲も湧かぬままに昼食を終えたとき、遠くから、小さなざわめきが聞こえた。

イージャルは顔を上げた。不吉な予想に、食べたばかりのものが胃の中で暴れ出した。ごくりと唾を飲み込む。

歩哨に立っていた兵士が、司令官の天幕を覗いた。

「バンダル・アード＝ケナードが戻ってきたそうです」

「……そうか……」

見えない力に突き飛ばされたかのように、イージャルは椅子に沈み込んだ。今日初めてのいい知らせだ。

間もなく、バンダル・アード＝ケナードの隊長がイージャルの天幕に入ってきた。

イージャルは思わず我が目を疑った。土地の貴族に丸一日拉致されていたはずの男は、しかしそんな事実などなかったかのように颯爽《さっそう》としていた。ラドゥエル伯爵に捕らえられたというのは誤解だったか、あるいは、傭兵たちに担《かつ》がれていたのではないかと思いたくなる。

「生きていたようで、何よりだ。伯爵邸は居心地がよかったかね？」

イージャルの皮肉な第一声に、シャリースは苦笑した。袖をまくり、縄でできた新しい傷を見せる。

「こういう扱いが好きな奴には、いいところだったかもしれねえな。あんたも生きてて何よりだ。大変だったそうじゃないか」

思いがけず、シャリースの声は穏やかで、気遣いの言葉は本心から出ているように聞こえた。司令官の無能ぶりを非難するでもなく、以前にやり取りした際の生意気な態度も鳴りを潜めている。

昼食の残りが載ったテーブルの向かいに、シャリースは腰を下ろした。

「ここで何があったのかは、大体聞いた」

「私は、君に何が起きたのか聞いていない。伯爵は何故……」

片手を挙げて、シャリースは司令官を止めた。身を乗り出して、声を低める。

「その話はまずい。後にしよう」

有無を言わさぬ響きに、イージャルはむっつりとうなずいた。それが本当に不穏な話だというのならば、天幕の外にいる兵士に聞かれる危険は冒したくない。そして伯爵と傭兵隊長のいざこざを云々するよりも先に、話し合わねばならぬことがある。

シャリースは椅子に座り直した。

「昨日起きたことは聞いたが」

改めてそう切り出す。

「今日は、身代金の要求が来たって？」

イージャルは書類箱から、問題の脅迫状を取り出した。シャリースに渡す。

シャリースは紙面に目を走らせ、片眉を吊り上げた。

「はりぼての砦を作る手間を掛ける価値はあったわけだ——もしガルヴォの奴らが、この金額を手に入れられるんだったら」

脅迫状をイージャルの手に戻す。

「身代金は支払われるのか？」

イージャルはガルヴォからの手紙をしまい直し、肩をすくめた。

「決めるのは私じゃない、幸いなことに」

「だがきっと、あんたは色々と不愉快な質問をされるだろう。何故こんなことになったのかを」

「ああ、もちろん訊《き》かれるだろう」

乱暴な手つきで、イージャルは両目を擦った。

「バンダル・アード＝ケナードが割り当てられた仕事を果たしたのは承知している。君を含む何人かが任務から外れていたことは聞いたが、今更それを非難する気はない。バンダル・アード＝ケナードが砦の扉を破ったのは、ここにいる我々全員が見ていたんだからな。だが君が、我々の判断にとやかく文句を言うつもりなら……」

「ちょっと待ってくれ」

再びシャリースは遮った。

「俺は別に、正規軍の失態をあげつらいに来たわけじゃない」

この天幕に入る前、シャリースにそのつもりが全くなかったわけではない。だがイージャルの疲れて打ちのめされた顔を見て、シャリースは同情心を覚えたのだ。イージャルは、正規軍の司令官としては決して無能ではない。こんな羽目に陥《おちい》ったのは、彼の能力以上の理由がある。

「攻撃を早めたのは、あんたの考えだったのか？」

シャリースの問いに、イージャルは息を吸い、吐き出した。

「いや、あれはニグルス殿の考えだった。彼は、そのほうが相手の不意を衝《つ》けると……」

「不意？　エンレイズ軍が砦に近付いてたのは、向こうだって何日も前から知ってたはずだ。それなのに何で、不意を衝こうなんて考えを起こしたんだ？」

シャリースの記憶によれば、ニグルスはいつも機嫌のいい、軍務にも熱心な若者だった。親しく会話したことはなかったが、軍服を着ていることが嬉しくてたまらない様子だったのは知っている。甘やかされた貴族の若者の中には、稀《まれ》に厳しい軍隊生活を楽しむ者もいる。そうした若者が賢い司令官だったためしはあまりないが、それを導くために、イージャルのような経験のある司令官が配置されるのだ。大抵の場合、若者たちは数度の比較的危険のない戦闘に臨んだ後、武勇伝を携《たずさ》えて裕福な家族の元へ戻っていく。

だが今回は違った。

「ニグルス殿は――待ちきれなかったのだ」

言いながら、イージャルは渋面だ。シャリースにも、それは想像がつくような気がした。

「それであんたは止めなかったのか？　青二才のニグルス殿はともかく、あんたはちゃんとした軍人のはずだ」

「もちろん、敵の不意が衝けると本気で考えたわけではない」

イージャルは唇の端を歪める。

「だがどうせ攻撃するのなら、朝まで待つまでもないと考えたのは否定しない。相手もどうせ、我々を待ち構えているのだからな。ニグルス殿の案を採用して喜ばせてやっても、害はないと思ったのだ」

「実際には、害はあった」

シャリースの冷たい言葉に、イージャルが黙り込む。しかしシャリースも、違和感に眉を寄せた。

「だが確かに、ちょっとおかしな話だ。敵が砦に立て籠もって守りを固めていたってのなら判る。それなら、こっちの攻撃が多少早かろうが問題は無かったはずだ。何故奴らは、外で俺たちを待ってたんだ？　塹壕《ざんごう》の中で息を殺して、当てもなくただ待っていたってことか？　一体いつから？　下手をすれば、エンレイズ兵に見つかって、何もかもぶち壊しになるかもしれないのに。それで、思いついたんだが」

声を低める。

「――エンレイズ軍がいつどうやって動くのか、誰かが敵に漏らしていたのなら、話は別だ」

「……間諜《かんちょう》がいたと言うのか？」

反射的に腰を浮かせかけた司令官を、シャリースは目線で押し留めた。

「よく思い出してくれ。夕暮れ前に砦を攻撃しようと最初に言い出したのは、本当にニグルス殿だったか？　それとも、他の誰かだったのか？」

イージャルは両手で頭を抱えた。答えるまでに、しばらく時間が空いた。

「フレイビング殿だった。そうだ、彼が言い出した。そしてニグルス殿は、素早い攻撃で敵を驚かせるという考えに喜んだのだ」

「フレイビングという男は、ニグルス殿と一緒に攫われた司令官だな」

そして五百万オウルの値が付けられた。しかしシャリースの脳裏では、おぼろげな影でしかない。

「ニグルスの腰巾着だったのは知ってる。一緒に攫われたスタナーと三人で、いつも楽しくやっているようだったな。それで、フレイビングってのは何者だ？」

「彼は確か、商家の出で、軍に入ったのは最近だ。しかし彼が……？　ガルヴォに情報を売って、彼に何か得があるというのか？　信じられない。彼も一緒に拉致されたんだぞ」

投げやりにシャリースは肩をすくめた。

「さあな。俺にもさっぱりだ。だがとにかく、フレイビングが攻撃を早めようと言ったときには、ガルヴォの奴らは既に塹壕で待っていたはずなんだ。フレイビングがそれを承知してたとすれば、彼が間諜だったんだろう。だが他の誰かに唆《そその》かされたのだとすれば、その誰かがガルヴォに通じてる。それが誰かは――フレイビング本人に訊いてみないとな」

そして彼は、溜息を吐いて椅子に沈んだ。

「どうやら俺たちは、ガルヴォの策にまんまとしてやられたようだ——最初の最初からな」

「どういうことだ」

「そもそもの始まりから考えてみようじゃないか。つまり、ガルヴォの奴らが図々しくも、国境のこっち側に砦を作り始めた理由から」

その提案に、イージャルは鼻白んだ。

「理由？　そんなもの、エンレイズ侵攻の足掛かりにするため以外の何がある」

「皆がそう思ってたさ」

シャリースはうなずいた。

「だからこそ、エンレイズのお偉方《えらがた》は軍隊を送り込んで奴らの企みを阻止しようとした。砦をこじ開けるためには少なからぬ犠牲が出るだろうと考えて、傭兵も雇った。俺たちもそのつもりで準備してたしな。だがいざ攻め込んでみたら、砦はただの見掛け倒しで、ガルヴォ軍は待ち伏せを狙ってただろう？　つまり、あいつらは最初から、エンレイズに攻め込んでくる気なんかなかったんだ。エンレイズ軍をおびき寄せて、叩き潰す気でもなかった」

イージャルは熱心に耳を傾けている。片手を伸ばして、シャリースは書類箱の脅迫状を指した。

「実際に何が起こったかというと、ガルヴァ軍はエンレイズ人三人を生け捕りにして、翌日には早くも身代金を要求してきた。俺が聞いたところによると、ガルヴォの奴ら、真っ直ぐにその三人を捕まえに来て、目的を果たした後はさっさとどこかへ消えたらしいな。もしかしたらあいつらは最初から誘拐目的で、このでかい罠を仕込んだんじゃねえか？」

「……」

イージャルは言葉を失った。度肝を抜かれた顔で、傭兵隊長を見つめている。

シャリースにもその気持ちは判る。村からここへ戻る途中、彼は部下たちから昨日の出来事を聞いた。戦いの推移はそれで判ったが、しかし同時に、何かがおかしいと感じもした。実際に戦闘の興奮の中に身を置いていたら、それに気付くのはもっと遅くなっていただろう。だが皮肉なことに、彼は外から事態を観察する機会を与えられた。

そしてイージャルと話している間に、問題の根本が見えてきたのだ。

「もちろん、この仮定には弱いところが幾つもある」

呆然としているイージャルを見ながら、シャリースは認めた。

「我が国屈指の大貴族であるニグルス殿がこの遠征隊に参加すると、どうして敵に知られていたのか、とかな」

「……彼を大々的に公開処刑にして、エンレイズ王家に打撃を与えるつもりだとも考えられる」

イージャルが暗い面持《おもも》ちで呟く。シャリースはその可能性について思案した。

「確かにそれも、あり得る話だ」

告げられた一言に、司令官はがっくりとうなだれた。

「……何ということだ……」

「――だが」

シャリースは続ける。

「ガルヴォの奴らは、手間と時間と金を掛けて罠を仕掛けた。エンレイズ人を精神的に痛めつけるだけでよしとするとは思えないね。ニグルス殿は金づるだ。それも、とびっきりのな。他の二人もそれなりの金持ちらしい。六千万オウルあれば、大軍を一年は維持できるだろうよ。もしかしたら、もっとかもな。俺だったら、三人をいつまでもいつまでも大事に手元に取っておいて、家族から金を搾り取るよ。殺すのは、搾りかすになってからでいい。ガルヴォ人は、エンレイズから金をむしり取る、素晴らしい手を考えついたらしいな」

「……」

イージャルは目を閉じた。眉間には深い皺が刻まれている。いっそ問題の三人が死んでいてくれればと思ったに違いない。もちろん、口に出してそう言いはしなかったが。

悲観的な気分に陥っている司令官を前に、シャリースはしばし考え込んだ。

「こんなことは言いたくないが」

不承不承口を開く。

「俺たちには、ラドゥエル伯爵の助けが必要なようだ」

イージャルが目を上げた。

「伯爵？　何故だ」

「彼の一族は、戦争前からガルヴォの貴族やら商人やらと付き合いがある。身代金や人質の待遇《たいぐう》について交渉をするのなら、彼に任せるべきだと思うね」

「しかし、そんな交渉を始める権限など私には……」

「ガルヴォの奴らには判りっこない」

シャリースは断言した。狼狽《うろた》えたイージャルへ畳みかける。

「それに、何も本気で交渉しようってんじゃないから、上に言い訳する必要もない。時間を稼いで、人質を取り返す算段をしたいんだ」

司令官はまじまじとシャリースを見つめた。

「取り返す？　そんなことが可能なのか？」

「なあ、人質や巨額の身代金のことは忘れて、ちょっと利己的な話をしないか」

シャリースは指先でテーブルを軽く叩いた。

「目の前で国王陛下のお身内を掻っ攫われちまったなんて、あんたにとっては大失態だよな。あんたはニグルス殿とその取り巻きのお守り役だったんだから。少なくとも、上に詳細を知られたくはないだろう？　それは俺たちだって同じなんだよ。確かに俺たちはガルヴォの砦を破ったが、結局は無駄だったわけだし、そのときに俺がいなかったってのも外聞が悪い。だがそういう細々《こまごま》したことも、人質を取り返せれば帳消しになる。そう思わないか?」

「……」

イージャルは明らかに、シャリースの論理に困惑している。シャリースは構わず言葉を継いだ。

「人質はまだ近くにいるはずだ。遠くまで連れてっちまうと、生存証明が難しくなるからな。とにかくまずは時間を稼いで、その間に兵を集めたい」

「正気なのか。ガルヴォ軍に知れたら——ニグルス殿たちの身が危ないんだぞ」

「それほど危なくはないさ。事が露見すれば、もちろんガルヴォの奴らは不愉快だろう。だがガルヴォにとってあの三人が金づるであることに変わりはない。危ないのは俺たちのほうだ。上に無断で小細工したことがばれたら、あんたは軍から追い出されるだろうし、バンダル・アード゠ケナードの評判も地に落ちる。だがうまくやれば失態を取り繕《つくろ》えるし、手柄にすることもできる」

しばし無言で、イージャルは傭兵隊長を睨んでいた。平然と座っているシャリースに対し、穏やかならぬ感情を抱いているのが見て取れる。

しかし正規軍司令官には、まだ理性が残っていた。

「兵を集めるとは……どこから?」

喘ぐように問う。シャリースは片手を振った。

「ここからさ。この辺りは伯爵の領地だ。伯爵には、兵を集める権限がある。今の季節は農作業も忙しいから、誰も喜びはしないだろうがな」

司令官はごくりと唾を呑んだ。ようやく、シャリースの思惑を現実として理解し始めている。

「しかし、伯爵が何故君を捕らえていたのか、まだ聞いていない。君と確執があるのなら、彼は協力を拒否するかもしれない」

「だから、あんたに頼みたい。俺の名前は出さずにな」

相手が乗り気になってきたのを悟って、シャリースはにやりと笑った。

「伯爵は他のことで頭が一杯で、兵士を出すなんてことには関心がないかもしれない。だが娘婿のセルクが手を貸してくれるだろう。彼は軍に所属している。事の重要性も判ってくれる」

ただし、と、シャリースは胸の内で付け加えた。

私生児の件で、動揺させすぎなければの話だが。

渡せずじまいになっている手紙が、財布の中でずっしりと重く感じられた。

投げつけられた皿が床の上で砕け散った。

伯爵の私室で給仕をしていた使用人は、びくりと身を強張らせた。だが彼はすぐに平静を取り戻した。ラドゥエル伯爵の癇癪《かんしゃく》には慣れている。物が投げつけられるのも日常茶飯事だ。粗相をした使用人が激しく罵られ、ときに殴られることさえ珍しくはない。ことに、不愉快な報告を聞かされたとあっては、皿とそれに載った夕食が犠牲となっても驚くには当たらない。

報告に来た下働きの若者でさえ、伯爵の行動を予測していた。

「カランドたちは昼前から戻ってきていません。伝言もありません」

彼は、報告を終えると同時に逃げ出せるよう体勢を整えていた。飛んできた皿からさっと身をかわす。

部屋の隅にいた給仕は、若者の素早い身ごなしに秘かに笑みを浮かべた。若者の運んできた知らせ自体も喜ばしい。カランドと手下の柄の悪い男たちは、この邸宅では嫌われ者だった。彼らは伯爵その人の命令しか聞かぬという建前を振りかざして、家の中の秩序を乱し、傍若無人に振る舞っていたのだ。

カランドたちを雇い入れたことで、伯爵の暴君ぶりには拍車が掛かっていた。今では実の娘のネリエラでさえ、父親と一緒に食事をしようとはしない。もっとも、伯爵一家のぎこちない関係は、昔からのことではあった。二年前に伯爵夫人が他界してから、一層顕著になったのだ。彼女は夫に従順なか弱い女性だったが、それでも彼女が生きていた頃は、父と娘の間柄もそれほど険悪ではなかった。娘婿のセルクと、家族一緒に食卓を囲んでいたのだ。しかし今、ラドゥエル伯爵は一人で食事をする。ネリエラとセルクは何も言わない。食事中に激昂して皿を投げつけるような相手と、あえて同席したがる理由もないだろう。

「捜せ！　ここにいないのなら、村へ行って来い！」

怒りに顔を紅潮させて、ラドゥエルは怒鳴る。

「ぐずぐずするな！　今すぐに行け！」

若者は身を翻して走り去った。給仕の男は床に散らばった食べ物の残骸を見ながら、それをいつ片付けるべきかを考えていた。もしかしたら伯爵は、別の皿も割りたい気分であるかもしれない。だとすれば、しばらく待ったほうがいい。

案の定、ラドゥエル伯爵の怒りは全く収まっていなかった。彼は椅子を蹴り倒し、棚にあった本を床へ叩きつけた。

「馬鹿者が！　馬鹿者どもが！　どうして簡単な仕事一つまともにできない⁉　何のために金を払っていると思っているのだ⁉　無能な奴らめ！　この……！」

食卓がひっくり返され、物の砕ける派手な音が響いた。

恐らく、音は階下にまで聞こえただろう。だが様子を見に来る者もいない。伯爵が怒り狂って物に当たっているのは、皆が知っているのだ。下手に近寄ればとばっちりを受ける。

給仕はただ静かにそこへ立ち、嵐が過ぎ去るのを待っていた。何を言おうと、何をしようと、伯爵の気分を落ち着かせることはできないのだ。それは彼も、もう嫌というほどに判っている。

しかし、別の椅子の背に手を掛けた伯爵が、椅子もろとも床に倒れたときには、給仕もどう行動すべきか迷った。駆け寄って助け起こすべきだろうか。しかし伯爵は、自分が倒れたことにも、助けが必要だと思われたことにも立腹するだろう。罵倒され、殴られるかもしれない。

ラドゥエル伯爵は立ち上がらない。

一呼吸分躊躇《ためら》った後、給仕は恐る恐る一歩を踏み出した。うつ伏せに倒れた主人の顔を覗き込む。

「旦那様……？」

赤い顔のまま、伯爵は目を見開いていた。敷物に押し付けられた口は、もはや言葉を発していない。息と共に、喉を詰まらせたような呻き声が漏れる。

ただ事ではないと、ようやく給仕は察した。伯爵の身体を仰向けにすると、その左手が震えながら持ち上がり、給仕の手首を掴んだ。給仕は反射的に手を引こうとしたが、伯爵はそれを許さなかった。

「お……あ……」

伯爵が何かを言おうとしている。だがやはり言葉は出てこない。

「誰か、来てくれ！」

手首を掴まれたまま、給仕は叫んだ。

「早く！　旦那様が大変だ！」

ようやく、廊下を走ってくる複数の足音が聞こえた。

イージャル司令官がバンダル・アード＝ケナードの傭兵数人を護衛にラドゥエル伯爵の邸宅を訪れたのは、夜も更《ふ》けてからのことだった。

先導はマドゥ＝アリが務めている。きちんと道順を覚えている者が、他にいなかったのだ。留守番を命じられたエルディルは不服そうだったが、協力を乞いに行くに際し、狼を連れて行くのは得策《とくさく》ではないということになったのである。シャリースが加わるのも得策でないと言えただろうが、シャリースとしては、セルクに会う機会を逃したくなかった。

そこで、十人ほどの一行の最後尾に、こっそりと紛れ込んだのだ。

シャリースが伯爵邸に連れ込まれたのは裏口だったが、マドゥ＝アリは表門の場所も把握していた。カンテラを提《さ》げて歩く彼の足取りに迷いはない。イージャルをはじめ、初めてこの村に来た面々は、曲がりくねった狭い道をきょろきょろと見回していたが、シャリースは彼らを容赦なく追い立てた。

「マドゥ＝アリから離れるな」

イージャルが不安げに立ち止まって振り返るのを見つけ、後ろから声を掛ける。

「ちゃんと道を知ってるのはそいつだけだ。はぐれたら朝までぐるぐる歩き回る羽目になるぞ」

今度こそ本当に不安に駆られ、全員が、マドゥ＝アリのカンテラの灯りに集中した。

彼らにとって意外だったことに、表門は開け放たれていた。篝火《かがりび》に照らされた門の脇に使用人らしき男が立ち、外を見張っている。どこからか現れた女が、ばたばたと門の中へと走り込んでいった。ただならぬ様子だ。気付けば邸宅全体が、不穏なざわめきに満ちている。

訪問者たちはたじろいだが、ここで踵《きびす》を返すわけにはいかない。シャリースは当初の計画通り、暗がりへ身を潜めた。万一にも、カランドの一党や伯爵その人と顔を合わせるわけにはいかない。

一方イージャル司令官は、門番として立っている男に近付いた。

「私は正規軍司令官イージャルだ」

彼がそう名乗る前から、門番は相手が何者かを察していたらしい。黒衣の傭兵たちに護衛された正規軍の軍服の男は、それだけで人を威圧できる。門番はおどおどと一歩下がった。

「何か御用でしょうか」

「ラドゥエル伯爵に面会したい」

単刀直入な要求に、しかし相手は口ごもった。

「いや——それは無理だと思います……」

「これは正規軍からの正式な申し入れだ」

イージャルの口調が刺々《とげとげ》しくなる。門番は首をすくめた。

「はい……でも、旦那様はご病気なんです。今医者が来て――よくは判りませんが、意識がないとか聞いてます」

「……」

想定外の事態に、イージャルは口を噤んだ。傭兵たちも思わず顔を見合わせる。そして全員が無意識のように、影の中にいる傭兵隊長を捜す。

用心深く、シャリースは暗がりから滑り出た。目を眇《すが》めて門番の顔を観察し、お互い面識がないことを確かめる。

「それなら、伯爵令嬢に伝えてくれ」

イージャルの隣に立って、彼は門番に告げた。

「大変なときにすまないが、できるだけ早く会いたいとな。ネリエラが駄目なら、セルクでもいい」

実現可能な頼みにほっとしたように、門番はうなずいた。手近なところにいた使用人に伝言が託され、間もなく、正規軍司令官とその連れは、邸内へと通された。

客間には、ネリエラとセルクが待っていた。

一隊が姿を見せると、夫婦は椅子から立ち上がった。二人とも少し疲れた表情だったが、取り乱してはいない。ネリエラが進み出て、イージャルを戸口まで迎えに出た。華奢な手を差し出す。

「ようこそ、イージャル閣下」

イージャルは恭《うやうや》しくその手を取った。

「このような折に押しかけた非礼、お詫びします」

「いえ、謝罪など必要ありません」

ネリエラはイージャルに椅子を示し、司令官は、セルクに迎え入れられてその椅子に座った。

その間に、ネリエラはちらりとシャリースに目を向けた。

「無事でよかったわ」

素早く囁く。シャリースはうなずいた。

「君のお陰だ」

そして声を潜める。

「カランドたちは戻ってきたか？」

「いいえ」

「まあ、戻れねえだろうな」

シャリースは苦笑した。ネリエラが片眉を上げてみせる。

「あの人たちに何をしたの？」

「大したことじゃない。多少痛い目に遭わせたが、命に関わるような怪我は一つもない。どこへなりと失せろと言ってやった。構わなかったか？」

「ええ」

ネリエラは黒衣の傭兵たちを見回した。彼女と面識があるのはシャリースだけだ。全員が、伯爵令嬢の凛とした美しさと威厳に気圧《けお》され、入り口の側に固まっている。

「椅子が足りないわね。誰かに運ばせるわ」

「いや、いい。俺たちは立ってるよ。野宿続きだったからな。あんたの家の家具を汚したくない」

隊長の言葉に、傭兵たちが揃ってうなずく。それ以上無駄なやりとりはせず、ネリエラはイージャルの右手に腰を下ろした。その隣の椅子にセルクが収まる。誰が見ても、主導権を握っているのはネリエラだ。セルクはシャリースに向かって小さくうなずきかけたが、妻の前にしゃしゃり出てくるような真似はしない。

「父上のご様子は如何《いかが》ですか」

礼儀正しくイージャルが尋ねた。ネリエラは小さく息を吐いた。

「夕食のときに倒れたのです。先程やっと意識が戻りましたが、身体がうまく動かせないようです。このままベッドに寝たきりになる可能性が高いと、医者は診断を下しましたわ」

「それは、お気の毒に……」

力なく、イージャルが呟く。落胆した表情は、ラドゥエル伯爵の病状に同情したからではない。己の不運に胸を詰まらせたためだ。土地の最高権力者の協力なくして、この状況を乗り切るのは絶望的に見える。

しかしネリエラのほうは、イージャルほど悲観していない。

「父は床に就いておりますけど、軍の苦境は聞き及んでおります。私どもでお力になれるでしょうか？」

イージャルが口ごもったのは、ネリエラにどれほどの決定権があるのか否か、判断できなかったからだろう。だがシャリースは遠慮しなかった。

「そう言ってもらえてありがたい。国王陛下のご親戚とその取り巻きが、ガルヴォの奴らに捕まっちまったんだ」

これまでの経緯を説明する。ネリエラとセルクは黙って耳を傾けた。

「その三人を取り返さなきゃならないんだが、俺たちにはガルヴォとの伝手《つて》が無くてね。あんたたちに助けてもらいたい」

シャリースの頼みに、ネリエラはしばし、考え込む顔つきになった。

「確かに、うちには伝手があるわ。うちと付き合いのあるガルヴォの人たちの中には、軍の関係者もいる。私が会いに行きます」

「待ってください」

慌ててイージャルが口を挟む。

「あなたに行かせるわけにはいきません。伯爵のご令嬢を危険な目に遭わせるなど……」

「でも、私以外の誰が行くというのですか？」

　ネリエラは微笑した。正規軍司令官の面食らった様子にも、泰然とした態度を崩さない。

「彼らがエンレイズ軍の関係者と面談なさるとお思い？　門前払いされるだけでしょう。でも私は、子供の頃から彼らを知っています。家族ぐるみの付き合いです。戦争中でも、個人としての付き合いは残っていますもの。彼らも、私になら会って話を聞いてくれるでしょう」

「しかし……」

　イージャルとしては、軍務中に伯爵家の跡取り娘に何かあれば、取り返しのつかぬ事態となるということを考えないわけにはいかない。軍からの放逐《ほうちく》どころか、彼の首を差し出しても足りないだろう。

「父が病床にあって動けない間は、私が伯爵代理として動きます。ご存知でしょうが、あなたは、私を止める権限はお持ちではありません」

「私も行こう」

　初めてセルクが口を開いた。

「伯爵令嬢の配偶者としてね。私が軍関係者だということは向こうも気に入らないかもしれないが……」

「ちょっと待った」

　シャリースはセルクの注意を引いた。

「あんたには、領地内から兵を集めてもらいたいんだよ、セルク司令官殿。援軍がいつ来るか判らないし、悠長に待ってる場合じゃないんでね」

「しかし、ネリエラを一人で行かせるわけには……」

「俺たちが護衛する」

シャリースは請け合ったが、セルクはかぶりを振った。

「交渉の場に、護衛の傭兵が入れるとは思えないよ、シャリース」

傭兵隊長はしばし考え込んだ。

「……それじゃあ、ネリエラ」

顎を撫でながら、未来の女伯爵へ顔を向ける。

「俺と結婚しないか？」

傭兵たちの中から、噴き出したような音が幾つか聞こえた。イージャルとセルクがぎょっとしてシャリースを見やる。

ネリエラは生真面目な表情で、シャリースを見返した。その灰色の瞳の奥で、思考の歯車が目まぐるしく回転しているのが判る。

「それが良さそうね」

やがて彼女はそう応じた。セルクが口を開けたが、声が出ない。ネリエラは、同じく言葉を失っているイージャル司令官へ向かって話した。

「つまり、シャリースが私の夫と名乗って私に同行するということです、閣下。護衛を締め出すことはあっても、私の夫が同席を許されないということはないでしょう。ガルヴォの人たちはセルクに会ったことはありませんから、私が夫だと紹介すればそれを信じるはずです」

「セルクが服を貸してくれれば完璧だ」

シャリースが付け加える。

「もちろん、泊まる場合には一部屋に通されるだろうが、心配には及ばない。俺が床に寝るか、それともネリエラが床で寝るかは、くじ引きで決めるからな」

「あなたはいつでも公平な方よね」

皮肉な口調で言って、ネリエラはちらりと笑みを浮かべた。

「夫はシャリースと、服の寸法が同じですのよ、閣下。身体にぴったり合った高価な服を着ていれば、変装はより一層完璧になるでしょう。シャリースは好きなように、ガルヴォの情報を探れます。そしてその間に、セルクは兵を集められるでしょう。如何《いかが》ですか？」

問われたイージャルは、シャリースに視線を走らせた。シャリースがうなずいてみせる。

「……では、そのように」

絞り出すような司令官の返事を聞いて、ネリエラは立ち上がった。

「では失礼して、手紙を何通か書いて参ります。予告なしに訪問することはできませんから」

伯爵令嬢の退出を、男たちは礼儀正しく見送った。

「……奥方はさぞかし素晴らしい領主になるだろうな」

イージャルの賛辞に、セルクはうなずいた。

「その点については、疑う余地はありませんね」

そして立ち上がる。

「では、私はシャリースのために服を選んでこよう。こうした訪問の場合、礼服は必要ないだろうが……」

「俺も行く」

シャリースは進み出た。

「しばらく会わない間に、あんたの服の趣味がおかしな方向へ変わっていないかどうか、確かめたいからな」

セルクの案内で、彼らはセルクの衣類が収められている小部屋へ向かった。

部屋に入る前に、シャリースは廊下を見渡し、誰もいないことを確認した。それから素早く続き部屋を覗き、そこが夫婦の寝室であることを知る。部屋は整えられており、無人だ。ネリエラは書斎へ行ったのだろう。

小部屋に戻ると、セルクが怪訝な顔で彼を見ていた。シャリースは背後でしっかりと扉を閉めた。

「実はあんた宛に、人に知られちゃまずい手紙を預かってきてる」

声を落として告げる。財布の中から、何度も折り畳まれて皺だらけになった手紙を取り出し、セルクの前に掲げてみせる。

「心の準備をしてくれ」

セルクは力なく微笑した。

「何だか怖いな」

「これを読んだら、きっと泣くほど怖くなるだろう。だから本当は、今渡したくない。あんたにはめそめそせずに、兵士を集めてもらいたいからな。だが俺はこれをあんたに渡すと約束してきたし、あんたとこうして二人きりになるまで、散々苦労させられた——それについては、時間があったら話してやるよ。あんたを動揺させるのが判り切ってるのに、ここで手紙を読ませるのは、ガルヴォに行った後、俺が化けの皮を剝《は》がされて、ガルヴォ人に殺される可能性も無いわけじゃないからだ」

「……」

「もちろんネリエラは俺たちが命に代えても守る。だがそれで俺が死体になった場合、この手紙を身に着けているのはまずい」

シャリースの目を見ながら、セルクは手紙を受け取った。指先で皺を伸ばし、宛先も差出人の名前もないのを確かめ、封を破る。

セルクが手紙に目を通す様を、シャリースは見守った。一度目を通しただけでは飲み込めなかったのだろう、何度も同じ文章を読み返している。

ようやくセルクは顔を上げたが、灯されたランプの黄色い灯りの下でも、血の気が引いているのは明らかだった。

「これは……事実なのか？」

セルクの声はかすれている。シャリースは彼の肩を押して、隅にあった小さな椅子へ座らせた。

「俺はその手紙を読んでない」

シャリースはそう断った。

「だが俺の聞いた話によれば、あんたに息子がいるのは事実らしい。あんたに心当たりが全くないとなると話が難しくなるが、手紙の仲介をした女子爵は、子供の将来を本気で心配してたね」

「心当たりは、ある」

セルクの指は手紙を握り締めている。

「だが、あれは一度だけ、酔った勢いの……いや、君に言い訳をしても仕方がないな。ああ確かに、言い逃れはできない。あの夜のことは——ずっと気に病んでいたんだ」

「そのようだな。ネリエラも気付いてたよ」

疑惑については、囚われの身であったときネリエラに聞いた。つい先刻の会談中も、彼女は夫と目を合わせようとしなかった。ネリエラが不信感を抱くのも当然だ。セルクは元来正直な男で、隠し事には向いていない。

セルクは両手で頭を抱えた。

「子供か……」

小さく呟く。

「ネリエラに……話さなくては」

シャリースは溜息を吐いた。

「あんたのことだから、そう言い出すだろうと予想はしてたよ。だがそれでいいのか？　伯爵家から追い出されることになるかもしれないんだぞ？　彼女の親父さんは大喜びだろうがな」

「ネリエラが私を追い出したいのなら、仕方がない。悪いのは私だ。義父《ちち》のことは関係ない。それに、赤ん坊に罪はないんだ。放り出すわけにはいかない」

青ざめてはいたが、セルクの口調は決然としていた。シャリースは肩をすくめるしかない。

「あんたの問題だ。好きにしてくれ。だがエンレイズ軍にはネリエラが必要だってことは忘れないでくれ。あんたには息子の存在を知る権利があると思ったからこそ手紙を持ってきたが、ネリエラを泣かせて、この計画をぶち壊すのは困る。三人の人質の命と、国が傾くほどの大金が掛かってるんだからな。イージャルと俺の立場は言うまでもなく」

「彼女は家庭の問題を外に持ち出したりはしない」

「そうだといいがな」

シャリースとセルクが書斎に入ったとき、ネリエラはちょうど、二通目の手紙を書き終えたところだった。

夫の告白を、ネリエラは黙ったまま聞いた。セルクから皺だらけの手紙を渡され、ゆっくりと読む。

読み終えると、彼女は片手で額を押さえた。悲嘆に暮れている様子だったが、取り乱してはいない。二人の男は、母親の叱責《しっせき》を待つ子供のように、立ったまま彼女を見つめていた。

「……あなたはこのためにここへやって来たのね、シャリース」

やがて口を開いたネリエラの声は静かだった。シャリースはうなずいた。

「実はそうなんだ。あんたの父親がどう思おうが、それが俺の用事だった」

もう一度、ネリエラは手紙に目を落とした。

「……この子は、安全に暮らしているのね？」

シャリースに念を押す。

「今のところは。サリアはちゃんとした乳母を見つけたし、赤ん坊は元気に育ってるそうだ」

ネリエラの口元が苦い笑みに綻んだ。

「……では、私に原因があったのね。私たちに子供ができないのはセルクに子種が無いからだと、父は頭から決めつけていたのよ。どれだけ怒り狂うかしら、私は妊娠すらしなかったけど、セルクには健康な息子がいると知ったら」

手紙を畳み直し、夫の手に戻す。

「あなたは父の矜持《きょうじ》を粉々にしたわね。これを聞いたら、今度こそ死んでしまうかもしれないわ」

「私が気に掛けているのは、彼のことなんかじゃないよ、ネリエラ。私が何より心配なのは――」

伯爵令嬢は片手を挙げて、夫の言葉を遮った。セルクは口を閉じ、ネリエラも書き物机に目を落としたまま黙り込んだ。シャリースは気まずい思いで、夫婦の沈黙に立ち会った。

やがて、ネリエラは手元にあった呼び鈴を振った。すぐに扉が開き、小間使いと思《おぼ》しき若い女が現れる。二人の男が突っ立っているのを珍しそうに一瞥《いちべつ》したが、彼女はすぐに女主人へと向き直った。

「お呼びでしょうか」

「ディレクをここへ呼んでくれる、アイリー？」

アイリーと呼ばれた小間使いは承諾のしるしに会釈し、小走りに部屋を出て行った。ディレクがやって来るまで、書斎は再び重い沈黙に満たされた。

幸い、それほど時間は掛からなかった。

ディレクが伯爵邸で馬を扱っていることは、シャリースもその匂いですぐに察しを付けた。髪の白くなりかけた小柄な男だが、申し分なく頑健で、誠実そうな顔つきをしている。

「御用ですか、お嬢様」

言葉は丁寧だったが、口調は使用人らしからぬほど親しげだった。恐らく彼は、伯爵令嬢が幼い少女だった時代を知っているのだろう。ネリエラは立ち上がった。

「明日の朝一番で発《た》ってもらいたいのよ、ディレク」

書き上げたばかりの手紙をディレクの手に渡す。

「宛先は書いてあるわ。必ずお返事をもらってきてね。いつまでに帰れるかしら？」

目を眇めて、ディレクは二通の手紙に記された宛先を読んだ。しばし考える。

「このお二方が御在宅であれば、夜までには戻って来られるでしょう」

「じゃあ、お願いね」

丁重に頭を下げて、ディレクは書斎を出て行った。女主人の夫と傭兵隊長には目もくれない。ネリエラが夫と争うことになったら、彼がどちらの味方をするのかは一目瞭然だった。

扉が閉まると、ネリエラはシャリースに目を向けた。

「ディレクが明日の夜までに戻り、手紙の返事が私の期待した通りの内容だったら」

てきぱきと話を進める。

「私たちは明後日の朝には、伯爵令嬢とその夫という触れ込みでガルヴォへ出発できるわ。それまでに準備を整えなきゃ。あなたと部下の人たちは、我が家にお泊りになる？」

「いや」

シャリースはかぶりを振った。

「俺たちはイージャル司令官と一緒に、野営地に戻るよ。伯爵令嬢に護衛を付ける算段をしねえとな。もちろん黒い軍服は脱いでいくが、剣は持っていく」

「ガルヴォの人たちは喜ばないでしょうね」

ネリエラは肩をすくめた。

「でも私の護衛を無下《むげ》には扱えないはずよ。これからも、我が家と取引をしたいと思っているのなら」

「武装した野郎どもは何人くらいだったら、ガルヴォ人の神経を逆撫でせずに済むかね？」

シャリースの問いに、ネリエラは首を傾げた。

「五、六人かしら。でも国境で戦闘があったばかりだし、十人くらいなら向こうも目をつぶると思うわ」

「判った。俺の旅支度を頼むよ。どこで何を着ればあんたの亭主に見えるのか、考えておいてくれ」

セルクにうなずきかけて、シャリースは書斎を後にした。

後ろ手に閉めた扉の向こうで、これからどんなやり取りが起こるのかについては、考えないようにしながら。

六

翌朝、シャリースはダルウィンに手伝わせ、ネリエラの護衛としてガルヴォに向かう傭兵を選抜した。

第一の条件はガルヴォ語が話せることだ。彼らがエンレイズ人であることは先方も承知しているのだから、流暢《りゅうちょう》である必要はない。しかし少しでも情報を得るために、周囲の人間が何を話すかを把握しなければならない。次の条件は、あまり目立たぬ容貌であることだった。見かけで人目を引いてしまうと、それだけで動けなくなる。

「セルクに言って、できるだけ頓狂《とんきょう》な服を選んでもらえよ」

ダルウィンは幼馴染に提案する。

「ガルヴォ人が腹を抱えて笑うようなやつを。でなければ、少なくともじろじろ見なくちゃいられないようなやつを。皆がおまえを見てれば、こっちは動きやすくなるんだから」

ダルウィンも国境越えに参加するのだ。シャリースがネリエラの側に夫として貼り付いている間、彼は誰でも手当たり次第に、友情の押し売りをしようと目論《もくろ》んでいる。

シャリースは鼻で笑った。

「俺は構わないぜ、馬鹿みたいに宝石のちりばめられた衣装を渡されたって、それで人質三人が助かるのならな。セルクがそういう服を持ってるなら、喜んで着てやるよ」

実際にそんな服など存在しないことは、二人とも知っている。

ダルウィンの他に、九人が選ばれた。彼らは隊長のもとに呼び集められ、持っている平服をできるだけ清潔にするよう命じられた。

「伯爵令嬢と、その夫君の護衛なんだからな」

シャリースはそう言い渡した。

「そこらの追剝《おいはぎ》みたいな格好じゃまずいんだよ。洗濯するなり、村で新しいものを買うなりして来い。それから俺のことは、今この時から、旦那様か、セルク様と呼べ。とにかく、うっかりてめえから正体をばらしちまうような真似はするなよ。いいか、俺たちはガルヴォに入るんだ。正体がばれたら問答無用で殺されるぞ」

選ばれた面々はそれほど嬉しそうではなかったが、とにかく承知した。ダルウィンに先導されて、銘々《めいめい》自分の服を調べに行く。

一方、正規軍と行動を共にする残りの者たちは、メイスレイに任されることになった。

「イージャル司令官は、俺よりもあんたのほうがお好きらしいからな」

シャリースの言葉に年嵩の傭兵はうなずいたが、それだけが理由ではないことは誰もが知っていた。かつてメイスレイには妻がいたが、彼女はガルヴォ人に殺されたのだ。メイスレイはガルヴォ語が堪能だが、その言語を使うのは、相手を殺すときだけになっている。

ガルヴァ人の住む町で平静を保つことは、彼にとって大いなる苦痛だろう。

「俺たちがいない間に、やっといてもらいたいことがある」

シャリースは部下たちに告げた。

「ガルヴァ人たちは明らかに、俺たちの動きを把握していた。どこから情報が漏れたのかを突き止めないと、この先安心して眠れる夜は来ないぞ。怪我人の面倒を見るなり、墓掘りを手伝うなりしながら、正規軍の奴らから話を聞いてこい」

「正規軍は大分人数が減っちまってますけど」

アランデイルが発言する。

「もし、ガルヴァに情報を流してた裏切り者が、墓穴の順番待ちをしてたらどうします？」

「おまえの魅力で、死人に口を割らせられるか？」

上官の軽口に、アランデイルは肩をすくめた。

「相手が女ならね。でも、死んだのは男ばっかりです」

しゃあしゃあとそう答える。仲間たちからは失笑が漏れ聞こえた。だが、死者から話を聞くことはできないという事実に変わりはない。

「イージャルに話を通して、死んじまった奴らの手紙を見せてもらおう」

シャリースは決断した。

「嫌な顔はされるだろうが、この際、死者への礼儀は何の役にも立たないからな」

それから午後遅くまで、傭兵たちは任に当たった。

ガルヴォに護衛として行くことになっている面々も、服を準備した後はこの仕事に加わった。しかし休憩と食事の間にシャリースへぽつぽつともたらされた報告は、芳《かんば》しいものではなかった。

傭兵たちは正規軍の兵士たちを手伝い、少しばかりの酒を分けてやり、話を聞いた。ガルヴォに情報を売ったと名乗り出た者には、一人も出くわさなかった。情報を売った人物に、心当たりがあるという者すらいない。

死者たちの持ち物は、仲間の手によって回収されていた。私物は後で整理され、家族の元へ送り返されることになっている。傭兵たちはそれらを丁寧に調べたが、裏切り行為に関連があると思われるものは何も見つけられなかった。手紙類は、思わず落胆するほど少ない。兵士たちのほとんどは首都で編成され、出発から日も浅い。兵士の家族や恋人ですら、まだ手紙を書き送るには早すぎると考えたらしい。

しかし攫われた三人は、行軍中に手紙を書いていた。

その証言は、司令官たちの身の回りの世話をしていた、複数の兵士たちから集められた。

「あの三人は」

少しばかり軽蔑を込めた口調で、ライルはシャリースに語った。

「自分のことを人にさせてたんで、暇だったんですね。そして、手紙をやり取りするのに掛かる金も持ってた。かなりせっせと手紙を書いていて、受け取ってもいたそうです」

そしてちらりと、正規軍の兵士たちがいるほうへ目をやる。

「それは、イージャル司令官も同じなんですけど」

「彼は、本部に報告を送らなきゃならないからな」

シャリースはうなずいた。

「イージャル司令官がガルヴォと通じてたとしたら、俺はてめえの目ん玉をくり抜いちまったほうがいいな。今だって、あの男が裏切者だとは思えない」

「もしもそれが間違っていたら、俺も喜んで、目の玉を抉《えぐ》る手伝いをしよう」

横で聞いていたメイスレイが口を挟む。シャリースと二人で、国境付近の地図を確認していたのだ。

「だがそのときには、俺も己の無能さを嘆いて引退すべきだろうな。イージャル司令官は、回りくどい陰謀を巡らせる類《たぐい》の男じゃないと、俺も思う」

「まあ、本気で焦りまくっているのは確かですね」

ライルがにやりと笑った。

「で、彼らの手紙はどうします？」

イージャル司令官及び、攫われた三人の身分や地位について、シャリースは少しばかり考え込んだ。

「他の兵士たちは、全部調べたのか？」

「いえ、まだです。墓を掘ったり怪我人の包帯を換えたりしているときは、皆それほど、協力的な気分にはならないようで」

「まずは兵士を全部調べよう。司令官の天幕に踏み込むのは、それからだ」

そして、傭兵たちはそれぞれの仕事を続けた。


夕方になってから、セルクが一軍を率いて野営地へ到着した。

昼までは農夫や村の働き手だった者たちが、正規軍の軍服を着込んでいる。国境付近に住む彼らは、軍に兵士として召集されることに慣れているのだ。軍の約束する給料は、彼らにとってはいい臨時収入だった。冬場の仕事の少ない時期であれば、彼らももう少し喜んだだろう。だが多少の不平はあるにせよ、とにかく彼らは装備を整えてやって来たのである。

イージャルと共に、兵の数、武器や携行品《けいこうひん》を確認した後、セルクは傭兵たちの野営場所へとやって来た。シャリースが迎え、他の面々に話の聞かれない場所へと連れ出す。休憩中の傭兵たちから興味津々の眼差しが向けられたが、シャリースは一睨みで彼らの好奇心を抑えた。

「ラドゥエル伯爵はどうだ？」

そう尋ねた傭兵隊長に、セルクは小さな苦笑を浮かべた。

「意識は戻っている。私の顔を見ると怒っているのが判るよ。だが身体は動かせないようだし、言葉もなかなか出てこない」

静かになって助かったとまでは言わなかったが、どこかほっとしたような顔つきだ。その気分は、シャリースにも想像がついた。

「まあそれ以前から、彼は様子がおかしかったみたいだが」

自分を捕らえていたときの、正気とは思えぬ言動を思い返す。セルクはうなずいた。

「二年前に、ネリエラの母親が亡くなってからなんだ。多分、妻の死があまりにも突然で、義父は我々には計り知れないほど打ちのめされたんだと思う。彼はその一件を、私の陰謀だと信じているらしい」

「人を雇ってやらせたと考えてるんだろう。よく知ってるよ」

シャリースはにやりと笑った。しかしセルクの表情は冴えない。

「君にはとんだ迷惑を掛けたようだな。ネリエラから聞いた」

「それ以外の話はしたか？」

悲しげに、セルクはかぶりを振った。

「赤ん坊の話は、今はしないと言い渡された。伯爵代理としての仕事に集中したいそうだ。今は小旅行の準備に追われて忙しくしてるよ。実は昨夜、侍女が一人消えて、支度が遅れている。それで、ネリエラが君に訊いてみてくれと言うんだが……」

口ごもったセルクに、シャリースは片眉を吊り上げてみせた。

「俺たちが昨夜押しかけたとき、若い女を無理矢理連れ去ったりしなかったかって？」

「まさか。そんなことがなかったのは判っている」

首を回して、セルクは野営地を見渡した。

「だが――やはりここにはいないんだな？」

「ああ。女が紛れ込めば、それがどんな女だろうと絶対に気付く。何しろ俺たちは、行儀のなってない野蛮人の群れだから」

傭兵隊長の言葉に、セルクが小さな笑い声を立てる。

「バンダル・アード＝ケナードの素行については疑っていない」

そして彼は小さく息を吐いた。

「どうもアイリーは、自分で荷物をまとめて出て行ったらしいんだ」

「アイリー？　昨夜ネリエラに呼ばれて顔を出した娘だな？」

名前には聞き覚えがあったが、顔は思い出せなかった。暗がりで一度ちらりと見ただけだ。セルクがうなずく。

「私はよく知らないが、常日頃から仕事を辞めたいとこぼしていたらしい。使用人の中には、ある日突然ぷいといなくなってしまう者もいる。別に珍しいことじゃないんだ。アイリーは無分別な娘で、逞しくて男ぶりのいい傭兵にのぼせ上がって、ついて行ってしまったという噂もある」

「傭兵ってのは、若い娘がついて行きたくなるような相手じゃないと俺は思うがね」

一瞬で若い女の気を惹くことができる部下もいないわけではないが、アランデイルは昨夜、伯爵邸には連れて行かなかった。従って、自分たちが無実なのは確信できたが、若い女が行方不明だという事実は変わらない。

「侍女がそんな風に消えて、ネリエラは大丈夫か？」

「喜んではいない」

沈んだ様子で、セルクは言った。

「だが、私のことと侍女のこと、どちらに腹を立てているのか、尋ねる気にはならなかった」

同情を込めて、シャリースはうなずいた。彼には妻こそいないが、これまで清廉潔白の身だったというわけでもない。

「それについては、俺も触れないようにしよう」

「隊長！」

野営地から、チェイスの声が掛かった。つい先刻まで墓掘りをしていた若者は泥だらけだったが、元気だ。隣に立った十五くらいの少年を指して喚く。

「お使いの人が来てますよ！」

「あれはうちの下働きだ」

セルクが手招きすると、少年は急いで二人のほうへ走ってきた。

「お嬢様が、シャリース様にお越しいただきたいとのことです。ガルヴォから返事が来たからと……」

「判った、すぐに行く。風呂の準備を頼んでおいてくれないか。こんな格好でガルヴォのお偉方の前に出るのはまずいからな」

少年は傭兵隊長の全身を素早く値踏みし、シャリースの意見に、心から同意したようだった。

「承知しました」

力強く答えて、身を翻す。

その後ろ姿を見送って、シャリースはセルクに向き直った。

「じゃあ、俺は行くよ。軍のほうは任せた」

「ネリエラを頼む、シャリース」

その目に浮かんだ切実な光に、シャリースは胸を打たれた。彼は妻を愛している。彼が犯した間違いとその結果を、たとえ妻が受け入れなかったとしても、彼女を死という形で失うのには耐えられないのだ。

「ああ、判ってる。俺たちは攫われた三人を捜しに行くが、彼女の護衛を忘れたりはしない。万一、ネリエラが何かに腹を立てて俺を刺そうとしても、部下たちには、彼女ではなく俺を押さえつけるように言っておくよ」

セルクは微笑した。その肩を叩いて、シャリースは一人野営地へ戻った。

部下たちと最後の打ち合わせを手早く済ませ、共にガルヴォに行く十人を引き連れて、彼は伯爵邸に向かった。

早朝、ガルヴォへ向かって発った伯爵令嬢の一行は、恐らく、相手が予期する以上に大規模だった。

セルクの服を着込んだシャリースの他に、十人の傭兵が平服で付き従っている。ネリエラの侍女三人に加え、荷物を運ぶための小さな荷車に、荷物を管理し、馬を扱う男が八人いる。ネリエラとシャリースは小型の美しい無蓋《むがい》馬車に乗り、侍女たちが別の幾分質素な馬車に詰め込まれたが、御者を除くそれ以外の者は徒歩だった。休憩を二度取っても、最初の目的地スライヴァスには昼前に着くという。伯爵令嬢の馬車を御しているのは、前日使者の役を務めたディレクという男だった。

なるべく大仰な一行に仕立ててくれと、シャリースはネリエラに頼んであった。訪問者の人数が多ければ、たとえ何人かが途中で消えたとしても、先方に気付かれにくくなる。三人の人質を奪い返すために、傭兵たちは手段を選ばぬ心づもりでいた。

伯爵令嬢と並んで馬車に揺られながら、シャリースはモウダーの現況について話し合った。セルクとその子供についての話題を避けるためでもあったが、国境を越えて手広く商売をしている伯爵家の情報網は侮れない。

「モウダーの大掛かりな強盗団の話は聞いてるわ」

シャリースの問いに答えて、ネリエラはうなずいた。

「エンレイズ軍の脱走者が指揮を執っているという噂もあったみたい。あり得ると思う？」

「あり得るな」

綺麗に剃《そ》ったばかりの顎を、シャリースは片手で撫でた。

「ガルヴォ軍の脱走者かもしれねえが、とにかく、軍で集団行動の訓練を受けた奴が指図してるらしい。うちにいるモウダー人によると、モウダー人というものは、互いに協力し合って粛々《しゅくしゅく》と強盗行為を働いたりしないそうだ。仲間割れせずに同じ仕事を続けてるってことがすなわち、犯人がモウダー人じゃない証拠なんだと」

「いくらなんでも、それは言い過ぎだわ」

口ではそう言いながら、ネリエラは笑いをこらえている。御者席では、ディレクが声を上げて笑っていた。二人とも、シャリースよりモウダー人の気質に詳しい。

ネリエラは肩をすくめた。

「でも私は、強盗団の中には必ずモウダー人もいると思うわ。地元の人間でなければ、襲うべき相手について詳しく調べることはできないでしょうから」

伯爵令嬢の見解にも一理あると、シャリースは考えた。

「なるほどね。だがまだ捕まっていないところを見ると、モウダー人も協調や自己犠牲を学んだらしい」

「そのお陰で、被害は拡大してるようね」

ネリエラが溜息を吐く。

「つい三日前にも、強盗団が出たらしいわ。被害に遭った人たちはもちろん、エンレイズとガルヴォにとっても大問題よ」

シャリースも同感だ。ディレクが片手で、シャリースの注意を引いた。路傍の石を指し示す。

「さあガルヴォに入りますよ」

国境は畑の中にあった。

つい数日前に近くで戦闘があったというのに、作物は平和に育《はぐく》まれている。ディレクに教えてもらわなければ、シャリースは敵国に入ったことに全く気付かなかっただろう。改めて気を引き締め直す。

スライヴァスの村にあるナシュール子爵の住いは、石積みの塀に囲まれた無骨な館だった。

国境近くに居を構えることは、すなわち常に敵襲に備えていなければならないということだ。エンレイズと経済的な結びつきはあっても、緊張を緩めることはできないのだろう。だが伯爵令嬢の壮麗な馬車と、他ならぬナシュール自身が書いた招待状によって、鉄製の頑丈な門はすぐさま大きく開かれた。

エンレイズ語を母国語同様に操る使用人によって、彼らはひんやりとした建物の中に案内された。伯爵令嬢の随行員たちはそこで飲み物を供され、ネリエラとその夫が、客間で待ち構えていた館の主の元へと案内される。

ナシュール子爵は中背で五十がらみの、神経質そうな顔つきの男だった。

夏だというのに、刺繍のびっしりと施された重たげなローブを身に纏っている。伯爵令嬢を迎えるために、身なりを整えたに違いない。ネリエラとナシュールは互いに礼儀正しく、しかし長年の付き合いを感じさせる親しげな口調で挨拶を交わした。ネリエラはシャリースを、夫のセルクであると紹介した。夫なる男が腰から大剣を吊るしているという事実は、ナシュールの気に入らなかったに違いないが、ガルヴォの貴族はそれを黙認することにしたようだ。

シャリースは室内の家具を素早く値踏みした。彫刻の施された重厚感溢れる揃いの椅子には、滑らかな絹布が張られている。他の調度品もみな、この部屋のためにあつらえられた高価な物ばかりだ。このガルヴォ貴族は金に不自由はしていないらしい。

作物の出来について、それからモウダーでの騒動について短い世間話をしながら、ナシュールは手振りで客たちに椅子を勧めた。

「伯爵閣下が倒れられたそうですが、お加減は如何ですか」

自身も腰を下ろしながら、慇懃《いんぎん》に尋ねる。

「お気の毒に。大変でしたな。昔の話ですが私の伯父も、いきなり倒れたきり動けなくなりましてね……」

ネリエラはにこやかに、しかしきっぱりと、相手の無駄話を遮った。

「父はこちらに伺うどころか、話をすることもできません。そこで私が、父の代理を務めることに致しましたの」

子爵は目を瞬《しばた》いた。

「代理とは？　一体何を？」

「先頃ガルヴァ軍が捕らえた、エンレイズの方々についてです。軍は、彼ら三人の身代金を要求しました。ご存知ですわね？」

「ええ、まあ」

疑り深げに、ガルヴァ人はネリエラと、その夫を見比べる。シャリースは椅子にゆったりと座り、口を噤んだまま相手を見返した。

「しかし、伯爵家は、軍務とは無関係では？」

ナシュールの問いに、ネリエラはうなずいた。ほっそりとした両手を組み合わせ、膝の上に置く。

「その通りですわ。我が家では軍の活動に極力関わらぬことにしています。でも、身代金のこととなれば話は別ですの。エンレイズの非公式な代表として、あなた方と交渉したいのです」

小狡そうな光がガルヴァ人の目に宿ったのを、シャリースは見逃さなかった。ナシュールも、伯爵令嬢がわざわざ国境を越えてきた理由を察してはいたのだろう。だが彼は一応、それをごまかそうとした。

「それは──私の一存では何とも……」

「でも、どなたにこの話を持っていくべきか、あなたならご存知でしょう?」

ネリエラは相手に、余計な時間を稼がせなかった。これ見よがしに、ナシュールは溜息を吐く。そしてシャリースへと目を向ける。

「奥様は、子供の頃から鋭かった」

「よく知っています」

シャリースは平然と応じた。

「今はさらに研ぎ澄まされていますよ」

「私たちにも利益のある話ですわ、子爵」

ネリエラはガルヴォ人のほうへ身を乗り出す。

「そうでしょう? 何をするにしても、仲介料は発生しますもの」

金の話をずばりと口にする。ナシュールは気圧されたように椅子の背にもたれた。

「まあ……」

「無理にとは申しません。あなたに心当たりがないのであれば、ロッシル伯爵に伺いますわ」

ガルヴォ貴族の顔に狼狽の色が浮かぶのを見るのは、シャリースにとっても愉快な経験だった。伯爵令嬢を掌で転がすつもりが、いきなり急所を突かれたのだ。

伯爵令嬢によれば、ロッシル伯爵なる人物は、ナシュール子爵と犬猿の仲なのだという。

ロッシル伯爵の名前を出せば、伯爵の利益を阻害するためだけにも、ナシュールは自分に協力するだろうと、ネリエラは推測したのである。

「いや、それは……」

しどろもどろに言いかけたナシュールを、ネリエラは遮った。

「あまり時間がありませんのよ」

滔々《とうとう》と続ける。

「既にダンジュー様にも連絡を取っておりますの。今夜のお招きを受けておりますわ。ですからそれまでに決めていただかなければなりませんの」

「……素晴らしい手際ですな」

誉め言葉を口にしながらも、ナシュールの口元は引き攣《つ》っている。シャリースは椅子の背に体重を預けながら、このやり取りを口を挟まず見守っていた。

これは、ネリエラが考案した作戦なのだ。

ダンジューというのはガルヴォの大商人で、軍と大量の取引があり、当然軍上層部とも強い結びつきを持っている。また彼は、ネリエラの家族とも商売上、長年にわたる関係を築いてきた。

しかし身分の上では一介の平民であるダンジューには、エンレイズ貴族と軍の橋渡しをする権限がないのだ。その任を担うのがガルヴォの貴族たちである。ダンジューを通じてガルヴォ軍との交渉に当たるガルヴォ貴族が必要なのだ。

ダンジューにとっては、ナシュールもロッシルも大した違いはないと、ネリエラは言う。どちらを交渉役として選ぶかはネリエラの意向次第だ。ナシュールはそれを承知している。己の利益を守り、ロッシルを締め出すために、彼は一刻も早く、ネリエラとの交渉権を握りたがるはずだ。

「もちろん」

ネリエラは話し続ける。

「できるだけ早く、三人の捕虜《ほりょ》の方々と会わせていただきますわ。まだ近くにいらっしゃるのでしょう？　そうに決まってますわね。三人が今も本当に生きていると確信できなければ、エンレイズ人も身代金を用意したりはしませんもの」

このくだりはシャリースの入れ知恵である。ガルヴォ軍は決して、三人の人質をガルヴォの懐深くまで連れ去りはしない。三人の無事をエンレイズ側に示さなければ、硬貨一枚要求できないのだ。

自信に満ちたネリエラの物言いに、ナシュールは完全に呑まれている。

「いや……私が三人の方々の居所についてお話しできることは……」

「あなたがダンジュー様を通じて軍に働きかけができることを、私はよく存じ上げてますのよ」

再び、ネリエラはあっさりとガルヴォ貴族の言葉を払いのけた。

「捕虜に会わせていただけなければ、私は国王陛下宛に、残念ながら三人は既に亡くなられているだろうと書き送らなければなりません。それが、我が伯爵家の責務ですから」

「では、問い合わせてみますが……」

「私は、気長に待ったりは致しませんよ、ナシュール様。とにかく、夕方にはダンジュー様にお会いするのですからね」

ナシュールの目に焦りと憎しみが閃《ひらめ》く。ネリエラはその眼差しを真っ向から受け止めた。彼女を形容するに、気弱という言葉は当たらない。この場で伯爵令嬢の口を塞げたらどんなにいいかとガルヴォ人が考えているのが、シャリースにも手に取るように伝わってきた。

しかし、ナシュールはそれを実行に移さなかった。使い込まれた大剣の柄《つか》を、シャリースがこれ見よがしに弄《もてあそ》んでいるのを目にしたのだ。それが単なる飾りではなく、伯爵令嬢の夫がただの一振りで彼の首を胴体から切り離せることを、ガルヴォ人は悟ったようだった。シャリースが片目を眇め、物騒な笑みを向けてやると、ナシュールの怒りは完全に挫《くじ》けた。

「……では、ご期待に沿えるよう、私もダンジューのところへ同行いたしましょう」

半ば諦めたかのように言ったガルヴォ貴族に、ネリエラは微笑した。

「あなたなら力になってくださると信じておりましたわ」

そしてさっと立ち上がる。

「出発前に、私と夫は少し休ませていただきたいのですが。何しろ朝から馬車に揺られてまいりましたので」

「ああ、もちろんそうでしょう」

慌てて、ナシュールも立ち上がった。のっそりと椅子を離れたシャリースを横目で窺いながら、客間の扉を開ける。

待っていたらしい使用人に、彼は、伯爵令嬢夫妻が寛げるようにして差し上げろと命じた。

使用人は二人を客用寝室に案内した。詰め物をした長椅子に、小さなテーブル、そして凝った作りの椅子が二脚置かれ、続き部屋の奥には巨大なベッドがある。

「昼食を届けさせます」

使用人はそう告げて部屋を出た。ネリエラが長椅子に斜めに座り込み、溜息を吐く。

「私はうまくやれたわよね？」

シャリースはうなずきながら、手近な椅子に腰を下ろした。

「大したもんだな、どこで覚えた？」

ネリエラが微笑する。

「我が家は代々、こうして富を築いてきたのよ。甘言《かんげん》と脅し、裏工作。先の先を読んで素早く行動すること。祖父母も両親も、私が小さい頃から政治の場に立ち会わせていたわ」

「へえ。俺が親から教わったのは、羊の集め方とか、乳しぼりとか、豚の解体なんかだったけどな」

シャリースの言葉に、ネリエラは小さく声を立てて笑った。

「素敵ね。あなたが傭兵以外の仕事をしたくなったら、うちで雇うわ」

一方国境を跨いだエンレイズ側の野営地では、イージャルとセルクの指揮のもと、行軍準備が進められている。

正規軍が荷物をまとめているのを後目《しりめ》に、バンダル・アード゠ケナードは、攫われた三人の司令官の私物を調べ始めていた。それまでに兵士たち全員について調べ終えていたが、怪しい点を何も発見できなかったのだ。証拠が無いからといって無実だとは限らないが、全ての可能性を検討するまで結論は出せない。イージャル司令官は当然、傭兵たちが拉致された三人の司令官の私物を漁ることを喜ばなかったが、是非とも必要なのだとメイスレイが訴えると、渋々それを許可した。

三人の荷物はまとめて荷車に積まれていた。不届き者が手を出せぬよう、兵士たちの只中に置かれている。荷物の中には高価な物もあっただろうが、衆人環視の中でそれを盗もうとするほど無謀な者はいない。

正規軍の兵士が見守る中、メイスレイはアランデイルとノールに手伝わせ、司令官たちの荷物を一つ一つ暴いていった。

正規軍の兵士たちはもちろん彼らを気にしていたが、何をしているのか突き止められた者はいない。広げた荷物を人目に晒《さら》さぬよう、メイスレイは手の空いている傭兵すべてを使い、荷車の周囲に大きな円を作らせたのだ。傭兵たちは剣を収めたまま、思い思いに寛いでいる。正規軍兵士たちとのお喋りにも応じたが、しかし決して、兵士たちを円の内側へ入れようとはしない。

たとえ誰かが突破を試みようと思っても、白い狼の姿を目にした瞬間にその試みを捨てざるを得なかっただろう。エルディルは群れへの侵入者を襲うべく、荷車の周囲を歩き回っていた。マドゥ＝アリは荷車にもたれかかり、伏せた睫毛越しに紺色の軍服を着た兵士たちを眺めている。言葉が通じるかどうかも定かでない異国の男に、兵士たちは敢《あ》えて近付こうとはしなかった。何しろこの刺青の男には、すれ違った瞬間、剣を抜いたことすら悟らせず、相手の指を好きに選んで切り取れるという噂がある。

チェイスとライルは、正規軍の若い兵士と仲良く喋っていた。この兵士は以前、ニグルスの身の回りの世話をしており、攫われた他の二人の様子もよく知っていたのだ。

「誰宛の手紙だった？」

チェイスの質問は図々しい。若い兵士が上官の手紙について詮索するのは当然のことだと決めつけている。イージャルがこれを聞けば、間違いなく顔をしかめたことだろう。

しかしチェイスがあまりにも無邪気な顔をしていたために、兵士のほうも警戒心を抱かなかった。

「三人とも、家族宛だな。それからフレイビング殿は色んな女の人にも書いてた。もちろん、手紙のやり取りを僕が全部手配したわけじゃないけど」

他にも数人の若い兵士が、三人の上官の手紙を扱っていた。だがこの兵士の見るところ、司令官三人は、毎日少なくとも一通、多いときには四通から五通の手紙をしたためており、返事のほうも同じくらい届いていたという。

荷車の上にいるメイスレイが、ライルの視線を捉えた。片手で呼び寄せ、何事か言葉を交わす。チェイスは若い兵士とのお喋りを続ける。メイスレイが目顔で、兵士を引き止めておけと伝えてきたからだ。

ライルはすぐに戻ってきた。

「こっちへ送られた手紙の話なんだけどさ」

兵士にそう尋ねる。

「スタナー殿宛の手紙が見つからないんだって。他の二人の手紙はあったけど」

「……あんたたち、あの人たちの手紙を読んでるのか？　本人に断りもなく？」

唖然とした兵士の目の前で、チェイスが片手を振ってみせる。

「しょうがないだろ、断ろうにも、いないんだから」

「イージャル司令官にはちゃんと言ってあるよ」

ライルが付け加える。

「俺たちは別に興味本位でやってるわけじゃない。あの三人を助け出すためだ。それで、スタナー殿だけど、彼宛の手紙は、本当に来てた？」

「来てたさ」

ライルの言葉に安心したのか、兵士は自信ありげに断言した。

「あの人宛の手紙が一番多かった。それは確かだ。だって彼は、オーフィードの村に知り合いがいたんだよ。元々この辺りの出なんだって言ってた。だから遠征ついでに、親戚や昔の友達と会おうとしていたんだ――こんなことにならなければね。気の毒に、あんなに楽しみにしてたのにな」

　この情報は、ライルによって直ちにメイスレイへ伝えられた。

「スタナー殿は、戦いが始まったとき、手紙を自分で持っていたかもしれない」

　荷車の脇で他人の雑嚢《ざつのう》を開きながら、ノールがそう推測する。

「家族や恋人からの手紙を懐にしまって戦場に行く人も多いからな」

　その雑嚢の中から取り出されたのは雑多な衣服と肌着、そして装飾品の数々だった。殆どが新品だ。国境の砦を攻め落とす行軍の荷としては馬鹿馬鹿しいほど量が多かったが、荷物を自分で持ち運んだり服を洗濯したりしない人間は、そういうことに頓着しないのだろう。シャツの刺繍から、その持ち主がフレイビングであることが判った。

　ノールはその大きな手で丁寧に中身を取り出し、そして元に戻そうとした。そのとき不意にマドゥ＝アリが手を伸ばし、ノールの動きを止めた。マドゥ＝アリはシャツの山を指している。

「紙が入っている」

　ノールは改めて、服の山を揺すった。確かに、紙のこすれ合う微かな音がする。ノールはマドゥ＝アリにうなずきかけ、音の出所を求めて衣類を探った。

それらは、未使用の肌着の中に隠されていた。メイスレイとアランデイルも手を留めて、ノールの持っているものを覗き込む。

女からの手紙なのは、筆跡から推察された。愛の言葉が綴られているところを見るに、恋人からの手紙らしい。だが、ざっと調べた傭兵たちは、それらに違和感を覚えた。まず、何より重要なはずの差出人の名前がない。それに、何人もの人の手を経て運ばれてきたにしては、紙がやけにきれいだ。そもそも、服の中に隠されていたこと自体がおかしい。

「多分、他の紙に包まれていたんだろう」

メイスレイが意見を述べる。

「差出人の名前は包んでいた紙に書いてあったが、それらは破棄されたようだ」

「相手は身分の高い人妻かな」

横合いからアランデイルが口を挟んだ。

「フレイビングは独身だし、エンレイズきっての豪商の息子だ。手紙まで隠さなきゃならない交際相手は、貴族の奥方くらいしか思いつかない」

彼らは手紙を読んだが、差出人の身分を明かすような記述は見つけられなかった。あなたが恋しい、早く会いたい、一緒に過ごしたい、という類の言葉は頻出《ひんしゅつ》するが、どの手紙も短く、どちらかというと素っ気ない。

ノールがさらに、おかしな点を見つけた。

「紙はどれも同じだが――大きさが違うな」

　アランデイルが二通を両手に掲げ、見比べる。

「本当だ。こっちの紙は、下のほうが切られている。しかも、あんまりきれいな切り口じゃないな。書き損じの部分を切り落としたのかね？」

「貴族の人妻が？　そんなケチな真似をするか？」

　懐疑的な声音で言ったメイスレイが、別の一枚をじっくりと眺める。

「これは――よほど急いでいたか、あるいは暗いところで隠れて書いたかな。別の紙から文字が写ってることに、気付いていなかったようだ」

　書いた文字のインクが乾かぬうちに他の紙と重ねられたらしく、この手紙には、その汚れた紙が使われている。メイスレイはそれを日にかざして、裏返しになった文字を読み取ろうとした。

　そして彼は眉を寄せた。

「伯爵令嬢の名前がある」

　アランデイルがそれを受け取り、同じように透かし見た。近くにいた傭兵の何人かが、何かが見つかったと察して荷車のほうへ首を伸ばしている。

　覚えず、アランデイルは声を落とした。

「本当だ、ネリエラ様の署名が見える」

　文字の書き方や写り具合からするに、文中に綴られた名前ではなく、手紙か書類に為《な》された署名だと判る。手を伸ばしたノールに手紙を渡してやりながら、アランデイルはメイスレイに目を向けた。

「どういうことだと思う？　伯爵令嬢が、フレイビング殿に手紙を書いていたのか？」

彼らは顔を見合わせた。ガルヴォに通じた裏切者の名前を探していたというのに、あろうことか彼らの味方であるはずの女性の名が出てきたのだ。

「だが、名前がちょっと写ってるだけだ」

ノールが指摘する。

「それだけで、彼女を有罪にはできない。そもそも軍の動きや砦に関する情報なんか、一文字も書かれていない」

「だが少なくとも、彼女とフレイビング殿との間には、接点があるようだ」

メイスレイは顎で、フレイビングの荷物を指した。

「フレイビングがガルヴォに情報を流してたのかな？」

「ネリエラ様を通じて？　彼女がフレイビング殿に恋文を？」

アランデイルが異議を唱える。

「信じられない。確かに彼女は貴族の人妻だけど、商人の息子と火遊びを楽しむような人じゃない。まあ確かに俺は彼女を個人的によく知ってるわけじゃないよ。だけど彼女に関して聞いたことのある一番良からぬ噂は、堅物で付き合いが悪いってことだ」

「それにもし、彼女がエンレイズを裏切りたければ」

手紙をじっくりと調べながら、ノールが呟く。

「フレイビング殿を引き入れる必要なんかない。彼女はガルヴォ人と付き合いがあるんだから、もっと安全な方法は幾らでもあっただろう」

だが、この手紙だけで判断できることはあまりにも少ない。彼らはしばし、口を噤んで考え込んだ。

「隊長たちは今、ネリエラ様と一緒だ」

やがてメイスレイがぼそりと言う。

「まずいことになっていないといいが」

「向こうにも知らせたほうがいい」

ノールの言葉に、仲間たちはうなずいた。今日の伯爵令嬢一行の旅程《りょてい》は、彼らにも知らされている。しかし明日以降の成り行きは判らない。捕まえるのなら今日のうちだ。

「セルク様に、馬を一頭貸してもらおう」

メイスレイはそう決断した。

客たちが昼食を摂っている間に、ナシュールは外出着に着替え、馬と供回りの者を支度させ、家の者たちにあれこれと指示を出して、忙しくしていたようだった。

伯爵令嬢とその夫、そして彼らの使用人たちが出発の準備を終えても、ナシュールはまだ、使用人たちと慌ただしい打ち合わせの最中だった。ナシュールを置いてさっさと出発してしまうこともできたが、ネリエラは、礼儀正しくガルヴァ貴族を待つことに決めた。ナシュールをうまく利用するためには、彼を尊重する姿勢を見せることが大切だ。

子爵と使用人たちが右往左往しているのを眺めながら、シャリースはネリエラに尋ねた。

「攫われた三人だが、顔を見たことがあるか？」

もし実際に、ガルヴァ軍がネリエラへ三人との面会を許すことになった場合、シャリースは同行できない可能性がある。伯爵令嬢の夫がエンレイズ正規軍の司令官であることは、ガルヴァ軍の人間ならば知っているはずだ。そもそも剣を提《さ》げた軍人を、大事な人質に近付ける愚は冒さないだろう。

「ええ、もちろん」

ナシュールの動きに目を据えながら、ネリエラが答える。

「ニグルス様とは宮廷で何度かお話ししたことがあるわ。彼は司令官になったのがご自慢だったのよ。軍の苦労を楽しんでらした」

思わず、シャリースは鼻で笑った。

「いつでも好きなときに辞められると判っているのなら、兵隊遊びも楽しいだろうよ」

「その通りね」

前を向いたまま、ネリエラは微笑した。

「フレイビングの家族とは、何代も前からの付き合いなの。首都での商売は、大抵彼の家を通してるわ。ご両親に、フレイビングの無事を知らせる手紙を書けたらどんなにいいか。フレイビングは末っ子で、ご両親はとても可愛がっていたから。それからスタナーは、うちの領地の出なのよ。昔は時々、うちにも出入りしてたわ。頭のいい子だった。軍に入って出世したの」

どうやらネリエラは、シャリースよりも人質の三人に詳しいようだ。伯爵令嬢が三人をはっきり見分けられるのなら、こんなに信憑性のある証言はない。

少し離れた場所からダルウィンが手招きしているのを見つけ、シャリースはネリエラの隣から離れた。替わって平服の傭兵が二人、さりげなく彼女の警護に就く。

動き回る人々の群れから少し離れた場所に、ダルウィンはシャリースを連れ出した。

「ネリエラの様子はどうだ？」

「彼女は完璧だ。俺なんかよりずっとうまくやってるよ。そっちは？」

ダルウィンは目線で、ガルヴォ貴族の館を指した。

「待たされている間、何人かであちこち見て回ったが、エンレイズ人が地下かどこかに監禁されているような気配はないな。ここにはいないと、俺は思う。使用人が何か知ってるかどうか、噂でもないかどうかを訊いてみてるが、どうかね」

ダルウィンによると、ナシュールの使用人たちはエンレイズ人たちを愛想よくもてなしてはくれたが、捕虜については聞いていないらしい。エンレイズ側で戦闘があったことは知れ渡っていたものの、その後のことについては話題に上っていないという。

「ここで働いてる連中が全員、嘘の名手でなければ」

ダルウィンは言う。

「ガルヴァ軍が捕虜を三人取って、国境のこっち側に引き返したってことすら知らないみたいだ。軍がこの近くを通ってないんだったら、それも不思議じゃないと思うね。国境の向こう側の戦況については、あんまり関心がないようだな」

「この辺りに長年住んでたら、軍の動きにいちいちびくついちゃいられねえかもな」

シャリースはうなずいた。

「ナシュール子爵は俺たちの訪問を喜んではいないが、それほど警戒もしていない。攫われた哀れな三人は、ここには近付いてもいないようだ」

「出発よ！」

ネリエラの朗らかな声が彼らの注意を引いた。ようやく身支度と心構えができたらしいナシュールが、使用人の手を借りて馬に跨《またが》ったところだった。門も開き始めている。シャリースはネリエラの元へ戻り、彼女が馬車に乗り込むのに、夫らしく手を貸した。

スライヴァスから出てしばらく進むと、平坦な広い街道が現れた。

馬車はその上を快適に走った。日がまだ高いうちに、彼らはブリアコンの町に入った。

町の規模は小さいが、住民が豊かなのは一目瞭然だ。最も粗末な家でさえ、三階建ての石造りの建物と、広い前庭を備えている。大きな荷車が楽にすれ違える道路が町を貫き、その中央に、商人たちが様々な交渉をするための会議場がある。ネリエラは馬車から身を乗り出し、会議場の先にある、巨大な赤石の建造物を指した。

「あれが、ダンジュー様のお屋敷よ。ここからではよく見えないけど、うちより広いの」

「捕虜を三人隠しておいても、見つからないくらい広いか？」

シャリースの問いに、ネリエラは生真面目に考え込んだ。

「そうね、もし町の人たちの目を完全にごまかして、使用人たちに徹底した箝口令《かんこうれい》を敷けるのなら、隠しおおせると思うわ」

「それはつまり、かなり難しいってことか」

「いいえ、ダンジュー様ならやりかねないということよ。彼は抜かりのない人だということを覚えておいて」

一行は大商人の邸宅に招き入れられた。

門は開いていた。この町ではどの家もそうだ。少なくとも昼間の間は戸締りをせず、誰でも自由に行き来して、社交や商談に精を出すらしい。ネリエラが訪問の約束を取り付けていたため、ダンジュー自らが颯爽と玄関から現れ、馬車から下りる伯爵令嬢ににこやかに手を貸した。背の高いがっしりとした老人で、大きく突き出した腹にも威厳が詰まっているという風情だ。豊かな髪は殆ど白くなっているが、顔にはしみひとつなく、指先まで入念に手入れされている。

ネリエラはガルヴォの商人と挨拶を交わし、父親への見舞いの言葉に感謝の意を表した。次いで夫を紹介する。ダンジューはシャリースにも礼儀正しく挨拶したが、その灰色の目は笑っていなかった。さりげなく、シャリースの全身を値踏みしている。シャリースは遠慮なくダンジューを見返した。本物のセルクならば、恐らくもう少し控えめな態度を取っただろう。しかしダンジューはネリエラが軍人と結婚したことを承知しており、軍人が不躾な真似をしたからといって、それを不審に思うはずがない。

ダンジューは、馬から地面へ降り立った同国人の貴族へと目をやった。

「これはこれは子爵、あなたもいらっしゃるとは、思いがけぬ喜びですな」

シャリースの観察したところ、本気で喜んでいるような雰囲気ではなかったが、少なくとも口元は笑っていた。商人として名と財産を成すためには、常に笑顔を貼り付けておくことが役に立つのかもしれない。

ナシュール子爵はうなずいた。ここで大歓迎されぬことは、彼にも最初から判っていたのだ。子爵と商人の間には、一種の緊張がある。

ナシュールが口を開こうとしたところへ、ネリエラは素早く割り込んだ。

「あなたとお約束があることをお伝えしたら、子爵はご親切にも付き添ってくださいましたの」

商人はナシュール子爵からネリエラへ視線を移さざるを得なくなった。

「——そうでしたか」

「どのみち、我々三人で話し合わなければならない問題ですから」

ネリエラにきっぱりと明言されて、固くなっていたナシュールの身体から少しだけ力が抜ける。

一瞬、ダンジューはナシュール子爵の扱いに困ったようだった。しかし彼は鷹揚《おうよう》に振舞うことに決めたらしい。何しろこの場で重要なのは、エンレイズの伯爵代理と彼女の持ってきた提案であり、ナシュールは彼女の決めた仲介者なのだ。

ダンジューは客たちを邸内へと案内した。

「長旅でお疲れでしょう。冷たいものを運ばせますので、まずはゆっくりとお休みください。話はそれからということで」

「結構ですわ」

ネリエラが答え、ナシュールもうなずいた。主人の命を受けた数人の使用人が、客たちを中庭に面した風通しのいい客間に通し、飲み物を運んでくる。

ネリエラの護衛のうち二人が、こっそりと仲間たちから離れていったことに、気付いた者はいなかった。

七

会談は、主であるダンジュー、ネリエラとその夫、そしてナシュール子爵との四人だけで行われた。

ダンジューの書斎は広く、壁は本棚と書類棚で埋め尽くされていた。棚からはみ出した本や書類が、床にまで散らかっている。客たちは古いが座り心地のいい椅子を勧められた。ダンジュー自身の椅子との位置関係からして、ここでは人目を憚《はばか》る密談がしばしば行われているようだと、シャリースは考えた。扉から遠い一角にこうして椅子を寄せ合えば、使用人に話を聞かれる心配はない。窓は開け放たれていたが、その向こうには巨大な茨《いばら》が生い茂っている。

捕虜となったエンレイズ人の無事を確かめなければならないと主張するネリエラに、ダンジューは物わかりのいい伯父のような眼差しを向ける。

「ご心配には及ばないと、私は思いますね。人質は当然、丁重に扱われているに決まっています。実際、傷ひとつついていないでしょうな。拉致の過程で怪我をしていたとしても、きちんと手当されているでしょう」

「私が求めているのは、あなたの推測ではありません。もちろん、あなたのご意見はいつも的確ですが」

ネリエラは微笑んだが、その声には傲然《ごうぜん》とした響きが含まれていた。シャリースは改めて、彼女の父親を脳裏に思い描いた。どんなに外見や態度が違おうと、ネリエラはあの伯爵の娘なのだ。

「ガルヴォ軍が彼らをいたぶって楽しむために連れて行ったわけでないことは承知しておりますわ。私は彼らが全員、間違いなく生きていて、家族が身代金を払う気になる状態であることを知らなければならないのです」

ダンジューは片眉を上げた。

「まさか、無事ではないとお疑いで？」

「どうして私に判ります？」

華奢な肩をすくめて、ネリエラは切り返す。

「もしあの三人が逃亡を企てたら？　阻止しようとしたガルヴォ兵に殺されてしまったかもしれません」

「そんな話は聞いておりませんが」

「つまり、何かがあればあなたのお耳に入るのですわね」

「……」

ダンジューは言葉に詰まった。ナシュール子爵が、唇の端を少しだけ上げる。ネリエラにやり込められるのが自分だけではないという事実に、暗い喜びを覚えたようだ。

「私はあの三人の姿を直接この目で確かめたいのです」

畳みかけるネリエラに、ナシュール子爵はうなずきかけた。そして商人へと目を向ける。

「彼女の言葉に従ったほうがいいぞ。これは私からの要請だ。軍は一刻も早く身代金を受け取りたがっているんだろう？　彼女の望みを叶えるのが一番の早道《はやみち》だと、軍のお偉い方々を納得させることだ」

用心深げに、ダンジューは一同を見回した。単なるお飾りでしかないはずのシャリースにまで、意味ありげな視線が注がれる。

「それでは、手配いたしましょう」

やがて、彼は重々しくそう宣言した。


内々に手順を相談したいというダンジューとナシュールを書斎に残し、シャリースとネリエラは、夕日に照らされた庭に出た。

町の中だというのに、ダンジューの家の敷地は、どこまでも続いているかのように見えた。両隣は確かに別の家で、境界には塀があるのだが、裏にはそれが見当たらない。手入れの行き届いた広い庭の向こうには、ちょっとした林まである。表からは見えぬ場所には菜園があり、その向こうには立派な厩《うまや》があった。ネリエラによると、そこにはダンジュー自慢の名馬が十数頭飼育されている。彼らが移動に使った馬たちも、今はそこで世話をされているはずだ。

伯爵令嬢が書斎から出てきたときから、連れてきた侍女たちが彼女に付き従っている。ネリエラは表情を和らげ、彼女たちと何事か話しながら、花壇のほうへと向かった。よく手入れされた色とりどりの花々には、確かに一見の価値がある。

一方シャリースは、どこからともなく現れたダルウィンに手招きされ、庭の隅へと連れ出された。

「ベルグが来てる」

ダルウィンが声を潜めてそう告げる。

「多分、あんまりいい知らせじゃないな」

シャリースは片眉を上げた。ベルグはバンダルの一員だが、今回の国境越えには参加していない。つまり急用でエンレイズから派遣されて来たということだ。

小柄なベルグは目立たぬ平服に身を包み、所在なげに立っていた。シャリースとダルウィンへうなずきかけながら、横目で、少し離れた場所にいるネリエラを窺《うかが》っている。

「どうした」

シャリースに尋ねられ、ベルグは懐から、一摑みの紙束を取り出した。

「これを見つけた。フレイビングの荷物の中だ」

彼は発見の経緯を報告し、シャリースとダルウィンは紙を調べ始めた。ネリエラの署名が残っている箇所を、ベルグが指し示して教える。ダルウィンが目を眇めてそれを見やる。周囲が暗くなりかけていたため、うっすらと写った文字を読み取るのは難しかった。

「ネリエラ様がフレイビング宛に手紙を書いたのか？　そういうことか？」

「いや、はっきり意味の通ることは何も書かれてない」

手っ取り早く、ベルグが解説する。

「あなたからの手紙を受け取ったとか、何もかも順調だとか、会いたいとか——恋文みたいに見える。そもそも俺たちが探していた、エンレイズを陥《おとし》れる陰謀について語っている箇所はない」

「確かにネリエラは、フレイビングを知っていると言っていた」

紙を引っくり返して眺めながら、シャリースは呟いた。

「だが、手紙を頻繁にやり取りするような仲だとは……」

「シャリース」

ダルウィンが鋭く囁いてシャリースを遮る。シャリースは幼馴染の視線を辿って振り返った。三人の侍女を引き連れたネリエラが、彼らのほうへやって来る。

シャリースは咄嗟に、持っていた紙束をベルグの手に押し付けた。ダルウィンもそれに倣《なら》う。ベルグは飲み込みよく、落ち着き払った態度でそれを懐にしまい直した。あとはネリエラが、それをエンレイズに残してきた仲間からの報告か何かだと誤解してくれるよう、願うだけだ。

だが、小細工は必要なかった。

「おい！」

突然、ネリエラたちの後ろから男の喚《わめ》き声が聞こえたのだ。

「そいつらを止めろ！」

シャリースたちは、それを仲間の声だと聞き分けたが、ネリエラたちはぎょっとして立ち竦んだ。喚いた傭兵が走り出てくる。右手が剣の柄に掛けられているのを見て、シャリースたちも反射的にそちらへと走った。

まるで降って湧いたかのように、どこからか四人の男が現れた。

そちらは見たことのない顔だった。しかも全員が、抜き身の短剣を持っている。そして明らかに女たちに襲い掛かろうとしていた。

シャリースたちは剣を抜きざまそちらへ走り出したが、護衛として配置していたバンダルの仲間のほうが早かった。四人のならず者は、そこに傭兵がいたことを知らなかったに違いない。茂みの陰から飛び出してきた傭兵に体当たりされ、最初の一人が草の上に倒れる。残る三人はそれを避けるために一瞬動きを止めなければならなかった。

そこへ、騒ぎを聞いて他の傭兵たちが駆けつけてきた。

全員が側に控えていたのだ。ネリエラの身辺警護には最低でも五人を張り付けておくよう、シャリースは手配しておいた。今や数の上では優位な戦いだ。

シャリースはネリエラの腕を掴んで自分の背後に押しやり、怯えた侍女たちをダルウィンとベルグの手に委ねた。最初に地面へ転がされた男が、取っ組み合った彼の部下の腹へ短剣を突き刺そうとしている。

それを阻止するための最も確実な方法は、上になっていたその男の脇腹を剣の切っ先で貫くことだった。

肋骨の下を幅広の刃に突き上げられ、男の身体はまるで馬に蹴り上げられたかのように宙に舞った。しかしそれは、シャリースの力だけによるものではなかった。男は横合いからの攻撃を察し、自らの意志で飛び退《すさ》ったのだ。

下になっていた傭兵は、短剣によって幾つもの傷を受けていたが、乗っていた重しが外れた途端に立ち上がった。大した怪我ではないようだ。

シャリースは戦いの全景をちらりと見やった。傭兵たちは手こずっていた。敵に傷を負わせた者もいれば、負わされた者もいる。手練れの傭兵を相手にこれほど対等な戦いができるのは、同業者か、それに類する生業《なりわい》の者に違いない。

シャリースに深手《ふかで》を負わされた男もまた、立ち上がっていた。血を流し、片手で傷口を押さえながらも、短剣を放そうとはしていない。

近くにいたらしい傭兵がさらに加勢に現れ、戦況が圧倒的不利になったにもかかわらず、襲撃者たちは逃げ出そうとしなかった。

傭兵の攻撃から身をかわした男の一人がぐらりとよろめく。シャリースはその男の襟首を摑もうとしたが、男は本当によろめいたわけではなかった。巧みにシャリースの手の下をかいくぐり、ネリエラたちのほうへ突進する。

侍女の一人が悲鳴を上げた。

剣を抜いていたダルウィンが、迎え撃とうと一歩踏み出たが、シャリースは敵に、伯爵令嬢への接近を許さなかった。後ろから襲い掛かり、短剣を握った腕を剣で薙ぎ払う。男は短剣を取り落としたが、声ひとつ立てなかった。その目には断固とした殺意がある。もう一方の手でベルトから別の短剣を引き抜き、彼はシャリース目がけて突っ込んできた。

相手の動きはあまりにも早く、的確だった。自分を守るためには、敵の心臓を突き刺すしかなかった。

腕の中に倒れかかった死体を蹴り倒して、シャリースは顔を上げた。残る三人も、そのときまでに制圧されていた。全員が血を流し、地面に横たわっている。六人の傭兵が彼らを取り囲んでいた。とにかく、部下たちは全員軽傷で済んだようだ。

「まだ息のある奴はいるか？」

シャリースの問いに、一人がかぶりを振る。

「いや。手加減する余裕がなかった」

シャリースは口の中で毒づいたが、部下たちの言い分はよく判った。この襲撃が何のために、そして誰の命令によって行われたかを聞き出したかったが、仕方がない。もっとも、襲撃者たちの様子からして、問うたところであっさりと教えてくれるとも思えなかった。

疑いもなく、彼らは訓練を受けた兵士だ。傭兵たちに殺されなかったとしても、自ら命を絶ったかもしれない。

血腥《ちなまぐさ》い一幕は終わった。ダンジューの家の者たちが大勢集まっており、ある者は恐怖に声を上げ、ある者はただ呆然として傭兵たちと伯爵令嬢を見ている。殺し合いが終わったのを察して、何人かがようやく、おずおずと近付いてきた。

「何ということだ……」

「お怪我は……」

口々に言うガルヴォ人たちを、シャリースは片手で押し留めた。調べる前に、襲撃者たちを運び去られるわけにはいかないのだ。部下たちがその意を察して、地面に転がった死体を守る位置につく。そのうち二人が屈み込んで、死体を仰向けにし、懐を探った。商家の使用人は血を浴びた男たちに圧倒され、彼らが死者を冒瀆《ぼうとく》する様を為す術もなく見守っていた。

ダルウィンに連れられて、ネリエラがシャリースの元へやって来た。年嵩の侍女は主人を守るかのように彼女の横についていたが、別の一人は伯爵令嬢の後ろに身を隠し、できるだけ死体から目を逸らそうとしている。そして最も若い侍女は、ベルグの肩にすがらなければ立っていることすらおぼつかない様子だった。

血の付いた剣を持ったまま、シャリースは地面を指した。

「知った顔はあるか？」

ネリエラは青ざめていたが、態度は落ち着いていた。身を屈めて目を凝らし、四つの死体の顔を、一つずつ時間をかけて調べる。

「いいえ——全員知らない顔だわ」

「まあ、そんなことだろうと思ってた」

　ダルウィンが呟く。死体を調べていた一人が立ち上がり、重たげな財布を彼らの前に掲げてみせた。血に濡れたそれを開くと、薄闇の中でも金貨の鈍い輝きが見て取れる。

「物盗りじゃないな、金はたっぷり持ってる。誰かに雇われてたようだ」

　小声で囁かれた部下の意見に、シャリースはうなずいた。

「財布は戻しておけ。ガルヴォ人たちに見られてるんだからな。誰か、こいつらの身元が判るようなものを見つけたか？」

　しかしこちらは空振りだった。襲撃者は万が一にも正体が明かされぬよう、念入りに準備してきたようだ。

　背後から罵り声が聞こえ、使用人たちの人垣がさっと二つに割れた。その間を抜けて、屋敷の主人であるダンジューと、ナシュール子爵が急ぎ足にやって来る。

　自分の庭に惨《むご》たらしい死体を発見し、ダンジューが息を呑んだ。

「一体何があったのですか」

　抜き身の大剣を持ったままのシャリースへ問い掛ける。その背後ではナシュール子爵が、口と鼻を手で覆っている。

「いきなり襲い掛かってきましてね」

シャリースは片手で、四つの死体を指した。

「身を守るために、殺すしかありませんでした。こちらの使用人ですか？」

あまりにも直接的で無礼な問いを、シャリースは敢《あ》えて投げかけてみた。ダンジューが狼狽するか、怒り出すか——その反応によって、彼がこの件にどの程度関わっているのかを見極めたかったのだ。

しかしダンジューはその手に乗らなかった。エンレイズとガルヴォを股にかける大商人は、挑発にいちいちいきり立ったりはしないらしい。

彼は不気味なほど落ち着いた様子で死体を眺め、それから使用人の群れを振り返って、灯りを持ってくるように言いつけた。周囲は大分暗くなっていた。

間もなく松明《たいまつ》が運ばれ、ダンジューは火を死者の顔に近付けさせてじっくりと検分した。その態度はわざとらしいほどに丁寧だったが、傭兵たちには、それが演技なのか、それともそれが彼の普段の姿なのかは判別できなかった。

「どれも知らぬ顔だ」

ダンジューは頭を起こした。

「何と不埒な！　この町で、この私の家で、強盗が客を襲うとは！」

ナシュール子爵は立ち尽くしたまま、何も言わなかった。その表情は見えない。しかし彼もまた、強盗が入り込んだというダンジューの見解に、異議はないらしい。

「当家でこのような事件が起こったことを深くお詫びします。お怪我は……」

「傷一ついておりませんわ」

商人へそう答えながら、ネリエラはちらりとシャリースを見やった。シャリースが微かにかぶりを振ったのを認め、喉から出かかっていた言葉を飲み込む。

「でも——私も侍女も動揺しておりますの。失礼して、休ませていただきたいのですが」

「もちろんですとも」

ダンジューは熱心にうなずいた。

「お供の方々の手当は私どもで致します。必要なものは、何なりとお申し付けください。あなたには静かに休養する時間が必要です。まったく、何ということだ。ここは安全な町だったのですよ。こんなことは一度としてなかった。本当に、無法者が入り込むなど……」

ダンジューはくどくどと同じことを繰り返す。ネリエラは黙ってそれを聞きながら、侍女たちを連れて屋敷の中へ入った。シャリースと、無傷だった部下たちもぞろぞろとそれに続く。ダンジューは少し渋い顔になったが、傭兵たちはそれを無視した。襲撃があった以上、剣を提げたエンレイズ人が伯爵令嬢を守ることに対し、ダンジューにとやかく言われる筋合いはない。

傷の手当が必要だった三人は使用人に連れて行かれたが、傭兵はじめ、ネリエラと共に国境を越えてきた供回りの者全員が、客用の寝室とその続き部屋に入った。まず二人の傭兵が室内に異状が無いことを確かめ、伯爵令嬢はシャリースとダルウィンに両脇を挟まれるようにして椅子に身を沈めた。震えの止まらない若い侍女は、まだベルグに支えられている。ネリエラは彼女に、自分のベッドを貸し与えた。広い二間も、全員が詰め込まれるとかなり手狭だ。殆どの者が床の上に座らなければならない。

しかしあの襲撃があった後では、仲間と離れれば危険だと、誰もがそう考えている。部下の一人を扉の外に見張りに立て、もう一人に窓の下を見張らせて、シャリースはようやく息を吐いた。ダルウィンが投げてよこした布で、乾きかけている血を剣から拭い取る。

椅子にもたれて、ネリエラがシャリースを見上げる。

「庭に強盗が隠れてたと、ダンジュー様は本当にそう考えていると思う？」

「まさか」

シャリースは即答してのけた。

「第一に、あれは暗殺者であって、強盗じゃなかった。強盗なら、金を出せとか何とか言うはずだし、剣を持った護衛を見たら逃げ出すはずだ。第二に、あいつらはあんたを狙ってた。たった数時間前に到着したばかりのあんたを。つまりあいつらを雇ったのは、あんたがここに来ると知っていた人間だ。それは誰か。ナシュール子爵とダンジューだ。襲撃の直前まで、死んだあの四人がうまいこと身を隠してたってことから察するに、ダンジューに間違いないな。ナシュールが一枚嚙んでたかどうかは判らないが」

「連中はあんたを怖がってるんだと思うね」

ネリエラに向かって、ダルウィンが意見を挟んだ。

「あんたが思っていた以上に素早くて、手強《てごわ》かったからさ。あんたがここで不慮の死を遂げれば、不都合な手紙をエンレイズ国王に送られずに済む」

「……それは」

視線を巡らせて、ネリエラはダルウィンの明るい青い目を見やった。

「攫われた人たちは、もう殺されているっていうこと？　それを私に知られたくなくて、私を殺そうというの？」

「その可能性もある」

シャリースの言葉に、室内にはしばし重い沈黙が落ちた。

「――だが、この一件で俺は確信した」

ベルグが口を開いた。シャリースに向かって目くばせする。

「俺の持ってきた問題については、この人は清廉潔白の身だ」

他の者はぽかんとしていたが、シャリースとダルウィンはうなずいた。もしネリエラが国を売る陰謀に加担していたのなら、暗殺者が差し向けられたはずはない。

だが、ネリエラの周囲は依然として怪しい。念のために、シャリースはネリエラを立たせ、ダルウィンとベルグを伴って廊下に出た。見張りに立っていた部下に、立ち聞きを許すなと言いつける。

廊下には蠟燭が灯されていたが、ガルヴォ人の姿はなかった。もし偶然通りかかった者がいたとしても、武装した三人のエンレイズ人の姿に恐れをなして逃げ出しただろう。庭に横たわっている死体のことは、この屋敷の者全員が知っているはずだ。

ネリエラは怪訝な表情ながら、黙ってシャリースについてきた。廊下を少し進んだところでベルグが懐から手紙の束を取り出し、ネリエラの手に渡す。

「それは、フレイビングの荷物から見つかった手紙だ」

手紙を広げたネリエラに、シャリースは説明した。

「ここではよく見えないが、あんたの名前が写ってる。書いた人間は、あんたの身の回りにいる誰かだと思う。心当たりは？」

「私の書いたものじゃないわ」

伯爵令嬢はまずそう断言した。ベルグに教えられ、彼女の名前のある手紙を見つけ出す。壁の蠟燭の側に寄って、額に皺を刻みながら、彼女はそれを調べた。

「でもこの署名は——私の字ね。何かに署名したとき、この紙についてしまったみたい。」

でも、しみのついた紙は捨ててしまうから、手に入れるのは誰にでもできるわ」

「あんたの紙くず入れに近付ける人間ならな」

シャリースの指摘に、ネリエラは口元を引き締めた。そしてすべての手紙に目を通し終える。

「でもこの手紙が何？　うちの使用人がフレイビングに手紙を出したの？　本当に、フレイビングの荷物にあったの？」

「それは確かですよ、奥さん」

ベルグが請け合う。

「それは、フレイビング殿の服の中に隠されてたんです」

その言葉に、シャリースは引っかかった。庭で報告を受けていたときにも違和感を覚えた気がしたが、その後の騒ぎに取り紛れて忘れていたのだ。

「ちょっと待て」

彼はダルウィンとベルグを見やった。

「ちょっと想像してみてくれ。伯爵令嬢によると、フレイビングは、大商人の甘やかされた末っ子だ。確かそう言ってたよな？」

横目でネリエラを見やって確認する。ネリエラがうなずくのを見届けて、続ける。

「そんなお坊ちゃんが、自分の手で荷物を整理しているとは思えねえな。奴の荷物を片付けてた誰かが、故意に入れたのかもしれない」

ダルウィンが唸り声を漏らした。

「確かに。そもそも宛名もないしな」

しかし、宛先が誰であったにせよ、差出人はネリエラの側にいたはずなのだ。

ふと思いついて、シャリースはネリエラに尋ねた。

「セルクから聞いたんだが、出発の直前、侍女が一人消えたって？　これは彼女の字か？」

ネリエラは考え込んだ。

「判らないわ。私……アイリーの書いた文字を見たことはないと思う。侍女と書面でやり取りしたりはしないから」

だがその表情から、ネリエラがかなりの疑惑を抱いていることが読み取れた。アイリーが黙って出て行ったのは、奉公が嫌になったのではなく、国を売ったからかもしれない。或いは、兵士の一人と恋仲になってこの手紙を送っただけかもしれない。そしてその兵士が何らかの悪意を持って、フレイビングの荷物に手紙を紛れ込ませたのかもしれない。

しかし侍女の行方については、何一つ手掛かりはない。

「とにかく」

シャリースは結論づけた。

「人質はここにはいないと思う。ここにいるのならすぐにあんたに会わせて、元気でいると国王に手紙を書かせただろうからな。手間暇かけてあんたを殺すよりずっと簡単だ。人質はダンジューの手の届かないところにいるらしい。てことは、ガルヴォ軍が人質をがっちり握り込んでて、ダンジューやナシュールの思い通りにはならないんだ。だからダンジューは、まずあんたを排除して、もっと扱いやすい交渉相手を据えたかったんだろう。あんたより身分が低くて、気の弱い奴を」

上目遣いに、ネリエラは傭兵隊長を見やった。

「それで、これからどうするの？」

「あんたを殺すのが簡単じゃないと判った以上、連中はもっと慎重になるだろう。それに軍との連絡が始まれば、三人の居場所の見当がつくかもしれない」

ネリエラは両手を固く握り合わせた。

「当分、ゆっくり眠れそうにないわね」

「そうだな、むさくるしい野郎どもが、夜を徹してあんたの側にくっついて回る。もちろん、朝になっても、ずっとな。あんたや、あんたの使用人の苦情は受け付けない。いいな？」

「判ったわ」

決然と、ネリエラは答えた。


ダンジューは伯爵令嬢とその夫を夕食に招待したが、ネリエラは丁重にそれを断った。疲れているから早く床に就きたいという言葉が、文字通り受け入れられたかどうかは怪しい。しかしダンジューは無理にとは言わなかった。部屋には夕食が届けられたが、伯爵令嬢の一行は、誰もそれに手を付けなかった。もちろん今日の騒ぎはもう、ブリアコンの町中に知れ渡っている。襲撃事件の後にネリエラが毒殺されれば、誰もがダンジューを下手人とみなすだろう。恐らくダンジューはそれほど愚か者ではない。

だがそれを確かめるために敢えて食べてみる危険は冒せなかった。

二人の傭兵が町の店へ食料を調達しに走る。屋敷の主人から届けられた夕食は、庭の隅にそっと葬られた。

負傷した傭兵たちも手当を終えて仲間と合流し、食事をした。その頃には、襲撃事件によって引き起こされた伯爵家の者たちの動揺も大分収まっていた。ここは敵地かもしれないが、傭兵は腕の立つ戦士たちで、常に彼らを守っているのだ。怯えきっていた若い侍女も、起き上がって服を整え、傭兵たちが切り分けたチーズや茹《ゆ》で肉を口にした。

彼らが寝支度を始めた頃、別の二人の傭兵が、伯爵令嬢の部屋に入った。

二人とも泥だらけで、服に幾つもの鉤裂《かぎざ》きを作っている。疲労困憊《こんぱい》している様子だったが、その目には獲物を見事に捕らえた猟犬のような、満足げな光があった。

ハルドとレブラムはこの屋敷に到着した際、何か役に立つことを仕入れるべく送り出されていたのだ。仲間たちとは完全に別行動を取っており、襲撃があったときでさえ姿を見せなかった。

「おまえらはもう、死んだものと覚悟してたぜ」

彼らの姿を認め、ダルウィンは重々しい口調で告げた。

「今、葬式の準備を始めようとしてたところだ」

二人は笑った。ハルドは服ばかりか、手や顔にも傷を作っていたが、どれもかすり傷のようだ。

「もうすぐ死ぬだろうよ、飯を食わなくちゃな」

ネリエラの使用人たちは彼ら二人に椅子とテーブルを用意しようと申し出たが、二人より先に、シャリースがそれを断った。

「そんなご立派な椅子はまずい。何をしてきたのか知らないが、こいつらを見ろ。泥の中を転げ回った豚みたいな格好だぜ。床に座らせといたほうがいい」

二人も特に異議は唱えず、食事が残り物であることにも文句はなかった。ハルドの言った通り、二人は飢えていたのだ。それからしばらく、ハルドとレブラムは黙々と食べ物を口に詰め込み続け、仲間たちが彼らから引き出せたのは、意味不明の唸り声だけだった。

ネリエラとその使用人たちは、この二人がいつからいなかったのか知らなかった。それどころか最初から一行に加わっていたのかさえ確信がなかった。ハルドとレブラムは、誰の目も引かず周囲に溶け込めるという点で、大いに優秀だったのだ。

ようやく人心地の付いた二人は、なおもパンやハムを食べながら話を始めた。

「俺たちは交代で、ダンジューの書斎の窓の下にいた」

ハルドがパンをちぎりながら報告する。

「場所は判ってたし、窓が開けっぱなしだったから、話はよく聞こえた」

エンレイズを出る前に、ネリエラはこの屋敷について知っていることをすべて、傭兵たちに説明していた。会見が書斎で行われるであろうことや、その書斎がどこにあるのかも、彼らは最初から知っていたのだ。

ハルドは、大きな椅子に収まっているネリエラへ笑みを向けた。

「ネリエラ様がダンジューの野郎をやり込めるところもちゃんと聞いてましたよ。大したもんでした」

つられて、ネリエラも微笑した。

「ありがとう」

「窓の外にでっかい茨の茂みがあったのを見たが」

シャリースの言葉に、ハルドはうなずいた。

「そうなんだ。窓からよく見える場所に、綺麗な花じゃなく、あんな刺々したものを植えるなんて、ここの主人は、相当後ろ暗いことをしてるんだろうな」

彼がパンを口に押し込んだため、若いレブラムが後を引き継いだ。

「物置小屋を覗いてみたら、いい具合の鋸《のこぎり》があったんで、拝借して、茨の根元を切り取ってやったんですよ」

得意げに言う。

「俺たちが下に潜り込めるようにね。何日かすれば、切り取った部分が枯れてばれちまうでしょうが、この先ずっとあの窓の下で盗み聞きを続けるわけじゃないから、別に構わないと思って」

「茨の下に寝っ転がって、外から見えないように、切り取った茨で穴を塞いでね——まだ背中のどこかにとげが刺さってるような気がする」

「それで、書斎から何が聞こえた？」

ハルドの泣き言には耳を貸さず、シャリースがせっつく。ハルドは唇の端を歪めてみせた。

「ダンジューはネリエラ様を黙らせるために人を雇った」

「……」

既に推測していたことではあったが、この報告に室内にいた全員が凍りついた。レブラムは少しばかり気まずそうに、一同を見渡した。

「それが判ったのは、ネリエラ様が襲われた後なんですよ。最初は、ダンジューが手を打ったとか何とか言ってて、ナシュール子爵も俺たちも、意味が判らなかったんです。判ってたら、注意しに行けたんですけどね。でもネリエラ様が襲われて、その後ナシュール子爵が書斎でダンジューに詰め寄って、ようやくダンジューが白状したんです。二人は険悪な雰囲気になりましたが、その後、やってしまったことは取り返せない、こうなったらネリエラ様の機嫌を取って、軍と交渉するしかないだろうってことになりました」

「へえ」

シャリースは横目で伯爵令嬢を見やった。

「エンレイズ貴族との繋がりは、金よりも貴重だと思っていたがな」

「お金より貴重なものなどないのよ、ダンジュー様にとっては」

ネリエラが冷静に言う。

「私を排除すれば、父の後を継ぐのは私の又従弟になるわ。だから我が家との取引関係は今まで通り続けられる。ダンジュー様は私の棺に山ほどの花を飾って、こんなことになって大変遺憾だと涙を流して見せるでしょう。今の父には、何もできないことが判っているから。そして私の又従弟と商売を続ける気だったんだわ」

「それから、ナシュール子爵とダンジューは、連名で手紙を書いてた」

ハルドが口の中のものを飲み下す。

「明日使者に渡すそうだ。行先は確かヴァサリーとか……」

「ワイサリーね」

ネリエラが訂正する。彼女に指示されて、優秀な道案内でもあるディレクがガルヴォの地図を持ってきた。ネリエラはベッドの上にそれを広げ、傭兵たちも集まってそれを覗き込んだ。

「今私たちがいるのがこのブリアコン」

ネリエラが地図の一点を指す。それからやや南に下った地点を示す。

「ワイサリーはここよ」

地図で見る限り、ワイサリーは国境にもほど近い村のようで、ここからでもそれほど遠い場所ではない。シャリースは地図から周囲の様子を読み取ろうとした。この村は平地で、街道から離れた場所にある。恐らく周辺は畑だろう。

「ここに、エンレイズ人を三人監禁できる場所はあるか?」

ワイサリーを指しながら問うと、ネリエラはディレクへ目を向けた。ディレクが無精ひげの生えかけた顎を撫でる。

「そうですな……贅沢を言わないのであれば、たくさんあるでしょう。この村には大きな倉庫が幾つもあります。穀物と、乾草の倉庫です。どちらも今なら空に近いでしょうから、人間を隠すのは簡単です」

「なるほどな」

シャリースはうなずいた。

「ダンジューが、突然麦を買いたくなったんでなければ、ここにガルヴォ軍が隠れてる公算が高いな。エンレイズ人の人質も一緒だと思いたい。でなければ、軍がこんなところにいる理由がないからな」

顔を上げ、ダルウィンを見やる。

「馬がいるな」

「いい馬が欲しいね」

ダルウィンはにやりと笑い、そしてディレクへと目を向けた。

「なあ、あんたにちょっと手伝ってもらいたいことがあるんだ。エンレイズじゃ犯罪と言われるようなことだし、多分ガルヴォでも同じだと思うんだが、それでも構わなければ」

ネリエラが目を見開いたが、彼女が口を挟む前に、ディレクはうなずいていた。

「ダンジューのくそ野郎に吠え面をかかせてやれるようなことなら、何であろうと手伝いますよ」

セルクとイージャルに率いられたエンレイズ正規軍は、日が昇って間もなく、ガルヴァとの国境に迫った。

もし軍隊を観察していた者がいれば、一緒にいるはずの黒衣の傭兵たちの姿が見えぬことに気付いただろう。そして、セルクの集めてきた兵士の数も昨日より数が減っていることを、不思議がったに違いない。

傭兵たちは平服に着替えて、正規軍の先を行っていた。

案内をしているのは、兵士としてセルクが連れてきた地元の男たちだ。バンダル・アード＝ケナードの要請に応じ、軍服を脱いで彼らに同行していた。もちろん地元の状況については誰よりも詳しい。

セルクの見たところ、傭兵たちはばらばらに散って、国境地帯について念入りに調べている。彼にとっては不思議なことだった。彼自身、ここに住むようになったのはネリエラと結婚してからだが、この辺り一帯は至ってのどかな場所だと考えている。畑が広がり、それを耕す人が住み、彼らが薪《たきぎ》を調達するのに手ごろな、ちょっとした林があるだけだ。平坦で見通しがよく、ガルヴァ軍が彼らを待ち伏せていることなどあり得ない。

正規軍が休憩のために止まったとき、数名の傭兵が司令官たちの元にやって来た。

イージャルとセルクは、先頭にいる傭兵の名がメイスレイとタッドであることを知っていた。シャリースが出発してからは、主に彼らが司令官たちと打ち合わせをしている。そしてもちろん、白い狼を従えた顔に刺青のある男は見間違えようがない。マドゥ＝アリは間違いなくエンレイズ語を話せるとシャリースは請け合ったが、司令官たちはまだ、マドゥ＝アリの声すら聞いた覚えがなかった。

白い狼のほうが、マドゥ＝アリよりもまだ雄弁だと言える。彼女はふざけ半分のような唸り声を上げながら、傭兵たちが捕らえた少年に噛みつくふりをしていた。少年はいかにも農家の子供といった風情だ。エルディルに脅されてべそを掻いているが、タッドが容赦なくその上腕を掴み、歩かせている。

地元の少年に傭兵たちが無体な真似をしているのを目にして、司令官は唖然とした。周囲の兵士も同様だ。しかし傭兵たちの険しい表情を目にして、誰もが口を噤んだ。

立ったまま待っていた司令官たちの前に、タッドが少年を突き出す。次々溢れ出る涙を拳で拭いている子供に、イージャルは見覚えがあるような気がした。しかし、どこで見かけたのかは思い出せない。

「イージャル殿」

メイスレイが固い声で彼の注意を惹く。

「ガルヴォ人から脅迫状を預かってあなたに届けたのは、この子でしたか？」

その瞬間、イージャルは頭を殴られたような衝撃を覚えた。まじまじと少年の顔を見つめる。ガルヴォ軍からの手紙を受け取ったときの恐怖が、鮮やかに脳裏へ甦った。

「そう……そうだ。この子だ」

確かに、メイスレイの言う通りだ。彼の前に立っているのは、あの時の少年だった。

少年が声を上げて泣き始めた。それを哀れに思ったセルクが、何とかとりなそうと口を挟む。

「その子は、頼まれて手紙を持ってきたのだろう？　何も知らずに」

「少なくとも、この子の両親は知ってましたよ」

タッドの声は冷たい。セルクは思わず片眉を吊り上げた。

「何だと？」

ぞっとするような目を少年に向けながら、メイスレイが説明を始めた。

「この子の一族の畑は、国境を越えた向こう側にまで広がっているんです。地元の連中はよく知ってました。彼らに教えてもらって、ちょっと覗きに行ってきたところです。ガルヴォ領へ抜けるのに協力してもらえるかと思いましてね。それに――我々には少し、思うところがありました。つまり、あのはりぼての砦を建造するに当たって、ガルヴォ人が幾らこそこそしていたとしても、地元民の助けなしには、砦のことをあそこまで完璧に隠せたはずはないと考えたわけです」

その意味するところを噛みしめながら、イージャルは少年とメイスレイを交互に見やった。言葉が出てくるまでに、しばらく時間が掛かった。

「この子と家族が、ガルヴォ軍が砦を作るのに手を貸したと……」

「その通りです」

メイスレイはうなずいた。

「彼らの家は、なかなか豪華でした。そしてガルヴァ軍からの贈り物も色々あった。剣とかちょっとした宝石とか、もちろん金もです。つまりこの子の家族は畑仕事をしながらガルヴァ軍の手先を務めていたわけですよ、長い間ね。国境を行き来しても、誰も疑ったりはしないから。畑とガルヴァの密偵と、どちらが金になったのかは知りませんが」

言葉を失うイージャルの隣で、セルクも呆気に取られて少年を見下ろしていた。家族の領地で行われていたことについて、彼は全く関知していなかったのだ。

「驚いたな……」

「伯爵家は、直ちに手を打つべきですね」

タッドが言い添える。明らかに彼は、伯爵家に非があると考えている。目と鼻の先に裏切者がいると気付いてさえいれば、これほどの犠牲が生じることはなかった。セルク自身も同感だ。

イージャルはまだ、驚愕から立ち直っていない。

「では――我々のことをガルヴァに伝えていたのはこの子だったのか？　この子が我々を罠に掛け……」

出来の悪い生徒を前にした教師のように、メイスレイは辛抱強くうなずいてみせる。マドゥ＝アリは無表情に司令官たちを見ていたが、彼が何を考えているのかは誰にも判らない。

その横にいるエルディルの考えは、かなりあからさまだ。彼女は熱心に、少年の背中を嗅いでいた。彼女はマドゥ＝アリの指示があれば、すぐさま少年に噛みつくことになっている。まずは匂いで、美味いかどうかを吟味しているのだ。

タッドが、しゃくりあげている子供の背中を小突いた。もう片方の手でイージャルを指す。

「この人に脅迫状を届ける前、ガルヴォ軍から預かった手紙を誰に渡していたのか、ここでもう一度言え」

「僕は伯爵様のお屋敷に行って……」

セルクが息を呑んだが、少年はそちらを見もしなかった。

「アイリーに渡してた。侍女の……」

涙に途切れた言葉を、メイスレイが続けた。

「そしてアイリーからは、分厚い手紙が託された。それをおまえは、ガルヴォ軍に届けていた。そうだな？」

「はい……」

少年がやっと答える。セルクはただ呆然と、厳しい表情のメイスレイを見やった。

「アイリーが？　しかし、そんな……あの娘に、軍のことなど……」

だが実際のところ、セルクは妻の侍女について、殆ど何も知らないのだ。彼の声は空《くう》に消えた。妻の侍女がガルヴァ軍に通じていたという可能性を考えると、背筋が凍りつく。

「彼女が誰かと手紙のやり取りをしていたかどうか、調べるべきですな」

メイスレイは淡々と、若い司令官に指示を下した。

「使用人の誰かが覚えているはずです」

「だがいいことも一つある」

タッドが付け加えた。

「我々は、ガルヴァ国内へ秘かに侵入する経路を確保した。この子の家族の土地だ」

司令官たちは顔を見合わせた。

「そんな……見つかるに決まってる……」

イージャルの意見に、タッドは獰猛な笑みを浮かべた。

「家族は、俺たちで全員拘束した。家の中に押し込めている。この子を人質に取ってきたが、逃げ出す者がいれば誰であろうと殺すことにしてな。穏やかなやり方じゃないが、正規軍の許可はいらないはずだ。あそこはガルヴァで、敵国だからな」

セルクはごくりと唾を飲み込んだ。傭兵たちが幾ら有能でも、こんなやり方は、長くは続けていられない。それだけは確かだ。

彼は年嵩の司令官に向き直った。

「軍を動かしましょう、今すぐに」

数人の男に行く手を阻まれたとき、アイリーは小さな悲鳴を上げた。もっと大声を上げるべきだった。そうすれば、畑仕事をしている農夫の耳に届いただろう。日が上ったばかりだが、目の前に広がる畑の所々に、人の姿が見えている。彼らはガルヴォ人だが、女が強盗に遭っているのを見れば、その女がたとえエンレイズ人であろうと、助けに来てくれるに違いない。

だが声を上げるべくもう一度息を吸い込んだところで、彼女は、目の前の男に見覚えがあることに気付いた。親しく付き合ったことはなかったが、同じ家で働き、度々顔を合わせてもいたのだ。伯爵が個人的に雇っていた男たちである。

だが少なくとも、カランドという名の頭目は、こんな滑稽《こっけい》な赤い鼻ではなかった。その腫れがあまりにも凄まじかったため、アイリーは思わず見入ってしまった。明らかに、カランドはそれを喜んではいなかった。折れた鼻はまだひどく痛み、傷つけられた自尊心はそれ以上に痛んだ。若い娘にじろじろ見られて、気分の良かろうはずはない。

「ネリエラの侍女だな」

カランドに睨まれ、アイリーは思わず一歩後退った。横から現れた男が、彼女の上腕を摑む。アイリーは咄嗟に振り払おうとしたが、男の力は緩まなかった。カランドが不機嫌な唸り声を立てる。

「こんなところで何をしている。どこへ行く気だ」

「放してよ」

いつでも助けを呼べるという意識が、アイリーを強気にさせた。元々気の弱い性質でもない。

「あたしはネリエラ様の御用で……」

その言葉を、男たちの嘲笑が遮った。

「どんな御用だっていうんだ？」

背後から近付いてきた男が小馬鹿にしたように尋ねる。

「ネリエラ様は昨日の朝出かけたが、おまえは一緒じゃなかったじゃねえか」

アイリーはぎょっとして男たちを見回した。彼らはそのときにはもう、伯爵家から消えていたはずなのだ。ラドゥエル伯爵が倒れ、ろくに口もきけなくなったからには、彼らの居場所もなくなり、二度と戻らぬだろうと使用人全員が考えていた。

だが、彼らは近くにいたのだ。

アイリーが動揺するのを見て、カランドがにやりと笑った。

「ずっと見張ってたんだよ。傭兵がうろうろ出入りしてたのも知ってる。ネリエラと一緒に馬車に乗ってたな。ろくでもないことを企んでるんだろう。それをつけてきたら、おまえを見つけたわけだ。エンレイズの伯爵家に仕える女が、こそこそとガルヴォへ潜入とは、一体どういう魂胆だか」

「……」

「ネリエラ様に訊いてみようか？」

怯んだ侍女に、カランドは畳みかける。

「おまえが一人で国境を越えて何をしようとしているのか、伯爵令嬢は興味を持つだろう。俺たちも興味津々だ。どう考えたって怪しいからな」

「そんなことをしたら、あんたたちがネリエラ様をつけ回してたってことがばれるわよ。傭兵さんたちだって、黙ってはいないでしょうね」

気を取り直して、アイリーは切り返した。

「あたしのことは放っておいてよ。あんたたちは好きなだけネリエラ様に付きまとっていればいい。あたしには用事があるのよ」

男たちが一瞬静かになったため、アイリーは、うまく切り抜けられたと思った。腕を摑んだ手を振りほどく。

そのまま歩き出そうとした彼女の肩を、しかし別の手が摑んだ。

「こいつを逃がす手はねえ」

がっちりとアイリーの動きを封じて、男は仲間たちへ言った。

「俺たちがここにいるのを、ネリエラに告げ口しに行くかもしれないんだから」

アイリーは横目で男を睨んだ。

「そんな心配は無用よ。あたしはネリエラ様のところへ行くんじゃないから」

「つまり、ネリエラがどこにいるのかを知っているんだな、あの傭兵たちがどこにいるのかを」

地の底から響くようなカランドの低い声に、アイリーははっと口を閉じた。だが、嘘を吐いて否定するには、もう遅かった。男たちはこの瞬間、彼女がしくじったのを知ってしまった。

アイリーは素早く畑の農夫たちを窺ったが、カランドの隣にいた男がそれを見咎めた。

「あいつらが助けてくれるなんて考えは起こすなよ」

胴間声で脅しつける。

「いざとなりゃ、俺たちはあいつら全員殺したって構わねえんだからな。それくらい屁でもねえ。そんでそんなことになったら、おまえも一緒に殺すことになる」

「だが、俺たちに協力するってことなら、傷一つ付けやしねえよ」

カランドがすかさず請け合った。

「用が済めば放してやる。その可愛い頭で、よく考えな。俺たちに協力して一緒に行くか、それとも痛い目に遭って死ぬか、どっちがいいのかを」

アイリーは屈服した。

彼らはその場所から、ダンジューの屋敷へ向かうことになった。ネリエラたちがそこにいるのを、アイリーは知っていたのだ。正規軍が何を求め、ネリエラがどう応じたのかは、使用人たちの間でも噂になっていた。

むっつりと黙り込んで歩く娘を手下たちに見張らせながら、カランドの腹の内では怒りの炎が燃え盛っていた。

鼻の傷が疼くたびに屈辱が増す。このまま済ますわけにはいかないと、彼は思い定めていた。彼とその仲間たちは、ジア・シャリースを殺して名を上げるつもりだった。それが悪名になろうと知ったことではない。バンダル・アード゠ケナードの隊長を殺すことができれば、腕前が証明される。彼を殺すに至った理由をうまく説明できれば、傭兵隊を立ち上げて稼ぐつもりだった。もっとも、絶対に傭兵隊でなければならぬということでもない。シャリースを殺してのけた一団には、様々な仕事が提示されるはずだ。それが違法なものであろうと、報酬さえ見合えば頓着する気もなかった。

一行は街道で、勢いよく駆け抜けていく騎馬の男とすれ違った。

彼らは馬を避けて道の端に寄り、騎手は彼らには目もくれずに馬を駆っていた。どちらかが相手の顔を見ていたら、互いにぎょっとするような展開になっていただろう。

彼らの脇を通り過ぎて行った騎手は、ダルウィンだった。

八

ディレクは以前にもガルヴァ商人の屋敷に来たことがあり、厩舎で働く者たちとも知り合いだった。

ネリエラが滞在中、ディレクが厩舎をうろついていても、誰もそれを気にしない。むしろ彼は歓迎されていた。昨日、彼の主人が邸内で襲われたことに対する気遣いもあるが、ディレクは馬の扱いが上手く、厩舎の仕事を進んで手伝ってくれる。

伯爵家の馬と共に、ダンジューの馬数頭を運動場へ連れて行きたいというディレクの申し出を、馬の世話係たちは喜んで受けた。ダンジューの馬を明るい場所でよく見てみたいという言葉にも、何の疑問も感じなかった。ディレクは馬たちを難なく外へ連れ出し、世話係たちはしばしの休息を楽しむことにした。

そしてその間に、ダンジューの所有する名馬の一頭が、エンレイズから連れて来られた、見かけのよく似た凡庸《ぼんよう》な馬と入れ替えられたのだ。

ダルウィンは盗んだ名馬に跨り、仲間たちの元へ知らせを届けるため出発した。町を出るまではさりげなく馬を進め、それからは全速力で駆けていくことになっている。

その後ろ姿を、ネリエラとシャリースは散歩中の夫婦を装って見送った。

「大丈夫かしら」

あまりにも堂々と他人の馬に乗っているダルウィンに、ネリエラが不安そうに呟く。途中で誰かに見咎められれば、敵国の人間であるダルウィンは、問答無用で縛り首になりかねないのだ。

しかしシャリースはそれほど心配していない。

「もちろん大丈夫だ。あいつはセリンフィルド人だからな」

「どういうこと？」

「馬の扱いは、大抵のガルヴォ人より上手いってことさ。大抵のエンレイズ人よりもな。誰も、あいつが盗んだ馬に乗ってるなんて考えやしないだろう」

セリンフィルドは、今はエンレイズの東端の地名だが、かつては一つの国だった。エンレイズに征服されたのは、二十年以上前のことである。シャリースやダルウィンをはじめ、バンダル・アード＝ケナードの半分以上の面々が、この土地の出身者だ。緑豊かなセリンフィルドは牧畜が盛んで、そこに育つ者の多くは、幼い頃から家畜の扱いを仕込まれている。

「馬だって、持ち主よりダルウィンに懐くさ。盗んだ馬がどうのとダルウィンに難癖をつける奴がいたら、馬がそいつに噛みつくだろうよ」

狭い厩舎から出て思い切り走れば、馬も幸せに違いない。うまくいけば、ダルウィンは半日で仲間たちのところへ辿り着けるだろう。

「それより、自分の心配をしたほうがいい」

シャリースの言葉に、ネリエラはうなずいた。

「そうね。私も少し、それらしいことをしなくちゃ」

ナシュール子爵とダンジューがガルヴァ軍に渡りを付けたことは、今朝になってネリエラに伝えられた。返事が来るまではまだしばらくお待ち願わねばならないというダンジューの言葉を、彼女は受け入れた。

「では待つ間に、我々の選択肢を話し合いましょう」

ダンジューも、ナシュール子爵も、まずは軍の意向を聞いてからでなければと渋ったが、ネリエラは譲らなかった。返事が届くまでの間、彼女は二人のガルヴァ人に貼り付いているべきだということで、護衛の傭兵たちと意見の一致を見たのだ。もしガルヴァ人たちが自棄《やけ》を起こして再びネリエラの抹殺を考えたとしても、自身が同席している場へ武器を持った人間を乱入させるはずがない。

その後の数時間、ネリエラはダンジューの書斎に陣取り、ガルヴァの貴族と商人を相手に過ごした。表面上は和やかではあるが、真剣そのものの話し合いだ。身代金の引き下げの可能性や、分割払いについての協議は、果てしない腹の探り合いだった。

シャリースはその間ずっと、書斎の扉の側に座っていた。

話し合いについては、ネリエラに任せていた。数代にわたる付き合いのある彼らの話を完全に理解できなかったこともあるが、彼は部屋の外の物音に集中していたかった。何者かが書斎に入ってきたら、即座に対処する構えだ。あまりにも警戒心をあからさまにしたその態度にダンジューは渋い顔をしたが、シャリースはひと睨みで、商人の目を逸らさせた。

もちろん窓の下では、切り取られた茨の中で、傭兵が聞き耳を立てている。何か怪しい動きがあれば、即座に仲間へ伝達される手筈になっていた。今日は全員が、ネリエラの護衛に注力している。

だがこの日は平穏だった。ネリエラは自分の部屋で昼食を摂るため、夫と共に書斎を辞した。今日は朝からネリエラの侍女たちが厨房に入り、エンレイズ人たちの食事に万が一にも毒物など混入されぬよう、目を光らせている。彼女たちが手ずから運んだ食事を皆で食べている間も、傭兵たちは交代で、部屋の警護に立った。

ネリエラは食事をしながら、同じテーブルに着いているシャリースに交渉の模様を解説した。

「フレイビングとスタナーの身代金は下がるかもしれないわ。でも、ニグルス様は難しいわね。身分が高すぎるし、お金がありすぎるもの」

彼女は真剣に、この仕事に取り組んでいる。シャリースは人質を取り返して誘拐を帳消しにしようと画策しているが、彼女はそれが失敗したときのことを考えているのだ。要求された身代金を本当に払うとなれば、エンレイズの経済に多大な悪影響をもたらす。彼女の務《つと》めは少しでもそれを軽減することであり、彼女が本気だということがガルヴァ人に伝われば、彼らもそちらに集中するだろう。エンレイズ人たちが本当に企んでいること——人質の奪還計画については、疑うことすらせず。

ふと思いついて、シャリースは尋ねてみた。

「スタナーの身代金は、誰が払う？」

「え？」

ネリエラは首を傾げた。不意を衝かれたように目を瞬く。シャリースは食事の手を止めた。

「ニグルスがエンレイズ国王の身内なのは誰でも知ってる。フレイビングは豪商の出だ。だがスタナーは？　あんたの領地の人間なんだよな？」

「ええ。小さい頃は、うちで雑用をしてたり……」

ネリエラの言葉が空に消える。シャリースはうなずいた。

「スタナーは使用人だった。軍で出世したとしても、それほど金持ちにはなれない。それとも、大金を支払う親戚がいるのか？」

「考えなかったわ。でも……私の知る限り、いないはずね……」

二人の会話を漏れ聞いていた傭兵たちから、唸り声が漏れた。スタナーが攫われたのは、彼にその価値があるからだと、最初は誰もが思っていた。あるいは、ただ単にニグルスやフレイビングの側にいたため、事のついでに連れ去られた可能性もあった。

だがスタナー本人や親族に金持ちがいないのならば、何故彼にも、フレイビングと同等の身代金が要求されたのだろうか。たとえガルヴァ軍が愚かなまでに楽観的だったとしても、たかが若い司令官一人のために、国が身代金を払うと期待したりはしないはずだ。

シャリースは部下たちと顔を見合わせた。

「何かがおかしいようだな」

傭兵たちは一様にうなずいた。

その家は大きかったが、素朴な田舎家だった——少なくとも、外見は。

イージャルは部下と共にその農家に入り、内部の快適さに圧倒された。美しい敷物に、座り心地のいい椅子、どっしりとしたテーブルには山盛りの果物が置かれ、壁は絹織物で飾られている。巨大な部屋は天井が高く、そこから幾つもの寝室へ行くことができる。納屋もやはり巨大で、新しい。紺色の軍服姿の兵士たちは母屋と納屋に身を隠していたが、狭苦しいとは感じなかった。

外のほうが幾らか涼しかったのは事実だ。しかし、彼らは既に国境を越え、ガルヴァに入っている。通りすがりのガルヴァ人に、姿を見られる危険は冒したくなかった。

平服姿の傭兵数人が、休憩中の農夫を装って見張りについている。残りは全員広い居間に集まり、イージャルとセルクもそこにいた。

彼らに囲まれて、この家の住人たちが床へ座らされている。

全部で二十五人ほどだ。男たちはむっつりと黙り込み、数人は頭を抱えている。顔に大きな痣を作っている者も三人いた。女たちは子供をしっかりと抱き締め、唇を引き結んでいる。中には啜り泣いている者もおり、幼い子供もべそを掻いているが、傭兵たちは頓着せず、厳しい眼差しで彼らを見張っていた。この一族は既に、たとえ子供であろうと、立派にガルヴォの間諜を務められることを証明している。豪華な家も、建てたばかりの立派な納屋も、ガルヴォからの多額の報酬を物語っていた。

正規軍が到着する前に、傭兵たちはこの一家の面々を残らず掻き集めてここに監禁し、家探しをしていた。今まで誰も、朴訥《ぼくとつ》そうな農家の面々が敵国と通じているなどと考えなかったのだろう。ガルヴォからの贈り物も、貨幣も、隠した形跡すらなく無造作にしまわれていた。あるいはこの一家は、自分たちのしていたことを、あまりにも軽く考えていたのかもしれない。

だが今、こうしてエンレイズの兵士たちに踏み込まれ、家を掻き回されたからには、彼らにもエンレイズ人たちの怒りは十分伝わったに違いない。手荒い手段が使われたことも間違いなかった。この場を支配しているのは、ここに住む人々でも軍服を着た正規軍の司令官でもなく、傭兵たちだ。

一家の畑の半分は、ラドゥエル伯爵の領地にある。セルクは伯爵家を代表して、エンレイズ側の土地は没収されるだろうと言い渡した。

「今後、エンレイズ側でおまえたち一家の顔を見ることがあれば、反逆罪に問う」

怯えきっている農民たちの顔を、彼は一つ一つじっくりと覚え込もうとしている。

「判るか？　縛り首だ。女子供であろうと容赦はしない。命が惜しければ、これからはガルヴォ人として暮らすことだ」

啜り泣いていた女が鼻をかみながらうなずき、男たちの喉からは絶望の呻き声が漏れた。だが、真っ向から抗議する勇気のある者はいない。傭兵たちは口を鎖《さ》してセルクの言葉を聞いているが、彼らの様子から、反発の声が一声上がればすぐに剣が抜かれることは明らかだ。

その様子を見ながら、イージャルは苛立ちを覚えた。セルクの処置は寛大すぎるように、彼には思えたのだ。殺されたのも、攫われたのも彼の部下だ。今回の件以前にも、この家族のせいで大勢のエンレイズ兵士が犠牲になったに違いない。

しかし事情はどうあれ、ここはガルヴォだ。国境を越えた場所での民間人の処罰は、エンレイズ人による殺人になってしまう。加えて、ラドゥエル伯爵の娘婿であるセルクの地位を考えると、イージャルは彼に逆らえなかった。ここに座らされている者たちは、伯爵の領民なのだ。伯爵には彼らに裁きを下す権限があり、今はセルクがそれを代行している。

そして子供たちの泣き声を聞いているうちに、気持ちが萎えた。彼にガルヴォからの脅追状を渡した少年を筆頭に、五人の子供がいる。三人はまだ幼児だ。まず間違いなく、この三人は誰にも、いかなる裏切りも働いたことはない。それでも彼らには、エンレイズに入り次第処刑という判決が下されたのだ。

庭に通じる扉が開き、一人の若者が入ってきた。

平服姿だが、見張りの傭兵が通したことからして味方だと判る。セルクが片手を挙げて若者を手招きした。ようやく、イージャルもその若者を思い出した。彼は伯爵家に仕える使用人で、今回はセルクが兵士として連れてきたのだ。消えた侍女アイリーに関する疑惑が生じたとき、この若者は彼女について質問を受けたが、彼は伯爵邸で働き始めて日が浅く、彼女のことをよく知らなかった。そこでセルクは彼を伯爵邸へ走らせた。アイリーについて、使用人たちからできる限り聞き取ってくるように命じたのである。

若者は、床に固まっている農夫一家と、それを取り囲む傭兵たちを好奇心に溢れる目でちらりと見やったが、すぐに主人であり上官であるセルクへ向き直った。

「アイリーはよく手紙をやり取りしていたそうです」

彼は元気よく報告した。

「恋人がいたんです。以前にお屋敷に出入りしていた男で、軍に入ったとか。名前はスターナーだと、料理人が言ってました」

イージャルの喉から、絞め殺されるような呻き声が漏れ出た。セルクが同僚へ目を向ける。

「ガルヴォに連れ去られた一人ですね？」

イージャルはうなずいた。ようやく言葉を絞り出す。

「セルク殿は――その男をご存知でしたか？」

「いや、私は覚えがない」

セルクはかぶりを振った。

「私がネリエラと結婚した頃にはもういなかったと思いますが……」

「下働きの女の子によると、ネリエラ様のご結婚後も、何回か来てたみたいです」

若者が口を挟む。

「でも、セルク様に直接ご挨拶するようなことはなかったとか。セルク様は軍務でお留守のことも多かったですし」

イージャルは必死で、事態を整理しようとした。

「つまり……スタナーが、アイリーとかいう侍女を通じてエンレイズ軍の情報を流していたのか？」

黙って聞いていたメイスレイが、ここで口を挟んだ。

「彼なら、フレイビング殿の荷物に自分の手紙を突っ込めました。いつもフレイビング殿の側に侍《はべ》っていたのですから。恋人とガルヴォに繋がる手紙を手元に持っていてはまずいと考えたのでしょう。しかし燃やす機会は無かった。手紙を火にくべたりすれば、必ず誰かに見られたでしょうから」

イージャルは首肯したが、しかし納得はできなかった。

「しかし何故、スタナーがそんな……」

　彼の知るスタナーは、朗らかでそつのない若者だった。身分は低くとも卑屈なところはまるでなく、フレイビングはもちろん、国王の一族であるニグルスともうまくやっているように見えたのだ。仲間を裏切らなければならない理由は思いつかない。

「それについては、スタナー本人に訊くしかないでしょう」

　セルクが慰めるように言う。イージャルが口を開こうとした瞬間、またしても扉が開いた。

「やっと見つけた」

　明るく声を上げながら入ってきたのは、埃だらけの小柄な男だ。

「よう、ダルウィン」

　傭兵の一人が声を掛ける。ダルウィンは片手を振ってそれに応え、セルクのほうへつかつかと近付いた。

「奥方がお呼びです。至急お越しください」

　セルクが表情を引き締める。

「ネリエラは無事なんだろうな？」

　ダルウィンはにやりと笑った。

「俺たちはちゃんと仕事をしてますよ。何があったかは、道々説明します。ただ、のっぴきならないことになりそうなんで、急いでもらわないと」

「……判った」

イージャルは直ちに、全軍へ出発の命令を下した。この件をガルヴァ軍に漏らせば殺すと、傭兵たちが念入りに一家を脅しているのが背中に聞こえた。


翌朝、ネリエラとその一行は、ナシュール子爵から、エンレイズの人質に面会するため出発すると告げられた。

ネリエラから行き先を問われたガルヴァ貴族は、しかし答えを寄越さなかった。

「軍に口止めされているのですよ」

こんなことは心外だと言わんばかりに、彼は首を振ってみせた。

「あなたのようなお立場の方に対して大変無礼なことだと承知しておりますが、軍というものは……」

同意を求める眼差しに、ネリエラはうなずいた。

「ええ、判りますわ。すぐに支度をいたします」

少なくとも、ナシュールはネリエラの不興を買わぬように振る舞っている。朝食が済んだばかりの時刻に、彼女の部屋まで自ら足を運んだこともその証拠と言える。彼は何としても、エンレイズとの交易の伝手《つて》を確保しておきたいのだ。ネリエラにへそを曲げられ、商売敵《がたき》のロッシル伯爵と手を結ばれるのが、彼にとって最も避けたい事態なのだろう。

ナシュールが立ち去ると、ネリエラは部屋を振り返り、早速荷造りに取り掛かろうとしていた使用人たちを見渡した。

「ちょっと待って」

女主人の声に、全員が動きを止める。

「この旅は最初から安全じゃなかったけど、これからもっと危険になると思うの。一昨日のことを考えると——ダンジューは今でも信用できないし」

シャリースもうなずいた。

「この町から出たら、またどこで強盗に襲われねえとも限らないしな」

「ダンジューは私と一緒にワイサリーに行くから、この屋敷の中は一番安全になると思うのよ」

ネリエラは続けた。

「もちろんダンジューが狙うのは私でしょうけど、私が殺されるとしたら、口を封じるために一緒にいる全員が殺されるかもしれない。もしそんな目に遭いたくなかったら、ここで病気になったほうがいいと思うの。食あたりとか、そんなものに。そうすればここでしばらく安全に過ごせるでしょうし、具合がよくなったら、エンレイズに送ってもらえるわ」

ネリエラはしばらく待ったが、使用人たちからは、真っ直ぐな視線が返っただけだ。襲撃の際には衝撃に震えの止まらなかった若い侍女も、手を挙げなかった。周りの様子を窺いもしなかったことに、シャリースは感心した。彼女は女主人に誠意を尽くしている。

荷造りはすぐに終わり、彼らはナシュール子爵とダンジューに導かれてブリアコンを出発した。

エンレイズ人の連れてきた馬が一頭少なくなっている件について、ガルヴォ人が気付いている様子はない。ダンジュー所有の名馬が一頭消えていることで騒ぎになってもいない。厩で働く人間は、名馬の一頭が別の馬にすり替えられた事実をまだ知らないか、あるいはあまりにも主人の怒りを恐れていて、報告することもできないのかもしれない。どちらにせよ、エンレイズ人たちは素知らぬ顔で通すつもりだ。

ナシュール子爵もダンジューも、供回りの者はそれぞれ一人だけだった。この辺りは彼らにとって安全な場所であり、行き先には味方の軍隊が待っている。ネリエラとシャリースの乗った馬車を御しているディレクは、自分たちが真っ直ぐワイサリーに向かっていることを教えてくれた。彼らは着実に、人質の監禁場所へと近付いている。

ワイサリーの周囲には麦畑が広がり、粗末な小屋が点在している。作業中の農夫たちが休憩し、農具を手入れするためのものだろう。前方には村の輪郭が見え始めたが、人々の住む家よりもはるかに大きな倉庫の数々が、来訪者を圧倒する。それらは青空の下に黒々と聳《そび》え立ち、地面に大きな影を投げている。中には巨大な脱穀機や藁の裁断機などがあるのだと、農場育ちのシャリースはすぐに見て取った。

だが、村を通る道にガルヴァ軍兵士の臙脂色がちらりと見えた瞬間、農村の平和な空気は掻き消えた。

シャリースの隣で、ネリエラがわずかに身体を強張らせる。傭兵たちも油断なく周囲を見渡した。ガルヴァの貴族と大商人が一緒にいるとはいえ、大きく構えているのは難しい。

「おい、止まれ！」

突然、何者かに横合いから声を掛けられ、一行の先頭にいたダンジューが馬の手綱を引いた。

少し後方で馬車に乗っていたシャリースには見えなかったが、ガルヴァ人商人がさぞ困惑顔になったであろうことは想像がついた。彼らを止めたのはガルヴァ軍の歩哨ではなかった。路傍の小屋から出てきた薄汚れた身なりの一団だったのだ。

シャリースはすぐに、それが誰かを見分けた。部下の傭兵たちも同様だ。上がりかけたざわめきは、しかし理性によって抑えつけられた。

「おやおや、こいつは驚いたな」

相手の機先を制して、シャリースはいかにも親しげに話しかけた。

「こんなところで会おうとは思わなかった。鼻はまだ腫れてるようじゃないか。安静にしておいたほうがいいぜ」

カランドとその手下たちが鼻白んだ顔になる。シャリースは素早く周囲を見渡した。速やかにこの無法者たちを追い払う手だてを見出さなければならない。

しかし彼らの中に若い女の姿を認めた瞬間、思考が止まった。

カランドの手下の一人が、がっちりとその上腕を握り締めている。娘が苦痛に顔を歪めていることから見ても、彼らの仲間だとは考えられない。暴力沙汰にしてしまうと、彼女を巻き込むことになる。

すぐ目の前にいたナシュール子爵が、鞍の上で身体を捻ってシャリースを見た。眉をひそめている。

「彼らはあなたの知り合いですか、セルク殿」

「セルク？　はっ！」

カランドが声を上げた。しかし彼が次の言葉を口にする前に、ネリエラがいきなり馬車の上に立ち上がる。

「アイリー⁉」

女主人の声に驚き、伯爵家の使用人たちが一斉に、捕らわれた娘を見やった。

「あれ、本当だ、アイリーだよ」

年嵩の侍女が呟く。ネリエラは馬車の縁に掴まって身を乗り出していた。

「一体どうしたの？　まさかうちから、そいつらに無理矢理連れ出されたの⁉」

ネリエラは真剣に尋ねていたが、その可能性は極めて低いだろうと、シャリースは考えた。何しろアイリーは自分の持ち物と思しき袋を片手に掴んでいる。これから悪人に連れ去られようとしている娘が、悠長に荷物を詰めていられたはずがない。

だがアイリーのほうはすかさず、伯爵令嬢の同情心につけ込むことにしたらしい。

「そうなんです！　この人たちが……」

「おい、いい加減なことを……」

カランドがアイリーに向かって怒鳴り始めたが、シャリースは別の方向に目を向けていた。思わず奥歯を噛みしめる。

この騒ぎがガルヴォ軍の注意を引き、二十人ほどの小隊が様子を見るために送り出されてしまったのだ。

「なあ、落ち着けよ」

シャリースは全員に向かって声を掛けた。剣の柄に手を掛けている部下たちを宥め、カランドとアイリーを黙らせるためだ。後者には少してこずったが、ガルヴォ兵たちが近付く足音に気付くと、ついに怒鳴り合いが途切れた。

ガルヴォ兵たちは当然、ダンジューがここへエンレイズ人の一行を連れてくることを承知していたはずだ。彼らはダンジューとナシュール子爵に挨拶したが、明らかに彼らの連れではない、柄の悪い一団に当惑していた。

「一体何事ですか？」

ガルヴォ兵の問いに、ダンジューはかぶりを振った。

「さっぱり判らんよ」

「判らないのは」

カランドがダンジューの注意を引いた。ガルヴォ語は達者だ。

「エンレイズの傭兵隊長が、めかし込んで伯爵令嬢の側にくっついてる理由だよ」

遂に、水面へ大きな石が投げ入れられた。

幸いなことに、カランドが期待したほど、ガルヴォ軍の反応は素早くなかった。剣に手を掛けるどころか、一行を取り囲むことすらせず、ただその場に突っ立っている。

「……傭兵隊長だと?」

しばしの後、ダンジューが赤い鼻の見知らぬ男へ訊き返す。カランドは苛立ちに地団太を踏まんばかりだ。シャリースを真っ直ぐに指差す。

「そうさ、こいつはセルクじゃない！ バンダル・アード＝ケナードのジア・シャリースだ！ あんたら知らなかったんだな！」

その言葉の意味が全員の脳に沁み渡るまで、さらにしばらくの時間が掛かった。

ナシュールがゆっくりと、ネリエラへ顔を向ける。

「どういうことですか？」

彼は動揺している様子だった。どう見ても、カランドは信用に足る男のようには見えないが、彼の告発は重大だ。

しかし対するエンレイズ人たちのほうも、この呼吸十回分ほどの間のお陰で、心の準備を整え終えていた。

「こちらが訊きたいところです」

ネリエラが、固く、そして毅然とした声音で応じる。

「どこから現れたのかも判らぬ与太者に、夫を侮辱されるとは、驚きましたわ。これがガルヴァ流の歓待ですか？　あなたは私が何者かご存知ですわね、ナシュール様。私とこの汚らしい男と、どちらを信じるおつもりですか？」

ナシュール子爵は必死に唾を飲み込んでいる。ガルヴァ兵の一人がようやく、すべき仕事を思いついた。

「とにかく、馬車から下りていただきましょう」

しかしネリエラは応じなかった。兵士を無視し、馬首をこちらへ向けた商人と目を合わせる。

「ダンジュー様、私が何者であるかを、この人たちに説明してください」

思案げに、ダンジューは肉付きのいい顎を撫でている。

「あなたが誰かは判っています、ネリエラ様。しかし、あなたの御夫君については――その、調べる必要がありそうですな。非礼は幾重にもお詫び申し上げますが……」

どうやら引く気はなさそうだ。ナシュールはただおろおろと周囲を見回している。あくまでも頑《かたく》なな態度を取り続ければ、疑いは深まるばかりだろう。だが今はまだ、ナシュールも、ダンジューも、そしてガルヴァ兵でさえ、カランドの言葉に疑いを持っている。エンレイズ人側は、ネリエラはもちろん使用人たちもが、嘘つきはカランドのほうだという姿勢を維持していた。ただの疑惑だけでは、伯爵令嬢の夫だという男に対し、ガルヴォ人たちも乱暴な真似はしないはずだ。

「馬車に乗ってろ」

唇を動かさぬまま、シャリースがネリエラに素早く囁きかける。ネリエラは昂然と頭を上げたままでいた。

「私は馬車から下りるつもりはありません」

きっぱりと、ダンジューへ言い渡す。由緒ある伯爵家の後継者として生まれついた彼女には、ガルヴォ商人などものともしない威厳が備わっている。

兵士は助けを求めるようにダンジューを見たが、ダンジューにも、皆が見ている前で彼女に何かを強要することはできない。どのみち馬車にいたところで、彼女に何ができるわけでもない。

ダンジューは妥協した。

「……結構です。セルク様はどうか」

シャリースは肩をすくめた。立ち上がり、馬車から飛び降りる。腰に提げた大剣を目にして、ガルヴォ兵たちの目に動揺が走った。立派な身なりで伯爵令嬢の隣に座っていた男が、本当に傭兵隊長である可能性に慄《おのの》いたのだ。後ろで何やら言葉を交わしていたガルヴォ兵二人が、村のほうへ駆け戻っていく。

「武器を渡していただけますか?」

ダンジューが、あくまでも慇懃に言う。シャリースは肩をすくめた。

「武器を渡した途端に、妻に害が及ぶような真似はしないと約束してくださるのなら」

「もちろん、お約束しますとも」

ダンジューの返事は熱心過ぎて胡散臭い。そう思いながらも、シャリースは剣帯を外して目の前の兵士へ渡した。視界の隅に、村から続々とガルヴァ兵が湧いて出てくる様子を捉える。恐らく、エンレイズの傭兵隊長がいるという知らせに、物見高く集まってきたのだろう。

「これでご満足？」

不愉快そうに、ネリエラが問う。ナシュールは目を逸らしたが、ダンジューは唇の端を上げた。

「それはもう。では参りましょうか」

ガルヴァ兵数人が用心深くシャリースを取り囲む。部下の傭兵たちも下手には動けない。

ダンジューは再び馬首を村のほうへ戻した。周囲にはさらに、ガルヴァ兵たちが群がってきている。およそ五十人ほどが、彼らを取り囲んでいる。

「絶体絶命だな、隊長殿」

カランドが丸腰のシャリースを嘲った。シャリースの冷たい眼差しにせせら笑いで応え、ダンジューに話しかける。

「耳寄りな情報が欲しいかね、旦那？」

満更迷惑でもない顔で、商人はカランドを見下ろす。

「何だ」

「俺たちはついこの間まで、ラドゥエル伯爵に仕えてたんだ。あの家に住み込んでね。彼女は——」

目線で、馬車に乗る伯爵令嬢を指す。

「父親が倒れた途端、陰謀を巡らせたんだよ。俺たちは追い出されたが、彼女が傭兵隊と結託《けったく》していることは知ってるんだ」

そこで思わせぶりに言葉を切る。ただ呆然とカランドの言葉を聞いているナシュールとは違い、ダンジューは落ち着き払い、そして現実的だった。

「……何が望みだ」

「もちろん、金をいただきたいね」

厚かましく、カランドは即答する。

「ここに来るまで何かと費用も掛かったんだ。それから」

カランドは唇の端を歪め、片手でシャリースを示した。

「そいつをこの手で始末させてもらいたい。この男は散々我々の邪魔をしたんだ」

「だが少なくとも、おまえの鼻を折ったのは俺じゃない」

シャリースは片頬で笑う。

「逆恨みには慣れてるが、口には気を付けたほうがいい。ここはガルヴォだ。エンレイズの法律は通用しないぞ。何故俺がおまえを殺さなかったのか、その理由を考えたか?」

「おまえらが何を企んでいるのか、俺が知らないとでも？」

しかしカランドは動じなかった。

「あの娘は俺たちに色々と教えてくれたよ。侍女ってのは、主人の秘密を山ほど耳にするらしいな。気を付けたほうがいいのはそっちだ」

「きちんと確認しておかなければならん」

馬上からダンジューが口を挟む。

「おまえの話は本当に確かなのかね？　いい加減なことを言って、もしそれが間違いだったら、ただでは済まんと承知の上だろうな？」

「ああ、もちろんだ」

カランドは自信に満ちている。ネリエラが不気味なほど穏やかに口を開く。

「ダンジュー様、その男は、父に取りついていた蛭《ひる》ですのよ」

「しかし、口をきく蛭ですな」

商人はうなずいた。そんなことは百も承知だと言わんばかりだ。

もう村は目の前だ。ガルヴォ軍が彼らを待ち構えていた。エンレイズの傭兵だ、と、囁き交わす声が聞こえている。シャリースは頭を上げてガルヴォ軍を見やった。殺し合うとき以外、こんなにも間近にガルヴォ兵士の顔を見ることは滅多にない。戦場で見る彼らの顔は恐怖や興奮に歪んでいるが、今の彼らはただの人間に見える。彼らも同じことを考えたかもしれない。ガルヴォ兵に取り囲まれ、剣を取り上げられた傭兵隊長は、脅威でも何でもない。

だがダルウィンがうまく事を運んでいれば、間もなくここは戦場になるのだ。ガルヴァ兵たちの頭越しに、シャリースは広がる麦畑へ視線を向けた。多分その辺りだろうと、見当はついていた。この辺りで身を潜めていられるのはそこだけだ。

緑色の麦穂の中に、幾筋ものさざ波が湧き起こる。

次の瞬間、幾つもの黒い点が浮かび上がった。シャリースは馬車にいる伯爵令嬢を振り仰いだ。

「伏せろ」

即座に、ネリエラは従った。シャリースと同じものを見たに違いないディレクが、手綱を放り出してネリエラの上へ覆い被さる。同行していた傭兵も即座に動いていた。伯爵家の他の使用人たちを急き立て、荷車の中や下に押し込む。

麦畑から最初に躍り出たのは、白い狼だった。

ガルヴァ兵から悲鳴が上がる。エルディルは手近な獲物を突き倒し、逃げ惑う兵士たちを追った。麦畑は次に、黒衣の傭兵たちを吐き出した。そしてさらに、エンレイズ正規軍の兵士数人が続く。

その場は大混乱に陥った。

シャリースは自分の剣を取り返した。剣を抱えたまま逃げようとしたガルヴァ兵の足をすくい、転ばせてからもぎ取ったのだ。兵士は一瞬、離すまいと大剣を抱き締めたが、腕力ではシャリースのほうが上だった。

騒ぎに怯えたナシュールの馬が、主人を乗せたまま麦畑へ突入していく。ナシュールは叫び声を上げていたが、馬は狂ったように駆け続けていた。彼の従者が慌てて後を追うが、徒歩の彼が追いつけるわけもない。

「エルディル、そいつらを捕まえろ！」

シャリースの声を聞くや白い狼が矢のように飛び出し、馬の後を追った。戦場ではこのガルヴォ貴族は無力だが、ここで起こっていることを近隣に伝えられてはまずい。狼の後に続いたマドゥ＝アリが、ナシュールの従者に追いつき、後ろから押し倒した。エルディルは馬の尻に飛び掛かり、馬が悲鳴を上げながら棹立《さおだ》ちになる。ナシュール子爵が馬の背から転げ落ちる。

泡を食って村のほうへ逃げ出す兵士もいたが、少なくとも半数は踏み止まった。剣を抜いて、エンレイズ兵に対抗する。シャリースは横合いから切りかかってきた敵を剣で払いのけ、その後ろにいた兵士の顔に肘を叩きつけた。部下たちもそれぞれの敵と相対している。

カランドの手下たちが散り散りになって難を逃れようとしていたが、黒衣の傭兵は彼らを囲い込んだ。その隙にアイリーもまた、麦の穂の間を走り出そうとする。エンレイズ軍の出現に恐れをなした彼女の捕捉者《ほそくしゃ》は、暴れ出した娘の腕を摑んでいられなくなったのだ。

「その女を逃がすな！」

シャリースの指示に、ちょうど側にいた傭兵が従った。アイリーの手を掴んで引き戻す。片手に血の付いた剣を持った黒衣の傭兵は、アイリーから抵抗する気力を奪ったようだった。

ガルヴォ兵たちはじりじりと村へと後退していく。援軍が来るのを期待しているのだ。騒ぎが聞こえていないはずはないが、しかし彼らの仲間は姿を見せない。

セルクがネリエラの馬車の元へ走ってくる。ディレクが身体を起こすと、その下からネリエラがそろそろと頭を上げた。どちらも無傷のようだ。結い上げた髪は崩れていたが、彼女が夫へ向けた微笑は輝くばかりに美しかった。

だが彼女は突然、仰向けに引き倒された。いつの間にか背後から忍び寄っていたカランドが、彼女の襟首を掴んだのだ。そのまま馬車の外へと引きずり下ろそうとする。

彼女を救おうとディレクが伸ばした手は空を掴んだ。勢い余って頭から地面へ転落する。セルクが怒りの声を上げて馬車に飛び乗った。

「その汚い手を放せ!」

「下がってろ、女房を痛めつけられたくなかったらな!」

カランドはネリエラの髪を鷲掴みにし、彼女の顔を苦痛に歪ませた。彼の意図は明白だ。この場で最も身分の高い女を人質にして、我が身の安全を図ろうとしている。

しかしカランドの予想を裏切り、ネリエラは、悪漢に捕らわれて恐ろしさに啜り泣くような女ではなかった。

駆けつけようとしたシャリースは、彼女の手がカランドの傷ついた鼻に命中するのを見た。後ろ向きだったお陰で力は弱まったが、狙いは正確だ。カランドはくぐもった悲鳴を上げた。手が緩み、ネリエラが地面に倒れ込む。

妻の身体を跨ぎ越して、セルクがカランドに襲い掛かった。

剣の切っ先は、真っ直ぐにカランドへ向いている。シャリースは馬車の後方から回り込んだ。ネリエラの身体を踏みつけずにその場へ行くには、そうするしかなかったのだ。

ネリエラの喘ぎ声が聞こえた。

「やめて！」

夫がカランドを殺すのを制止しようとしているのかと思ったが、そうではなかった。シャリースは残りの距離を跳んだ。

身を潜めていたカランドの手下の一人が、セルクの背中を刺したのだ。

セルクの剣の切っ先は、カランドの胸に沈んでいる。シャリースは身体ごと、カランドの手下にぶつかった。その手からナイフが落ちる。ナイフの切っ先からセルクの血が散る。

その男を地面に手荒く押し伏せ、シャリースは肩越しにセルクを見やった。脇腹から血を流しながら、しかし彼は痛みなど感じていないかのようだった。カランドの目を間近に覗き込み、自分の剣によって相手の命が消えていく様を睨み据えている。

ネリエラは馬車に摑まりながら立ち上がった。片手をセルクの傷口に宛がう。流れ出る血で、白い手が赤く染まった。

呼びかけられて、セルクはようやく妻の顔を見た。

カランドの死体が地面に投げ出される。血に濡れたネリエラの手を、セルクは呆然と見つめた。

「セルク」

「怪我をしたのか?」

「いいえ、怪我をしているのはあなたよ」

その瞬間、セルクはがくりと片膝を折った。

前のめりに倒れかかった彼の身体を、ネリエラが必死に受け止める。シャリースは目顔で、近くにいた部下を呼んだ。殆どのガルヴォ兵が死ぬか、村へ逃げるかしていたため、混乱状態は鎮まりつつある。

「こいつを頼む」

押さえつけていた男を託して、シャリースは急いでネリエラに手を貸した。セルクはうつ伏せに横たえられた。軍服に穴が開き、血が溢れ出している。

ディレクもまた、頭から血を流して倒れている。シャリースは馬車へ戻り、ディレクが足元に置いていた毛布を摑んだ。ナイフを使って二つに引き裂き、一枚をディレクの頭の下へそっと宛がってから、もう一枚を細く裂き始める。包帯がいるのだ。

「誰か、水を持ってこい!」

シャリースの声に、すかさず立派な革袋が差し出された。兵士の持ち物ではない。いつの間にか、伯爵家の使用人たちが隠れ場所から這い出していた。

作りかけの包帯を侍女たちに任せ、シャリースはセルクの軍服を裂いた。溢れる血を拭うと、小さな傷が見える。だがどれくらい深い傷なのかは判らない。ネリエラはその場に膝をついて座り、青い顔で目を閉じたセルクの頭を抱きかかえていた。

「この人は死ぬの？」

奇妙なほど静かな声で、ネリエラが尋ねた。彼女もまた血まみれで、青ざめている。傷ついた男の頭越しに、シャリースは彼女の目を見つめた。

「誰でも、いつかは死ぬさ。だがこいつの死ぬ日がもっと先になるように手を尽くす。傷を押さえるから、暴れ出さないようにしっかりと押さえててくれ」

ネリエラは一層強く夫を抱き締め、シャリースは刺し傷を洗って包帯を巻きつけた。戦場では幾度となく怪我人の手当をしてきたが、怪我人が生き延びられるか否かは、未だに見当をつけることができない。

包帯を巻き終えると、伯爵家の使用人たちが後を引き継いだ。シャリースは立ち上がって、周囲を確認した。エルディルの白い尾がゆっくりと振られている。彼女とマドゥ＝アリの前に、捕虜となったナシュール子爵とその従者、そしてガルヴォ兵が三人座らされており、他にも数人が傭兵たちに自由を奪われていた。死体になった者も何人かいたが、それらはすべてガルヴォの臙脂色の軍服を着ている。

何人かの傭兵たちが村の状況を調べに走った。村からも、ガルヴォ兵ではなく、味方の兵士が姿を見せている。そのうちの一人がシャリースの元へやって来た。ライルだ。

若者は、再会を果たした傭兵隊長へ、小さな笑みを見せた。

「隊長、ダルウィンがあっちにいます。来て欲しいそうです」

シャリースは剣を鞘に収めた。

「人質は無事なんだろうな？」

自分の落ち度でもないというのに、ライルは一瞬、叱られたような顔になった。

「はい、ええと……」

言い淀んだが、結局彼は、知っているわずかなことを正直に報告した。

「二人は無事です。ちょっと擦り傷はありますけど」

シャリースは片眉を吊り上げた。

「……それで、もう一人は？」

「もう一人はよく判りません。いなくなったか、死んだかしたそうです」

普段は要領のいいライルがこんな曖昧なことを言わなければならない羽目になるとは、現場が相当混乱している証拠だろう。シャリースはライルを従え、急いで村へと走った。

イージャル司令官は部下たちを率い、伯爵令嬢の一行とは反対側から村へ入った。手引きしたのは傭兵たちだ。彼らは麦畑とそこに点在する小屋を使って、巧みに村へと忍び寄った。この村について詳しい者は一人もいなかったが、彼らは地形を観察し、村からは見通せない場所を見つけ出したのだ。さらに、こっそりと歩哨に忍び寄って彼らを始末し、正規軍をより近くまで招き寄せたのである。

村人らしき人間はいないと、偵察に行った傭兵は報告した。エンレイズの要人を隠しておくために、しばらくの間村人をよそに移したのだろう。村にいたのはガルヴァ軍の兵士たちと、ぼろぼろになった紺色の軍服を着た、二人の打ちひしがれた若者だった。

奇襲は速やかに、そして静かに行われた。

シャリースたちがのんびりと近付いてきているのは見えていた。カランドたちが騒ぎを引き起こし、村で人質を見張っているべき兵士たちまでもが見物に行ってしまったのは、エンレイズ軍にとって好都合だった。残っていたのはほんの十数人で、二人のエンレイズ人を見張るには十分だったが、突然現れたエンレイズ軍に対抗するには少なすぎたのだ。

ガルヴァ兵は武器を捨てて降伏した。恐慌状態で逃げようとした者もいたが、エンレイズ軍は敵を囲い込み、完全に制圧した。大きな倉庫は、捕虜を閉じ込めて静かにさせておくには格好の場所だった。

ダルウィンは人質救出の任に当たっていた。

歩哨を静かに殺すためには、長い時間を、畑の中に這いつくばって過ごさなければならなかった。だが別動隊もやはり麦畑の中に隠れていることを知っていたおかげで、心も少しは慰められる。何よりその別動隊には、エルディルがいた。白い狼による襲撃は、いつでも大勢の悲鳴を引き起こすのだ。それが、ダルウィンの仕事を楽にしてくれた。歩哨が仲間の悲鳴に気を取られた瞬間が、ダルウィンにとって絶好の機会だった。

エンレイズ人の人質二人を真っ先に見つけたのは、メイスレイの率いた傭兵たちである。傭兵たちはそのまま、人質を保護下に置いた。敵兵を捕らえ、村中を捜索する指揮はイージャル司令官が執っている。この時点で、ダルウィンのすべきことはなくなった。

「俺はシャリースたちのほうを手伝いに――」

メイスレイに向かってそう言いかけたとき、ノールが二人の男の腕を摑み、引きずるようにして、彼らのいた小道に入ってきた。

「こいつらを捕まえたよ」

よく見えるよう、捕虜を仲間たちのほうへ押しやる。

「ネリエラ様と一緒にいた人たちだ。村に逃げ込んで、隠れてた」

ダルウィンは二人の顔を知っていた。思わずにやりと笑う。

「おまえが右手に捕まえてるのは」

彼は大男に教えてやった。

「金持ちの商人で、ダンジューという人だ。うまく交渉すれば、身代金が取れるかもな」

もう一人は、ダンジューの家の使用人だ。ダルウィンは大柄な商人の苦り切った顔と、使用人の怯えた顔を見比べた。

「だけどまあ、それを決めるのは俺じゃない。それにあんたには」

ダンジューへとうなずきかける。

「馬を無断で連れ出しちまった借りもある。いい馬だったぜ。ここには連れて来られなかったが」

何を言われているのか商人が理解できずにいる間に、ダルウィンは仲間の大男を見やった。

「あっちはどうだ？」

伯爵令嬢一行のいるほうを片手で指す。

「もう終わってるみたいだ」

ノールは新たな捕虜を、ガルヴォ兵たちの集められている場所へと連れて行った。捕虜が何者であろうと、今はひとまとめにしておいたほうが管理しやすい。ダルウィンはライルを捉まえた。

「ちょっとひとっ走りして、シャリースを連れてきてくれ」

ライルは間もなく、借り物の服を血と泥で汚した傭兵隊長と共に戻った。医療の心得のあるエンレイズ兵士が、直ちにセルクの元へと派遣される。彼の手元にはエンレイズから持参した応急手当の道具や薬があり、シャリースよりもましな手当ができることは明らかだった。

シャリースとダルウィン、そしてメイスレイは、互いが別れた後に起こったことについて情報を交換した。人質となっていた二人は、見つけた場所にそのまま閉じ込めてある。

「ニグルスとフレイビングだ」

メイスレイは報告した。用心深い口調だ。

「少なくとも、彼らはそう名乗っている。俺は二人の顔をよく覚えていないし、見たところ彼らは、攫われてから一度も顔を洗っていない。イージャル司令官はガルヴァ軍の連中をまとめるのに忙しくしていて、まだ二人に会っていない」

「ニグルスとフレイビングを、正規軍の仲間から隔離してるのか？」

隊長の問いに、メイスレイは肩をすくめた。

「隔離しているとは言えない。我々も仲間なんだからな。だが正規軍の連中に会わせたら、きっと大混乱になるだろう。全員の興奮が冷めるまで、少し待っているだけだ」

「スタナーはどうした？」

ダルウィンはかぶりを振った。

「もちろん訊いたさ、もう一人はどこに行ったんだって。だがあそこの二人によると、スタナーは死んだってことだ」

「死んだ？」

シャリースは眉を上げた。エンレイズ軍を陥れた裏切者はスタナーだと、今や彼らは確信している。ガルヴァ軍の味方をしたのだから、ガルヴァ人たちの中に入り込んでいれば安全なのだと考えていた。

だが、死んだとなると、話は別だ。

「その話は確かなのか？」

「ところが全然確かじゃない」

メイスレイが嘆かわしげに言う。

「あの二人はすっかり怯えきっていて、鼠の足音にも飛び上がって驚くような有様だ。まあ、状況を考えれば無理もないがな。俺たちが、一緒に首都から行軍してきた傭兵隊だと納得させるのさえ一苦労だった。最初は二人とも、スタナーという男と知り合いであるということさえ認めなかったんだ。アランデイルが猫なで声で、何とか宥めすかしたよ。苦労してたがな。だが我々がバンダル・アード＝ケナードだと理解した後も、スタナーは逃げたとか、死んだとか、判らないとか、全く要領を得ないことを言っている」

シャリースは己の血まみれの格好をちらりと見下ろした。顔も黒く汚れているに違いない。どう考えても、敵に拉致されて恐怖に震える若者たちを落ち着かせられる姿ではない。

ガルヴォ国内で、ガルヴォ兵を捕虜として村に立て籠もったままではいいが、ここでぐずぐずしているわけにはいかなかった。だが、スタナーの運命については知っておきたい。もし万一彼が無実であったとしたら、もっと複雑な陰謀が彼らを取り巻いているということになる。そうでないという確証が欲しかったのだ。

「――イージャル司令官を連れてきてくれ」

シャリースは傍らにいたライルにそう頼んだ。

「誰か、ニグルスやフレイビングがよく知ってて、二人の面倒を見てくれる奴らと一緒に

な」

ライルはすぐさま命令を果たしに出かけた。

九

二人の若いエンレイズ人司令官は、村で最も立派な家に監禁されていた。

このことからも、ガルヴァ軍が彼らを丁重に扱っていたことは確かだ。食べ物も十分に与えられ、夜は床ではなくベッドで眠れたらしい。ただ、それ以上の贅沢は許されなかった。所詮その家は小さな村の農家に過ぎず、身分の高い人質のために特別料理が供されることもない。寝室の一つに押し込められ、常に複数の目が彼らを見張り、行動は極端に制限され、メイスレイが観察した通り、手も顔も洗っていなかった。

それでも、イージャルと彼が連れてきた二人の兵士は難なく彼らを見分けた。間違いないと、傭兵隊長に請け合う。

「イージャル殿！」

半分泣き声のような声を上げたのはフレイビングだ。椅子から立ち上がり、両手を振り絞る。

「助けに来てくれた！　助かった！　エンレイズに連れ帰ってくれますね⁉　僕たちは本当に……」

言葉の奔流《ほんりゅう》はどこまでも続きそうだった。話し続けていないと、見捨てられるとでも思っているようだ。

一方ニグルスのほうは呆然とした顔でベッドに座り込んだまま、イージャルら仲間の兵士と、その後ろにいるシャリースを見つめている。幻を見ているのではないかと疑っている顔つきだ。

精神的に疲れていたとしても、既に聞いた通り深刻な怪我をしている様子はない。シャリースはイージャルと視線を合わせた。

「時間はあまりないぞ」

傭兵隊長に指摘され、イージャルは渋面でうなずいた。もちろん彼は、この村に長居する危険も、スタナーの行方を確かめる重要性も判っている。

イージャルは、確認のために連れてきた兵士を一旦部屋の外に出した。ニグルスとフレイビングがこれから何を言うにせよ、他の兵士たちに筒抜けになるのはまずい。寝室にはエンレイズ軍の司令官三人と、傭兵隊長一人が残った。

「口を閉じて、座ってくれ」

シャリースは片手を振って、フレイビングの無意味なお喋りを遮った。興奮に甲高くなりつつあったフレイビングの声が、ようやく止まる。そこに椅子があることに初めて気付いたような顔で、彼はそろそろと腰を下ろした。

イージャルとシャリースは立ったまま、救出された若者たちを見下ろした。

「スタナーはどこだ？　一緒に攫われて——その後どうなった？」

イージャルが尋ねる。ニグルスの喉が大きく動いた。口を開いたが、かすれた声が漏れ出るまで少し時間がかかった。

「スタナーは……」

エンレイズ貴族の若者は、上官から目を逸らしながら言った。

「昨夜、窓から逃げました——よせと言ったのに……」

シャリースは寝室の窓を見やった。大きな窓ではないが、身ごなしの軽い若い男なら、それほど苦労することなく潜《くぐ》り抜けることができるだろう。問題はその後だ。

「死んだとかいう話を聞いたが？」

シャリースが訊くと、ニグルスは微かに顎を引いた。

「ガルヴォの奴らに見つかって……殺された」

ニグルスの言葉に、フレイビングも青い顔で唇を噛みしめる。

「彼は僕らのために、助けを呼んでくると言っていた……」

友情と忠誠心が引き起こした無残な結果に、二人は衝撃を受けている。しかしシャリースには、スタナーの二心を勘繰る理由があった。

「スタナーの死体は見たか？」

この問いは、若者たちの喉元を締め上げたかのようだった。

「——切り刻んで、犬に食わせたと言われた」

ニグルスが囁くように答える。フレイビングが片手で顔を覆った。

「ガルヴォの奴ら……笑ってた」

その声には嗚咽が混じっている。シャリースとイージャルは顔を見合わせた。

つまり、スタナーが死んだというのはガルヴォ兵の言葉だけであって、実際に死んだという証拠はないのだ。

むしろ、スタナーがガルヴォ兵と結託してこの二人の元から離れ、どこかへ逃げた公算が高い。ガルヴォがスタナーから身代金を取る気がなかったのは明らかだ。彼はエンレイズ軍の情報をガルヴォ軍に伝え、恐らく疑われぬよう、ニグルスやフレイビングと一緒に拉致された態《てい》を装った。ニグルスたちを宥め、大人しくさせる役目も担っていたのだろう。そのほうがガルヴォ軍にとっても好都合だったはずだ。

そして昨夜、スタナーは〝死んだ〟。その死は残された二人のエンレイズ人を震え上がらせ、逃亡の気力を挫いた。若者たちはまさに、捕獲者たちの思う壺にはまっている。

シャリースとイージャルはそっとうなずき合い、部屋の外に出た。外で待っていた二人の兵士に、怯えきった若者たちの世話を任せる。警護は引き続き、バンダル・アード＝ケナードの傭兵に託されることとなった。全員、二人の司令官と雑談するのは構わないが、その内容を正規軍兵士に漏らしてはならないと命令される。裏切者の所業が明らかになれば、仲間を殺された兵士たちは暴走しかねない。

シャリースとイージャルはその足で、ガルヴォ人が押し込められている倉庫の一つへ向かった。

　こちらはエンレイズ正規軍の兵士たちによって守られている。扉は閉ざされ、閂《かんぬき》が掛けられていた。近付くと、激しい罵り合いが外にまで聞こえてくる。

「あの、ダンジューとかいう商人を中に入れてから、ずっとです」

　扉を守っていた兵士が上官へ報告する。少しばかり面白がっているような表情だ。

「殺し合いになったら止めるつもりでした」

　扉が開けられた。

　ガルヴォ兵の大半は、地面に座っていた。それぞれ、壁や穀物の袋などにもたれかかっている。シャリースとイージャルが倉庫へ足を踏み入れると、中にいた全員の視線が集中した。片隅に蹲《うずくま》ったナシュール子爵は、こんなことになるのならロッシル伯爵に全てを任せるべきだったと、心から後悔している様子だ。

　例外は、倉庫の中央に立って睨み合っている、ダンジューとガルヴォ軍の一人だ。

　軍人のほうは服装からして、この一隊の責任者だろう。二人の言い合いを延々と聞かされていたガルヴォ兵たちは、うんざりした顔をしている。やり取りはもちろんガルヴォ語だったが、シャリースにも大体聞き取ることができた。要するに、責任のなすり合いだ。

「どっちがより無能だったのか、俺が判定してやろうか」

　倉庫内にシャリースの声が響き、ダンジューとガルヴォ人司令官の口論はようやく止んだ。シャリースはエンレイズ語で喚《わめ》いたのだが、兵士たちの間からも皮肉っぽい笑いが起こったことからすると、エンレイズ語を解する者は少なくないらしい。

ダンジューはシャリースに指を突き付けた。

「貴様……！」

しかし、怒りのあまり言葉に詰まる。一方ガルヴォ人の司令官は、入ってきた二人の正体に気付き、即座に冷静になった。彼としては、こうなった以上、エンレイズ軍司令官と諍《いさか》いを起こすのは得策ではない。

「我々の待遇について、話し合いたいものですな」

ガルヴォ軍の司令官は、訛りはあるが十分に聞き取れるエンレイズ語を話した。

「もし皆殺しにするおつもりなら、是非ともこの男から始めてもらいたい」

ダンジューを指し示す。その怒りの激しさにイージャルは唖然としたが、シャリースは笑った。

「皆殺しにするつもりはない——あんたらが大人しくしている限りな。ちょっとあんたに訊きたいことがある」

拍子抜けした顔になったが、とにかくガルヴォ人司令官は、シャリースとイージャルの後について倉庫を出た。彼らは、兵士たちに話を聞かれぬ場所まで移動した。

「さっき、あんたたちが捕まえてた二人に会って、昨夜の脱走事件について聞いた」

シャリースの言葉に、ガルヴォ人はうなずいた。

「スタナーの件だな」

「彼を殺したのか？」

イージャルの問いに、相手は唇の端を歪めた。

「いいや。彼は部屋を抜け出して我々の泊まっている家に来た。そこで着替え、夜が明けるのを待って、出て行ったよ。どこへ行ったのかは知らない」

淡々と答える。シャリースはそれを信じたが、しかしイージャルは半信半疑のようだった。

「ばらばらにして犬に食わせたという話は？」

ガルヴォ人司令官は片手を振ってみせた。

「犬なんかどこにいる？　普段ここに住んでる連中は、我々がこの村を借り受けたとき、家畜も犬も猫も連れて行った。我々に食われちゃ敵《かな》わんとでも思ったんだろうさ」

それから司令官の語ったことは、およそ、シャリースたちが既に推測していたことと合致した。スタナーは一年ほど前からガルヴォの手先となって連絡を取り合っていたという。実際にやり取りしていたのは別のガルヴォ軍人で、捕虜となった司令官は、詳しいことを知らなかった。しかし、彼は砦の罠を張ったうちの一人であり、誰を攫うべきかを指示したのはスタナーだった。

「確かに、あの男がいたおかげで、ニグルスとフレイビングは大人しくしていた」

ガルヴォ人司令官は認めた。

「逃げ出した奴は残忍に殺されたって話も、よくできている。その筋書きを考えたのもスタナーだ。だがあんたたちがここへやって来たのを見るに、どうやらあいつは、エンレイズにも情報を流していたらしいな」

最後は吐き捨てるような口調になる。シャリースはにやりと笑った。

「いや、その点に関しては、スタナーは無実だ。この場所は俺たちが自分で突き止めた」

「どこから？」

「ダンジューの家で盗み聞きした」

ガルヴォ語の罵りが、またひとしきり続いた。しかし、彼から引き出せるものはもうなかった。スタナーは消えた。状況からして、二度とエンレイズに戻ってくることはないだろう。

ガルヴォ人司令官は放免されたが、ダンジューと摑み合いの大喧嘩にならぬよう、別の倉庫に監禁された。

「スタナーを捕まえなければ」

イージャルが乾いた声で呟いた。

「罪を認めさせ、処罰しなければ――上層部は、この一件の責任を私に被せるだろう。私の軍歴が危うくなる」

シャリースはうなずいた。

「それから、俺たちの評判にも関わる。ニグルスとフレイビングも軍にはいられなくなるな。まあ、軍に残る気は無くなったかもしれねえが、あいつらだって、スタナーを悪者にしないと世間に顔向けできないだろうよ。ただ馬鹿みたいにガルヴァ軍の罠にはまりに行ったわけじゃなく、信じていた仲間に裏切られたってほうが、世間の同情を集められる。さっきのガルヴァ人をエンレイズまで引きずって行ってスタナーについて証言させてもいいが、エンレイズ人てのは、ガルヴァ人の言うことをあまりまともに取らないからな」

「我々には、スタナーの身柄が必要だ」

イージャルは主張したが、その声は、半ば諦めているかのようだった。国境からそれほど遠くないとはいえ、ここはガルヴァだ。彼らがここにいること自体、危険なのだ。そもそもスタナーがどこへ逃げたのかも判っていない。

だが、アイリーがいる。

「スタナーの居場所を知っていそうな女を捕まえてある」

傭兵隊長の言葉に、苦悩するエンレイズ軍司令官がぱっと顔を上げる。絶望の暗闇の中に、一筋の希望の光が差し込んだのだ。

だが当のシャリースは、首尾よく事が運ぶか否か、確信がなかった。

セルクは兵士たちの手によって、とある民家の寝室に運ばれていた。

ネリエラと、伯爵家の使用人たちも同じ家に集まり、ダルウィンが彼らの面倒を見ていた。次々に様子を見に訪れるエンレイズ兵たちを追い返すのが、彼の主な役目だ。

アイリーはタッドに見張られて、居間の隅に座っている。

伯爵家の使用人たちは、彼女のことをどう考えればいいのか決めかねているようだった。少なくとも数日前まで、彼女は共に働く仲間だったのだ。彼女が自ら逃げたのか、それとも悪党に連れ去られたのかもあやふやだ。アイリーは壁際の椅子に追い詰められた形で蹲《うずくま》り、頑なに口を閉ざしている。

シャリースはその家に入るとまずセルクの様子を見に行き、容態が安定していることを確認した。包帯はきちんと巻き直され、新たな出血もないようだ。

ネリエラは夫の枕元に付き添っていた。怪我人の意識が朦朧《もうろう》としているのは、鎮静剤を与えられたからだと、シャリースに説明する。

「どうなるのかは、まだ判らないそうよ」

夫の顔を見下ろしながら、ネリエラは静かに言った。

「家に連れて帰りたいわ」

「そうだろうな」

シャリースはうなずいた。

「だがその前に、片付けなきゃならない問題がある。これからアイリーの尋問をするんだが、立ち会ってもらえないか？」

ネリエラの指先が、セルクの額に優しく触れる。断られるかと思ったが、彼女は静かに立ち上がった。部屋の隅にいた若い侍女に声を掛ける。

「ここをお願いね」

「はい」

侍女は生真面目にうなずいた。

寝室を出ると、ネリエラは傭兵隊長を従える形で居間へと向かった。俯いていたアイリーが、足音に気付いて顔を上げる。タッドが場所を譲り、ダルウィンがすかさず、伯爵令嬢のために椅子を運んできた。

ネリエラとかつての侍女は、膝を突き合わせて座り、互いの目を覗き込んだ。

「怪我はない？」

ネリエラがまず尋ねたのはそれだった。アイリーがかぶりを振る。ネリエラの横に立って、シャリースはアイリーを見下ろした。

「スタナーは逃げた」

「……」

返事はなかったが、アイリーは果敢に、長身の傭兵隊長を睨み据えた。シャリースは構わず続けた。

「逃亡の際、ガルヴォ軍に捕まって殺されたという話もある」

しばらく待ったが、アイリーからは何の反応もない。アイリーは既に、スタナーから彼の計画を聞かされているのだ。

「殺されてないとしたら――一人で逃げてるわけだ、おまえを捨てて」

「違います」

食いしばった歯の間から、アイリーは鋭く言った。そこにあるのは怒りと悔しさであって、動揺は欠片もない。

「それなら、おまえは奴の居場所を知ってるはずだな」

眼を眇めて、シャリースはアイリーの様子を観察した。

「スタナーと落ち合うつもりだったんだろう？　奴と手紙をやり取りしてたことはもう判ってる。ガルヴォで会うつもりだったんだな？　だから、荷物をまとめて逃げたんだろう？　落ち合う場所は、当然決めてあったんだろうな？」

「私が言うとでもお思いですか？」

アイリーの口調は、半ば嘲笑っているかのようだった。

「言ったら、彼は捕まって処刑されるというのに？」

「彼の居所を教えてくれたら、あなたたちを助けるわ」

突然、ネリエラが口を挟んだ。シャリースと後ろで聞いていたタッドはぎょっとして伯爵令嬢を見た。

「おい……」

思わず止めようとしたシャリースを、ネリエラが指を振って黙らせる。

「彼女もスタナーも、私の父の領民よ。父の代理として、私には二人を裁く権利がある」

正確には、スタナーが軍に入った時点で、軍務中の彼の行動を裁く権利は軍に移った。

アイリーについては、恐らく軍がスタナーの共犯者として身柄を欲しがるだろう。

しかしネリエラの言い分も、全く理が無いわけではない。

シャリースは言葉を飲み込んだ。何といっても、ネリエラはアイリーを知っている。シャリースよりもうまく扱えるはずだ。

ネリエラはアイリーの手を両手で包み込んでいる。

「スタナーを見つけたら、あなたと結婚させて、ガルヴォで暮らせるように手筈を整えてあげる。二人で逃げるつもりだったのよね？　だからあなたはここへ来たんでしょう？　スタナーがエンレイズ軍の手に落ちたら、殺されてしまうわ。でも今あなたが話してくれたら、私が傭兵隊と一緒に彼のところへ送り届けてあげる。彼と結婚して、幸せに暮らせるのよ」

ネリエラの優しい声を聞きながら、アイリーは唇を噛みしめている。

「でも……」

「今言わなければ駄目よ、アイリー」

ネリエラは諭した。

「あなたは一人ではここから逃げられない。もし、あなたを心配してスタナーが探しに来たら？　彼はエンレイズ軍がここにいるのを知らないのよ。顔を出した途端に捕まって、あなたの言う通り処刑されるでしょう。でも傭兵なら、お金で口を塞げるの。判る？　彼らが本当に欲しいのは、自分たちには非がなかったという証言だけ。大勢が死んだのよ、アイリー。皆が、あなたとスタナーに責任を取らせたがっているし、私もそれは仕方のないことだと思うわ。でも、私なら軍よりも寛大に対処してあげられる。今ここでスタナーの居場所を言えば、あなたたちを逃がしてあげるわ」

金の亡者だと決めつけられても、シャリースはネリエラの説得に感心した。彼が脅しつけるよりはるかに効果的だ。

アイリーはネリエラを見つめ、その視線をシャリースに移した。シャリースは渋々うなずいた。

「そういうことにしよう。スタナーを殺したり、拘束したりはしない」

娘は再び、女主人へと目を戻した。声を潜める。

「この近くに、彼の、大叔母の家があるんです……」

「大丈夫よ、正規軍の人たちに漏らしたりはしないわ」

ネリエラも囁き声で応じる。横目でシャリースを窺う。

「——判った」

シャリースは目顔で、戸口のところにいたダルウィンを呼び寄せた。

「平服の奴らを呼んできてくれ。今すぐに。ネリエラの護衛をしてガルヴォに来た連中は、まだ軍服に着替えてないだろう？　誰にも、何も言わずに、ただここに連れて来るんだ」

物問いたげな眼差しをネリエラとアイリーに向けたが、ダルウィンは片手を振って出て行った。シャリースは側にいたタッドにも釘を刺した。

「もちろんおまえは、何も聞いてないよな？」

「まあな」

あまり感心しないという顔ながら、タッドは肩をすくめる。

「俺は近頃耳の調子がよくないんでね」

「俺も大急ぎでこの服を着替えてくる」

血の染みの付いた服を引っ張りながら、シャリースは二人の女に告げた。

「急いで出発するぞ。正規軍に知られたくなかったら、何かを疑われる隙を与えるわけにはいかない。あんたにも行ってもらわなきゃならないぜ、ネリエラ。アイリーとスタナーを裁く権利は自分にあると、あくまでも言い張るのならな。それでいいのか？」

つまり彼女は、夫をここに残して行かなければならない。その結果、彼の死に際に立ち会えないかもしれない。

ネリエラも、そのことは承知していたに違いない。しかし彼女は固い表情でうなずいた。

「ええ、もちろん行くわ。この件は、私が責任を持つと決めたの」

アイリーの手を握ったまま、きっぱりと断言する。シャリースはうなずき返した。

馬を徴用するのは簡単だった。

シャリースたちはただ、ガルヴォ軍の所有物であった馬の群れから、好きなものを選べばよかった。馬車も難なく持ち出せた。エンレイズ正規軍の兵士たちは、平服の傭兵が現地に詳しい女の案内で周囲を見回ってくるという説明を、そのまま鵜呑みにしたのである。そこにいた者たちはまだ誰もアイリーが何者であるかを知らず、ニグルスとフレイビングが何を語ったのかを知らず、イージャル司令官がじりじりしながらシャリースを待っていることも知らなかったのだ。

二人の女を足の速い馬車に乗せ、自分たちは馬に乗って、シャリースと部下たちはワイサリーの村を抜け出した。堂々と、しかしイージャルの目をかすめて。

アイリーはスタナーに連れられ、その家に一度行ったことがあるという。スタナーの大叔母はガルヴォ人で、年寄りだが心身ともにしっかりしており、街道から伸びた小道沿いに暮らしている。村からは少し離れた場所にぽつんと建っている古い農家で、人目を気にする必要はない。夫が死んで以来彼女は一人暮らしで、ごくたまに町で働く息子が訪ねて来る以外、来訪者もないのだ。スタナーは大叔母に可愛がられており、この企てに大叔母の家を利用することは、最初から彼の計画に入っていた。

一行は間もなく、その家を発見した。黒く煤《すす》けた小さな家だ。煙突からは調理の煙が上がっている。

「静かに近付くのは無理だな」

シャリースの隣で馬を進めていたダルウィンが、そう意見を述べる。

「もしかしたら、俺たちが近付いていることに、もう気付いてるかもしれない」

「そうだな。だが一応、三人連れて裏に回ってくれ。スタナーが大慌てで飛び出したら、捕まえられるように」

シャリースはダルウィンら四人が、畑を大回りして家の裏手へ走っていくのを見つめた。中にいる誰かが、馬の蹄の音や、馬車の軋む音を聞いたかは定かではない。

「ガルヴォのご婦人に無体は働きたくないし、無駄に怖がらせたくもない」

彼は馬車にいるネリエラへ言った。

「扉を叩いてくれないか？　俺たちが下手くそなガルヴォ語で交渉するより、あんたが行ったほうがいいだろう。平和的に、中から扉を開けてもらいたい」

馬車が家の前に停まると、周囲は一瞬の静けさに包まれた。家の中から低い男の声が聞こえる。

シャリースは馬から降り、二人の女に手を貸して馬車から下ろした。ネリエラの左手はアイリーの手をしっかりと握っている。逃がさぬためではなく、力づけるためだ。娘のほうは歯を食いしばっていたが、足取りはしっかりしていた。彼女にとっては、もはやネリエラを信じる以外、できることは何もないのだ。

シャリースは彼女たちの脇に立った。扉が開いても中からは見えないが、中にいる人間が女たちに危害を加えようとすれば、すぐに取り押さえられる位置だ。

だが、用心は無用だった。

ネリエラが扉を叩くとすぐに、それは開いた。ネリエラが一歩下がり、扉を開けた男が一歩外へと踏み出す。

スタナーの横顔が、シャリースにも見えた。黒い髪の、若い美男子だ。同時に、相手もシャリースの顔を見た。スタナーの顔には、苦い諦めがある。明らかに彼は、首都から一緒に行軍してきた傭兵たちの顔を見覚えていた。一行の接近は、しばらく前から見えていたのだろう。武器は手にしていない。

そして彼は、アイリーに目を向けた。

アイリーも彼を見つめ返した。しばらくの間、言葉はなかった。

アイリーがようやく口を開いた。

「ネリエラ様が、私たちを逃がしてくださるわ」

それを耳にした途端、スタナーは短い笑い声を上げた。

「そんな馬鹿な」

吐き捨てるように言う。

「武装した傭兵を連れて来たのに？　アイリー、喋っちまったんだな？　だけど、こいつらに捕まったのなら仕方ないな。この人たちは、俺の首に縄を掛けに来たんだよ」

「それはおまえの見込み違いだ」

シャリースは口を挟んだ。

「おまえがしでかしたことは大体判ってる。エンレイズ軍の兵士が大勢戦死した——ガルヴォの兵士も少しな。だから、正規軍ではなく、俺たちが来たんだ。俺たちなら、正規軍の奴らには想像もつかないような、小狡い手を使えるから」

半信半疑の顔ながら、スタナーは、彼らが家の中に入ることに同意した。

「できることなら、穏やかにお願いします」

彼はシャリースにそう頼んだ。

「大叔母は何も知らないんです」

「大叔母さんには、エンレイズ人の婚約者と、その後見人夫婦が来たと説明してこい」

シャリースは指示した。

「新婚生活についておまえと話しに来た、同席は無用だってな」

様子を見に来たダルウィンが、戸口から顔を覗かせる。彼は室内を見回し、その奥のほうで、スタナーと大叔母がガルヴォ語で話しているのを見咎めた。

「側で見張っていなくていいのか？」

「家の周りで、寛いでいてくれ」

低い声で、シャリースは幼馴染に指示した。

「友好的な目的で訪問したってことで誤魔化せそうなんだ。スタナーの大叔母が、エンレイズ語をどの程度知っているのか判らない。だからおまえたちはあくまでもネリエラの付き添いに徹して、暇つぶしのお喋りも、当たり障りのないことにしてくれ。彼女に俺たちの正体がばれなければ、ガルヴォ軍に情報が漏れることもない」

「ケツに火が付いたみたいに大急ぎで逃げる必要もないってわけだな」

ダルウィンはうなずき、家を取り囲んでいる仲間たちの元へぶらぶら歩いて行った。傭兵たちは草の上に座って談笑を始め、たとえスタナーの大叔母が飲み物を振る舞おうと思いついても、愛想よく受け取る心構えをした。

それを見届けて、シャリースは家の中に入った。

ネリエラとアイリーは椅子を勧められ、腰を下ろしていた。表面上は、和やかな様子だ。ガルヴォの老婦人は少しばかり戸惑っている様子だったが、シャリースがガルヴォ語でにこやかに挨拶すると、とりあえず安心したようだった。台所にいるからと言い残して、居間から立ち去る。

「さて」

シャリースは、アイリーの隣に座ったスタナーを見下ろした。

「手っ取り早くいこう。おまえがガルヴォ軍と通じてたことは判ってる。しでかしたことを全部紙に書いて、署名してもらう。それと引き換えに、ネリエラがおまえとアイリーの結婚証明書を書き、俺たちはネリエラと一緒にここを出ていく。おまえもアイリーも連れてはいかない」

「そんな話は信じられない」

スタナーの返事は素っ気ない。当然のことだとシャリースも考えた。罪の告白に署名すれば、彼はもう用なしだ。傭兵たちがこの場で彼を殺したとしても、エンレイズ軍は文句を言わないだろう。

「私が保証するわ、スタナー」

断固たる口調で、ネリエラが言った。

「私たちは昔からの知り合いよね？　私はバンダル・アード＝ケナードの沈黙を、お金で買うと決めたの。私たちがあなたをエンレイズに連れて帰ったら、どんな目に遭うかは判っているわよね？　私は、うちで働いてた男の子の思い出を、そんなことで滅茶苦茶にされたくはないの」

「あなたの父上は、俺のためには銅貨一枚だって払う気はないでしょうよ」

馬鹿にしたように、若者はそう言い放つ。ネリエラは歪んだ微笑を浮かべた。

「そう――あなたはまだ知らなかったのね。父は倒れて、今はベッドに横になったまま、何もできないの。今は私が、伯爵家の権力と富のすべてを握っているのよ」

「お願いよ、スタナー」

アイリーが身を乗り出し、恋人の目を見つめた。

「私たちは負けたの。でもまだ、逃げられるかもしれないのよ」

スタナーはアイリーを見つめ、それからシャリースとネリエラを見比べた。

長い沈黙が落ちる。その間にスタナーは、十も老け込んだように見えた。

「……あなたの名誉にかけて誓えますか？」

スタナーは疲れたような目で伯爵令嬢を見つめた。ネリエラに躊躇いはない。

「誓うわ」

溜息を吐くと、スタナーはゆっくりと立ち上がった。部屋の隅にある小さな書き物机に向かう。

彼が紙にペンを走らせている間、残りの三人は口を閉ざしたまま待った。スタナーが苦労しているのが傍目《はため》にも判る。シャリースは台所に通じる扉の側に立ち、耳を澄ませていた。野菜を刻んでいると思しき物音がしている。この家の住人は、居間で何が行われているかに気付いていない。

やがて、スタナーは文書を書き上げた。

紙面に息を吹きかけてインクを乾かし、ネリエラへ渡す。ネリエラは一読し、そのままシャリースに渡した。

スタナーは、ガルヴォに身を売ったと認めた。

彼はかなり要領よく、自分のしたことをまとめていた。豊かな生活を求めて軍に入った彼は、幾つかの戦功を上げて出世し、フレイビングに接近した。フレイビングがニグルスと親しかったことから、本来ならば姿を拝むことすら難しいはずの、貴族の若者とも近しく付き合うこととなった。

ガルヴォ人から声がかかったのは、その頃だった。

彼はニグルスら若い司令官たちと共に働き、遊び、自分の知り得たことをガルヴォ軍に伝えるようになった。貴族や大商人の子弟たちと対等に付き合うには金が掛かったが、その費用はガルヴォ人がすべて負担した。いつの間にか、彼にとってガルヴォからの資金は、なくてはならないものとなっていった。

ニグルスとフレイビングに、実戦への憧れを植えつけたのも彼だ。どちらかといえば、フレイビングのほうが操りやすかった。戦場での華々しい活躍を語って焚きつけることは、それほど難しい仕事ではなかった。そしてニグルスは、フレイビングから誘われれば、必ず乗る若者だった。二人をおびき寄せるために、ガルヴォは国境線のエンレイズ側に即席の砦を建造し、スタナーは二人を唆《そそのか》して、砦攻めへ参加するよう仕向けたのだ。簡単で小規模な戦いになると踏んでいた彼らの上官や親族も、敢えてこれを止めなかった。

スタナーももちろん、彼らと共に首都を発った。そして行軍の様子を、アイリーを通じて逐一ガルヴォ軍に知らせたのだ。

ガルヴォ軍に一緒に攫われたのも、計画の一部だった。二人と一緒にいればエンレイズ軍からは被害者として扱われる。さらに、逃亡を図った末の死を装えば、行方を詮索される恐れもない。

そのはずだった。

シャリースが文書に目を通している間に、ネリエラはスタナーと場所を換わって書き物机に向かっている。彼女は領主代理として、スタナーとアイリーの結婚を認める旨の証明書を書いた。彼女が署名した瞬間から、二人は夫婦となる。

「私たちの用事は済んだわね」

優雅な署名を書き入れてペンを置き、ネリエラは立ち上がった。シャリースにうなずきかける。

「戻りましょう」

シャリースはスタナーの書いた告白文書を懐にしまった。アイリーは書き物机に寄って、自分の結婚証明書を見つめている。手に取るのを恐れているかのように、机の上に置いたままだ。

全身の力が抜けてしまったかのように、スタナーは椅子に座り込んでいる。その隣に歩み寄って、シャリースは声を低めた。

「ネリエラが約束したからには、俺たちがそれを破るわけにはいかねえがな。おまえはすぐに、アイリーを連れて逃げたほうがいい。この書面が公表されたら、エンレイズもガルヴォも、おまえを狩り立てるぞ。南に逃げろ。エンレイズ軍もガルヴォ軍も行かない国へ行くんだ。そのほうが、おまえたちのためだ」

スタナーが歯を食いしばったままうなずいた。軍に逮捕されなかったからといって、安楽な生活が待っているわけもないことは、彼にも判っていたのだ。

辛い旅になるだろう。逃げ切れないかもしれない。アイリーを置いて行ったほうがいいかもしれないが、それは二人の決めることだ。

ネリエラの後について、シャリースは古い農家から出た。部下たちがすぐさま立ち上がる。いくら人目の少ない場所だとはいえ、敵国であるこの地で、心から寛げた者はいないのだ。

「行くぞ」

隊長の一言に、全員がそそくさと従う。

「スタナーの告白書は、国王陛下に直接送ることにするわ。誰かに横取りされないように」

馬車に揺られながら、ネリエラは横で馬を進めるシャリースに説明した。

「もちろん、皆がスタナーを責めるでしょうし、彼を捕らえて処分したいと考えるでしょうね。でも私は説得力のある手紙を書けると思うのよ。そもそも問題なのは、フレイビングの一存でガルヴォの手先を厚遇し、それを許して何の疑いも抱かなかった司令部の怠慢《たいまん》だと主張するの。論点をすり替えるのは簡単よ。色んな人たちに、少しずつ罪を押し付けてあげるわ。そうすれば関係者はスタナーを追うどころではなくなるわ」

「……あんたはいい政治家になるだろうよ」

皮肉交じりのシャリースの感想に、ネリエラは小さく笑った。

「でもその前に、家に帰らなくちゃ。セルクを運ぶのを、手伝ってくれる？」

その声に潜む悲しげな響きに、シャリースは気付かぬふりをした。

「ああ。この件の料金についても、たっぷり話し合わなきゃならないしな」

彼らはひたすら、ワイサリーへの道を急いだ。

捕虜にしたガルヴァ軍の兵士たちは、ナシュール子爵やダンジュー共々、ワイサリーに置いていくことにした。

全員を幾つかの倉庫に分けて押し込め、出入り口を塞ぐ。馬は野に放した。ガルヴァ兵たちが力を合わせれば、いずれ内側から倉庫を壊して抜け出せるだろうが、その頃には、エンレイズ軍の一行は国境を越えているはずだ。血気盛んなエンレイズ正規軍の兵士からは、全員殺したほうがいいという意見も出たが、イージャルは耳を貸さなかった。武器を捨てて降伏した兵士を殺すのは道義にもとるうえ、そもそもそんなことをしている時間はない。

「急げ！」

イージャルは兵士たちを急き立てた。

「一刻も早くエンレイズに戻るぞ。偶然に誰かが通りかかってあの兵士たちを助け出したりしたら、すぐに追手がかかる」

イージャルの脅し文句がなくとも、エンレイズ兵たちは必死に走る羽目になった。怠けて足の鈍くなった兵士を、白い狼が背後から、容赦なく追い立てたのだ。エルディルにとっては楽しい遊びだったようだが、項《うなじ》に獣の熱い息を感じた兵士は、もちろん楽しむどころではない。

セルクは他の怪我人と共に、藁束《わらたば》を敷き詰めた荷車で運ばれた。

依然として意識ははっきりしていなかったが、少なくとも生きてはいる。傭兵たちが彼とその妻を守り、且《か》つ急き立てていた。ガルヴァ軍から失敬してきた馬が、少なからず役に立ってくれている。

そして彼らは、無事に国境を越えた。

カランドの死骸は捨ててきたが、その部下たちは、傭兵に拘束されたままエンレイズに入った。当面は牢屋に押し込められて暮らすことになる。罪状と刑については、いずれ然るべき方法で決まるだろう。

正規軍は伯爵令嬢に招待され、オーフィードの村の側に野営することになった。彼女の要請で、村人たちが兵士たちの世話を焼いた。怪我人は手当を受け、そうでない者には料理と酒が振る舞われる。ネリエラは供回りの者と共に、夫を伯爵邸へと連れ帰った。

その晩を、バンダル・アード＝ケナードの傭兵たちは村の外で過ごした。数日ぶりにぐっすり眠れる夜となった。

一方伯爵邸では、ネリエラが深夜、父のラドゥエル伯爵の部屋を訪れていた。

彼女が家を空けていた間に、伯爵の容体は少しだけ回復していた。やや不明瞭ながら、言葉を話せるようになっていたのだ。だがベッドから身を起こすことはできず、医者の見立てでは、自由に動けるようになる見込みはまずないという。

ネリエラは父の枕元に座った。枕元に灯された蠟燭の明りで、伯爵が娘を見やる。

「どこへ行っていた」

詰問《きつもん》する口調だ。ネリエラは冷ややかにそれに応じた。

「ガルヴォへ。お父様の代理として、仕事を一つ片付けてきたわ」

一拍置いて、彼女は続けた。

「つい先日判ったことだけど、セルクにはカタリアに息子がいるらしいの」

伯爵はかっと目を見開いた。

「何だと⁉」

「産まれたばかりだそうよ」

淡々と、ネリエラは付け加えた。ベッドに横たわった父を眺めてみても、不思議なほどに、憐憫《れんびん》の情は湧いてこない。父と娘の関係は昔から険悪だった。同じ館に住んでいても、共に笑い合った記憶さえない。

ラドゥエル自身は、そのことを気にも留めていないようだった。

「もちろん今度こそ、おまえは奴とは縁を切るのだろうな？」

「いいえ」

父を怒らせると知りつつ、ネリエラはきっぱりと答えた。そして、目を眇める。

「お父様、私には判らないわ。セルクとの結婚を決めたときには、お父様も賛成したじゃない。どうしてそんなに彼を憎むようになってしまったの？　彼が何をしたというの？」

父が元気なときには決して訊けなかったことを、ようやく彼女は口にした。今なら、彼が怒り狂って物を投げることはない。彼はこれまでずっと、我慢のならぬ暴君だった。家族はそれに対して無力だったが、状況は変わったのだ。

　案の定、伯爵は腹を立てていた。そして、怒りをぶつける手段がないことに、なお激昂した。

「どうせお前は耳を貸さなかった」

　呂律《ろれつ》が怪しくなっていたが、言葉は十分聞き取れる。

「二年前だ——もちろんおまえも覚えているだろう、母親が死んだときのことは。病死だということになっている。私がそう発表させた。だが本当は、セルクが毒を盛ったのだ、我々の食事に！　私も一緒に死ぬところだったのだぞ！」

　父の言葉の意味を理解するのに、ネリエラにはしばしの時間が必要だった。唖然として、病床の伯爵を見つめる。

「……何ですって？」

　その様子を、伯爵は鼻で笑った。

「おまえは信じないだろうと思ったよ。おまえはその場にいなかった。宮廷に行っていたな。セルクだけが先に帰ってきていた。我々に毒を盛るために、こっそりとな。あの日の夜、私は奴を見たんだ。あいつは我々を殺して、この伯爵領を手に入れようと……」

「何てこと……」

　口の中で呟く娘に、伯爵はなおも言い募る。

「おまえに黙っていたのは、夫が母親を殺したと知らせるのは酷だろうと考えてのことだ。おまえは私より、あの卑怯者の夫を信じるだろうしな。だが、あの男は性懲りもなく、私を殺そうとしている。自分の手では果たせないと考えて、傭兵を雇うことさえしたのだぞ。私は、動かぬ証拠を摑んだらおまえたちを離縁させようと思って……」

「お父様は本当に何も判っていなかったのね！」

ネリエラは父を遮った。彼女らしからぬ荒々しい笑いが、一瞬、彼女の喉を破る。

「二年前、食事に毒を盛ったのはお母様よ！」

今度は、伯爵がぽかんと口を開ける番だった。

「――何を……」

「お母様は我慢の限界を超えたのよ。お父様がセルクの身分の低さを侮辱し、彼と結婚した私を嘲り、お母様にも手を上げるから！」

伯爵はただ、目を瞬いている。ネリエラは息を吐き、背筋を伸ばして父を見下ろした。

「お母様は、ご自分と私たちを守るために毒を買ったの。お父様を亡き者にして、ご自分は裁きの場に立たずに済むように」

伯爵は娘の正気を疑っているかのような顔をしている。

「おまえは何故……そんなことを言い出すのだ……」

「お母様は私に手紙をくれたの」

ネリエラは秘密をぶちまけた。

「これから二人の食事に毒を入れると。だから私とセルクは、これから幸せに暮らせるだろうって。でも慌てて帰ってきたら、お母様だけが亡くなって、お父様は生きてたわ。セルクが先に戻ったのは、ただの偶然なのよ」

衝撃が、ラドゥエル伯爵の頭を揺さぶっていた。言葉が今まで以上に聞き取りにくくなる。

「……今まで、どうして黙っていた……」

「言ってどうなるの⁉」

ネリエラは鋭く言い返す。

「お母様の名誉を傷つけて、何になるというの⁉　やり遂げられなかったお母様は、きっとお墓の下で泣いてるわ」

「……」

伯爵は気圧されたように黙り込んだ。熱く溢れ出した涙を、ネリエラは両手で拭った。

そして、笑みを作る。

「決めたわ。私はこの間、男の子を産んだ。とっても可愛い子。セルクにそっくりなの」

愕然と、伯爵は娘を見上げた。

「おまえは頭がおかしくなったのか？　セルクの私生児を？　自分の子でもないものを……」

「あなたの孫でもないわね、お父様」

それが父にとってどんなことを意味するのか、ネリエラはよく承知していた。彼女は伯爵のただ一人の子供だった。結婚して、跡継ぎを産まなければならなかった。しかし彼女は一度も身ごもったことがなく、伯爵はそれを非難し続けたのだ。夫を取り替えればうまくいくはずだと、かねてより伯爵は主張していた。だが違ったのだ。伯爵家に孫が生まれなかった原因は、ネリエラに——他ならぬ伯爵の娘にあった。セルクは図らずも、それを証明したのである。

「私の息子には、お父様の血は一滴も流れていない。愉快じゃない？　伯爵家とは血の繋がりのない子供が、近い将来、この家のすべてを受け継ぐの。お父様にとって、こんなにも忌々しいことがあるかしら」

枕の上の顔は、一気に死へ近付いてしまったように見えた。それでも、彼は引こうとはしなかった。歯を食いしばる。

「そんなことは許さんぞ」

ネリエラは優雅に立ち上がった。にっこりと父に笑いかける。

「止めてごらんなさい、できるものなら」

父の罵り声を後目《しりめ》に、彼女は部屋を出ていった。

扉を閉めると、声は聞こえなくなった。

翌朝は晴れて、さわやかな風の吹く気持ちのいい陽気になった。たっぷりと食事し、心ゆくまで眠った後では、砦攻めの大失態は、もう遠い昔のことのように思えた。だが実際はたった数日前のことなのだ。それを、ようやく到着した援軍が改めて教えてくれた。

援軍を率いてきた司令官は、村の側でのんびりと過ごしていた友軍の姿に困惑したようだった。彼は直ちに責任者であるイージャル司令官に面会を求め、司令官の天幕へと案内されていった。

その様子を、傭兵たちは少し離れた場所から見物していた。

シャリースはこの展開に満足していた。確かに出だしは躓《つまず》いた。彼らはまんまと罠にかかり、兵力を失ったばかりか、エンレイズにとって最も重要な家の息子二人を攫われた。しかし、失敗は既に繕われている。ニグルスとフレイビングには真相を伝え、いかに彼らが愚かだったか、そしてイージャル司令官やバンダル・アード＝ケナード、さらには伯爵令嬢が、彼らの救出にいかに尽力したかをたっぷりと吹き込んであった。二人は誘拐以来、ろくに眠っておらず、精神的に消耗していた。救出されたことによって心の底から安堵した彼らは、イージャルとシャリースによる少々都合のいい説明を、子供のように鵜呑みにしたのだ。

そして今、シャリースの懐にはスタナーの告白書と、ネリエラが書き上げた国王宛の手紙がある。

その日の早朝、ネリエラは手紙を持って野営地へやって来ていた。シャリースを呼び出し、スタナーの告白書を要求する。シャリースがそれを取り出すと、彼女は自身が書いた手紙とその告白書とをまとめ、持参してきた蠟引《ろうび》きの紙で丁寧に包んだ。それから包みをシャリースの手に渡す。

「間違いなく、国王陛下に届けて」

「判った」

シャリースはそれを、懐にしまった。

「――ところで、セルクはどうだ？」

この問いに対し、ネリエラは固い笑みを浮かべてみせた。

「彼は私に、許してくれと言ったわ」

彼女は言葉を切った。

短い沈黙の中で、シャリースは、セルクが許しを乞うたのは、子供の件なのかそれとも負傷して妻の手を煩わせている件なのかと考えを巡らせた。

「それで？」

促されて、ネリエラは小さく肩をすくめる。

「私は許すと言ったわ。許すことにしたの。世の中には許せないことがいくらでもあるけど――でもセルクを許さなければ、私は自分を許せないと思ったのよ」

その言い回しに、シャリースの脳裏に不吉な予感が芽生える。

「まさかセルクは……？」

死んだのか、とは、口に出せなかった。だがネリエラは察して、笑い声を立てた。

「医者は、もう大丈夫だろうと言ったわ。意識もはっきりしてるの。でもまだ、起き上がるには早いわね。私の前では、痛いとは言わないけれど」

シャリースはほっと息を吐いた。

「伯爵のほうは？」

「もう良くなることはないでしょうね」

夫のことを語るときとはまるで違う冷たさで、彼女は言った。そしてシャリースに身を寄せ、声を低める。

「セルクの子供は、私が引き取るわ。私の息子として育てるつもりなの」

シャリースは思わず片眉を吊り上げた。

「へえ」

「自分が寛大な人間だと言うつもりはないわ。でも伯爵家には跡継ぎが必要だし、セルクは父親として、自分の息子の世話をするべきだと思うのよ」

彼女の瞳は、いたずらっぽく輝いている。シャリースは笑った。

「あんたにそのつもりはなくても、俺は、あんたを寛大な人だと呼ぶことにするよ」

「その子を私が引き取れるように、手配をお願いできる？」

「喜んでお役に立つよ」

「出発の前にうちへ寄ってくれたら、報酬をお渡しするわ。それから――」

彼女は、持っていた小さな袋から一通の手紙を取り出した。

「これは、あなたに見せようと思って」

宛先はラドゥエル伯爵だった。既に開封されている。

「家に戻ったら届いていたの。父宛だけど、父はもう読まないでしょうから。モウダーの最新情報よ。あなたたちには興味のあることでしょう？」

シャリースは綴られた文字にざっと目を通してみた。ネリエラに向かって思わず片眉を上げる。

「モウダーに、国王が現れた？」

手紙は伯爵家と所縁《ゆかり》のあるモウダーの商人からで、取引の遅延を詫びる内容だった。理由は、モウダー王とその臣下を名乗る者たちが道を塞いでいるからだというのだ。

だがシャリースの知る限り、モウダーに王家は存在しない。有力者たちが寄り集まって事を決めるのがモウダーという国だ。完璧ではないにせよ、それなりに機能している。

手紙の主によると、モウダー国王を名乗る男は、軍隊らしきものを持ち、支持者を増やしているらしい。男はモウダー人だが、モウダー人ではない何者かが側に侍《はべ》り、知恵を付けているという。

「モウダーで大活躍だった強盗が、奪ったお金で表舞台に出ることにしたらしいわ」

ネリエラは固い笑みを浮かべている。

「王を自称するなんて、大胆不敵ね」

「モウダー人にとっては、物珍しい体験だろうな。もしこの企みが上手くいって、一人の人間がモウダーをまとめ上げたらどうなる？　モウダー人の財産全てが、一か所に集まったら？」

傭兵隊長の問いに、ネリエラは肩をすくめる。

「モウダーは、エンレイズとガルヴォに、宣戦布告をするかもしれないわね」

冗談めかした口調で言う。シャリースは片頰で笑った。

「そうなりゃ、俺たちの仕事は安泰だ」

やりきれないと言いたげに、ネリエラが唇の端を下げてみせる。村へと帰って行くほっそりとした後ろ姿を、シャリースは見送った。

それから傭兵たちは朝食と、その後の休息をたっぷりと楽しんだが、正規軍司令官たちのいる天幕では話し合いが白熱している。

「金の話だ」

好奇心に駆られ、こっそりと偵察に行ったダルウィンが、戻って来て仲間に教えた。

「俺たちが新しく出した勘定書きが気に入らないようだぜ」

傭兵たちの間からは失笑が漏れた。支払いを渋る雇い主の存在に、彼らは慣れているのだ。

「心外だな」

シャリースも鼻で笑う。

「まあ、俺だって、奴らを喜ばせようとしたわけじゃないが」

そして彼は立ち上がった。軍服から汚れを払い落とす。

「全員、出発の準備をしておけ。俺はちょっと、正規軍の奴らに現実ってもんを教えに行ってくる」

部下たちは荷物をまとめ始め、シャリースは天幕に向かった。頼まれてもいないというのに、ダルウィンがぶらぶらとついてくる。

「契約を結んだわけでない以上、金を払ういわれはないと、新しく来た奴らは主張してる」

ダルウィンが囁く。

「一理ないこともない。俺たちの仕事は砦攻めの先鋒だったわけだしな」

「俺は認めないぜ。少なくとも、あいつらの前ではな」

二人の傭兵が天幕に入った瞬間、中の騒ぎは止まった。

護衛の兵士を別にすれば、そこには五人の男が集まっている。イージャル司令官はうんざりしたような顔をしていた。ニグルスとフレイビングは疲労と羞恥に青ざめている。そして新しく到着した二人の司令官は、明らかに機嫌が悪い。

「貴様か、この法外な金を脅し取ろうとしているのは！」

年嵩のほうがシャリースに指を突き付ける。非難の声など聞こえなかったかのような顔で、シャリースはイージャルを見た。

「他に用事がなければ、俺たちはこれから首都に戻るよ」

懐を叩いてみせる。イージャルは、そこに何が入っているのかを知っていた。朝に伯爵令嬢がやって来た際、彼は初めて、詳しい事情を知らされたのだ。スタナーとアイリーを逃がしたことに腹を立てたのだとしても、イージャルには、伯爵家の意向に立てつく気力はなかった。たとえ抗議したとしても、今更事実が変えられないのは明らかだ。

「ああ、もう用事はない。しかし、この追加の費用についてだが……」

「別にあんた個人に請求しようと思ったわけじゃない」

わざとらしいほどの優しさを示しながら、彼はイージャルにかぶりを振ってみせた。

「軍が払うだろうさ、正当な報酬として。何なら俺が直接、国王陛下に訴えてもいい。帰ったらすぐに、陛下に謁見を申し込むつもりだから」

新顔の司令官二人は、傭兵隊長の言葉に、さらに頭へ血を上らせたようだった。

「謁見だと⁉」

若いほうが、唾を飛ばしながら叫ぶ。

「ふざけるな！　貴様らのような下賤の輩が……」

「俺が何者かを知らないようだな」

シャリースは唇の片端を吊り上げた。小柄な相手を文字通り上から見下ろす。

「貴族名鑑で調べてみろ。跪いて許しを乞うのは、俺が誰か確認してからでいい」

「何を馬鹿な……」

「あの――」

ニグルスがおずおずと口を挟んだ。

「僕は知ってます。彼はセリンフィルドの侯爵で……」

新顔の二人は言葉を呑み込んだ。しかし、他ならぬ国王の親族であるニグルスの言葉に、異を唱えられるはずもない。

「侯爵ともあろう者が卑しい傭兵稼業をしているなんて、さぞや驚かれたことでしょうな」

賢《さか》しらに、ダルウィンがうなずいてみせる。同情に耐えぬという顔だが、その裏にある笑いを隠しきれていない。

「しかしこれはれっきとした事実でしてね。セリンフィルドがエンレイズに併合されたとき、この男の父親は侯爵の地位を授かったんですよ。財産はともかく、地位だけは、擦り減ることなく受け継がれましてね」

シャリースは後を引き取った。

「だから俺が望めば、陛下の秘書たちも耳を貸さざるを得ないわけだ」

もっとも、バンダル・アード＝ケナードの隊長が侯爵の位を持っていることなど、普段は本人でさえ忘れている。爵位は、戦場で生き残るための役には立たない。しかし彼が領地とされているセリンフィルドに留まっていると、気の遠くなるような税金が掛かる。セリンフィルドの素朴な農業から得られる収入では、到底賄《まかな》えない額だ。だからこそ彼と家族は、故郷を捨てざるを得なかった。

しかし必要とあらば、彼も爵位を振りかざす特権を味わうことにしていた。まさに、今がそのときだ。

「金を払う価値のある仕事をしたのに」

昨日まで敵の手にあった二人の若者を目線で示す。

「後からやって来た何にも知らん連中に、文句をつけられるとは心外だ。この件についても、陛下のお耳に入れるとしよう」

新参の司令官たちが怯むのが判った。冗談だとは受け取られなかったようだ。シャリースは、彼らの名前すら知らぬというのに。

シャリースはイージャルへうなずきかけた。

「じゃあな」

さっさと身を翻して天幕を出る。ダルウィンも続いた。

呼び止める声は、聞こえなかった。

ダルウィンは喉の奥で笑っている。

「……ま、生まれときにはただの農民だったわけだから、下賤の出なのは間違いないがな」

「おまえも同じだろうよ」

すかさずシャリースが切り返す。生まれたときから一緒に育った農場仲間の絆は、爵位があろうとなかろうと変わらない。

彼らは荷物をまとめる仲間たちの元に戻った。これから、正規軍には真似のできない速歩で、首都カタリアに帰るのだ。

だがカタリアでシャリースが最初に面会を求めるのは、国王ではなく、セリア女子爵になるだろう。赤ん坊が父親に引き取られることを、彼女は喜ぶに違いない。赤ん坊は裕福で愛情深い両親に育てられるだろう。

これは、二人の若者を敵の手から救い出すより、はるかに胸躍る仕事だと、シャリースは思った。伯爵家の息子は迷路のようなオーフィードの村で育ち、ガルヴォの砦跡で遊ぶかもしれない。セルクは、そこに埋葬された戦死者たちに敬意を払うよう教えるだろう。そして母親が伯爵代理として果たした役割を知れば、息子はきっと誇りに思うに違いない。

清々しい風が、黒衣の傭兵たちの間を吹き抜ける。

「よし、全員で伯爵邸に押しかけて、セルクを見舞うついでに報酬と昼飯にありつくとするか」

シャリースの言葉に、傭兵たちは歓声を上げて応えた。

バンダル・アード＝ケナード
けぶる砦《とりで》の向《む》こうに
朝日文庫

2018年6月30日　第1刷発行

著　者　駒崎《こまざき》　優《ゆう》

発行者　須田　剛
発行所　朝日新聞出版
〒104-8011　東京都中央区築地5-3-2
電話　03-5541-8832（編集）
03-5540-7793（販売）
印刷製本　大日本印刷株式会社

ISBN978-4-02-264887-7

朝日文庫

六道　慧
警視庁特別取締官

捜査一課を追われた星野美咲と、生物学者兼獣医・鷹木晴人のコンビがゴミ屋敷で発生した殺人事件の真相に迫る、書き下ろしシリーズ第一弾。

六道　慧
ブルーブラッド
警視庁特別取締官

捜査一課を追われた星野美咲と生物学者の相棒・鷹木晴人。異色コンビが、絶滅危惧生物と相次ぐ不審死との関係を明らかにする、シリーズ第二弾！

真堂　樹
男爵の密偵
帝都宮内省秘録

昭和五年、東京。宮内省幹部に飼われる密偵・藤巻虎弥太と、中国趣味の若き伯爵候補・石蕗春衡が怪事件に挑む。帝都ロマン・サスペンス。

篠田　節子
ブラックボックス

健康のために食べている野菜があなたの不調の原因だとしたら？　徹底した取材と第一級のサスペンスで「食」の闇を描く超大作。《解説・江上　剛》

湊　かなえ
物語のおわり

悩みを抱えた者たちが北海道へひとり旅をする。道中に手渡されたのは結末の書かれていない小説だった。本当の結末とは――。《解説・藤村忠寿》

吉本　ばなな
ふなふな船橋

父親は借金を作って失踪し、母親は恋人と再婚。十五歳で独りぼっちの立石花は、船橋で暮らす決断をした。しかし再び悲しい予感が……。